LA NUIT RECOMMENCÉE

Du même auteur

Angleterre : une fable
Corti, 2004

Le Plaisir de la captive
Corti, 2006

LEOPOLDO BRIZUELA

LA NUIT RECOMMENCÉE

roman

TRADUIT DE L'ESPAGNOL (ARGENTINE)
PAR GABRIEL IACULLI

ÉDITIONS DU SEUIL
*25, bd Romain-Rolland, Paris XIVe*

Exergue de Fernando Pessoa
extrait des *Poèmes d'Alvaro de Campos*,
traduit du portugais par Patrick Quillier, 2001,
publié avec l'aimable autorisation de Christian Bourgois éditeur.

Titre original : *Una misma noche*
Éditeur original : Santillana Ediciones Generales, S.L.

ISBN original : 978-84-204-0240-6

ISBN 978-2-02-109667-5

www.seuil.com

Pour Ariel

Moi, qui ai été vil, littéralement vil,
Vil au sens mesquin, au sens infâme de la vilenie

FERNANDO PESSOA

Roman

A

2010

« Si l'on m'avait demandé de témoigner », me dis-je. Mais c'est impossible. Peut-être est-ce pour cela que j'écris.

J'aurais pu déclarer, par exemple, que dans la nuit du samedi au dimanche 30 mars 2010 je suis rentré chez moi entre trois heures et trois heures et demie du matin : le dernier bus Retiro-La Plata part à une heure, mais une multitude revenait de je ne sais quel récital, nous étions serrés comme des sardines, la plupart d'entre nous debout, et nous avancions au pas sur l'autoroute et les bas-côtés.

Impatientée par mon retard, la chienne s'est jetée sur moi dès que j'ai ouvert la porte. Mais j'ai tout de même pris le temps de m'assurer qu'il n'était rien arrivé pendant mon absence – dans son appartement du rez-de-chaussée, ma mère, malgré ses quatre-vingt-neuf ans, dormait tranquillement, son souffle était régulier – et c'est seulement ensuite que je suis revenu chercher la chienne, lui ai mis la laisse et l'ai sortie sur le trottoir.

Comme chaque fois que je reste à proximité, j'ai fermé une seule des trois serrures que mon père, peu avant sa mort, a posées à la porte du garage : la peur d'être volés, séquestrés ou tués – ce besoin de sécurité que l'on appelle, curieusement, l'insécurité – commençait à nous menacer de près, telle une ombre tapie dans l'ombre.

La nuit était claire et il ne faisait pas froid, aurais-je pu déclarer. On ne voyait personne dans la rue. Il n'y avait rien pour éveiller mon inquiétude quand j'ai pris la direction du boulevard périphérique sinon les voitures, peu nombreuses, mais impérieuses, avec le volume de leur sono au maximum et leurs phares qui illuminaient l'asphalte par intermittence. Ou encore les motos dont, par je ne sais quelle astuce, les pots d'échappement retentissent comme une fusillade.

C'est alors que je l'ai vu, en arrivant au carrefour. Un type d'une trentaine d'années – débardeur, casquette à l'envers, la visière rabattue sur la nuque, petite boucle d'oreille, comme déguisé en jeune – regardait vers le bout de l'avenue – très large avec ses terre-pleins – qui ceinture la ville. Il n'a tenu aucun compte de moi, ne m'a même pas jeté un regard, et il est étrange qu'à pareille heure on ne regarde pas un inconnu. Qui pouvait-il attendre, à ce moment et à cet endroit-là ? Qui pouvait lui faire courir de tels risques, en lui donnant rendez-vous en pleine nuit ?

On a traversé, jusqu'au terre-plein. La chienne a fait ses besoins dans ses coins habituels avec un empressement dont je lui ai été reconnaissant, et nous avons très vite fait demi-tour, mon animal se défiant des ombres et moi feignant le calme, sans inquiéter davantage, au moins en apparence, le type à la casquette qui, hissé sur ses mollets tendus, s'obstinait à vouloir deviner quelque chose au loin.

C'est alors que j'ai remarqué, derrière lui, au bord du trottoir d'en face, une voiture avec une porte ouverte et trois hommes à l'intérieur, qui semblaient l'attendre. Ils ont dû venir à deux voitures, me suis-je dit, et avoir perdu l'autre.

Je me suis souvenu de Diego, le voisin du 5, qui avait décidé de ne plus louer mon garage quand il avait commencé à travailler la nuit : « Tu as vu ce qu'ils font maintenant, la nuit. Ils te guettent dans l'ombre, et ils entrent avec toi… »

Je me suis mis à courir en faisant comme si la chienne avait réussi à m'entraîner. J'ai essayé de tourner la clé dans la serrure sans perdre un instant. La chienne est entrée avec la précipitation absurde que donne l'habitude et, aussitôt après avoir refermé, j'ai poussé l'énorme verrou que mon père a posé au-dessus des trois serrures. Alors j'ai respiré et je suis monté à l'étage, et peut-être ai-je tout oublié, comme quand on laisse la nuit aux mains de ses maîtres.

J'ai moi aussi des habitudes, pareilles à celles de ma chienne : si l'on m'avait demandé de témoigner, s'il s'était agi d'une affaire de détectives, de juges et de jurés, comme dans les romans, j'aurais pu récapituler ce que j'ai fait depuis lors, pas parce que je m'en souviens, mais parce que je fais toujours la même chose. Comme si je répondais à la question : « Est-ce que le cœur battait encore ? » Je suis d'abord allé à la cuisine, j'ai rempli une tasse d'eau, je l'ai mise dans le micro-ondes ; puis je suis passé dans mon bureau, où j'ai allumé l'ordinateur, et dans ma chambre, pour me changer. Quand le signal sonore du four s'est fait entendre – exactement trois minutes plus tard, y a-t-il quelque chose qui échappe au calcul, à l'heure actuelle ? – j'ai sorti la tasse, y ai plongé un sachet de thé, et je suis allé m'asseoir devant l'écran, dans ce temps hors du temps, qui n'a pourtant pas dû durer très longtemps, car si l'esprit parvient à se perdre sur la Toile, le corps, ce fardeau, fatigué, se retire.

J'avais passé toute la journée à Boedo chez une amie, ce dont elle pourrait, elle aussi, maintenant témoigner, s'il le fallait (l'inconcevable minutie des romans policiers me gagne, en même temps que la culpabilité de savoir, d'avoir été témoin). J'ai consulté le courrier sur ma messagerie électronique, mais presque personne n'écrit le samedi, en pleine nuit. Peut-être ai-je envoyé une réponse, et j'ai passé un certain temps à feuilleter les journaux, mais comme les suppléments littéraires, à présent, ne sont plus dominicaux, ça n'a pas traîné. Et si j'ai ouvert la page de *chat*, je n'y suis pas resté plus de temps qu'il n'en faut aux hommes d'âge mûr, furtifs et somnolents, pour se masturber en cachette de leurs épouses.

Enfin – cela, je pourrais le certifier, de cela, je me souviens parfaitement –, une heure plus tard, disons, vers quatre heures ou quatre et demie, je suis allé d'une pièce à l'autre pour éteindre les lampes et fermer les fenêtres, celles du balcon de derrière, de la buanderie, de la cuisine. Quand je suis arrivé à la petite pièce que mon père appelait « la maison de retraite » – un habitacle vitré qu'il avait fait installer sur le balcon de devant pour y disposer son établi de charpentier et son tréteau d'électricien –, lorsque j'ai ouvert le rideau pour tirer vers moi le battant de la fenêtre, j'ai découvert en bas, garée à environ trois mètres, une voiture de police blanche qui luisait dans la nuit, moteur en marche, et qui portait l'inscription *Police scientifique* avec, à l'intérieur, deux policiers sur le qui-vive.

Il se peut que j'aie songé au « type à la casquette » ; je ne m'en souviens pas. Mais je suis sûr de m'être dit : « Heureusement, ils ne m'ont pas vu. Je ne serai pas leur témoin. Je peux continuer à vivre comme d'habitude. »

Discrètement, j'ai fini de fermer toutes les fenêtres, puis je me suis couché comme pour bien montrer ce que j'étais véritablement : un citoyen plus ou moins singulier, qui ne refoule pas ses excentricités, mais ne peut aucunement représenter un danger.

Dimanche après-midi. Je traverse pour aller au supermarché, quand sur le trottoir d'en face deux grosses filles m'arrêtent. Elles sont jeunes, et se tiennent par le bras.

– Il s'est passé quelque chose chez toi, cette nuit ? me demandent-elles, partagées entre la pudeur et le désir de savoir, en contrefaisant maladroitement la mine affligée avec laquelle on aborde une victime.

Entre leurs excuses, je parviens à comprendre que ce sont les petites-filles du voisin d'en face, l'officier de marine à la retraite, et qu'elles sont arrivées comme moi dans le quartier pour occuper l'étage d'une maison dans laquelle une personne âgée ne peut plus vivre seule.

– Non. Pourquoi ? demandé-je, un peu offensé, parce que je crois qu'elles veulent m'utiliser.

– On a vu une voiture de la police scientifique arrêtée devant chez toi, et on a pensé…

– Ah, oui, c'est vrai. (C'est seulement à ce moment-là que je me suis rappelé l'inscription sur la portière blanche.) Mais il ne s'est rien passé, dis-je, leur tournant le dos, comme gêné par cet intérêt obscène.

Et le lundi, à midi, la sonnette de l'entrée retentit, chose rare. Je sors sur le balcon, j'ouvre le battant de la fenêtre que j'avais fermée le samedi soir quand j'avais aperçu la voiture de police, et je vois la voisine de la maison d'à côté. Son visage, tendu à force de liftings, est pour moi un masque à peine reconnaissable, tant il est devenu semblable à celui de nombreuses femmes. Je lui demande ce qu'elle veut et lui fais entendre que j'allais prendre une douche – j'ai un peu honte de me montrer en pyjama après avoir passé toute la matinée à corriger mon roman.

Elle sourit étrangement, coupable mais inflexible. Sa peur est évidente. Elle me dit qu'elle ne peut pas parler comme ça, me demande de descendre une minute. Seulement une minute, prie-t-elle. Je lui réponds de m'attendre. J'enfile une robe de chambre et, pendant ce temps, j'imagine de quoi elle va me parler.

Elle est si souvent venue me dire : « Quand vas-tu te décider à faire poser une grille ? N'importe qui peut entrer par cette fenêtre sans barreaux », ou me raconter, intarissable, en un quasi-délire, qu'à une de ses amies, qui avait un balcon comme ça… J'ai essayé, je ne sais combien de fois, de l'arrêter en lui servant les mêmes excuses « Je suis en train de donner un cours », ou « Il faut que j'aille à Buenos Aires », mais elle ne m'écoute jamais, et il m'est arrivé de lui fermer pour ainsi dire la porte au nez.

Mais cette fois ce n'est pas du chiqué, je le comprends en ouvrant la porte et en trouvant Marcela à moitié cachée derrière le rosier, pour que ma mère ne la voie pas.

– Ils sont entrés chez nous dans la nuit de samedi à dimanche.

Elle dit « ils sont entrés » sans expliquer de qui elle parle, comme si nous n'avions pas cessé de discuter sur le sujet. Elle ajoute qu'elle est venue me mettre en garde, même si je ne perçois en elle que le besoin de s'épancher. Parce que son mari est déjà parti travailler et qu'elle est restée seule, terrifiée d'être seule, de perdre la tête sans personne auprès d'elle, sans son soutien psychiatrique habituel.

Alertée par la chienne qui s'est mise à aboyer, comme affolée par l'odeur de notre peur, ma mère se montre à la fenêtre. Marcela s'écarte un peu, « pour ne pas l'inquiéter », parce que ce qu'elle a à me dire « est terrible ».

Voilà ce qu'elle me raconte, ce dont elle pourrait témoigner :

– Ils sont entrés avec Ivancito, tard dans la nuit.

Marcela est surprise de me voir opiner du chef, geste que je fais sans y penser, en me rappelant vaguement la voiture de police. Mais elle ne s'interrompt pas.

Ivancito est son fils cadet, qui doit maintenant aller sur ses vingt-deux ans.

– Il revenait de danser, dans son 4 × 4. Quand il est descendu, ils lui ont collé une arme sur la nuque, l'ont fait entrer dans la maison et monter à l'étage. Robert, qui souffre d'insomnie, travaillait dans son bureau ; et moi, qui dormais, je me suis réveillée, mais je n'ai pas bougé.

Je me souviens tout à coup : *Un fils. Un père. Une mère.*

– Mais ils n'étaient pas basanés, précise-t-elle. Encore heureux ! Ils étaient posés, très polis. Ils savaient très bien ce qu'ils faisaient (mon père, je m'en souviens, avait dit quelque chose de semblable, après l'épisode qui me revient désormais plus clairement en mémoire : *c'étaient des gens corrects*). « Débranche l'alarme. » C'est la première chose qu'ils ont ordonnée à Ivancito quand ils sont entrés. « La balise primaire et la secondaire, hé ! » Parce qu'il y en a deux, celle que tout le monde peut entendre, et une autre, secrète, qui déclenche l'alarme dans l'entreprise de surveillance, si l'on appuie sur l'étoile après avoir composé le code. C'est un système nouveau qu'ils connaissaient déjà. Par bonheur, Robert, qui sait comment s'y prendre avec eux, les a rassurés : « Ne vous inquiétez pas, les gars, j'ai toujours quelque chose pour vous. Je garde toujours un petit truc en réserve pour ces occasions. – Et ta femme ? a demandé leur chef. – Laissez-la. Elle dort. Si on la réveille, elle va s'angoisser, et on n'en sortira plus. » La complicité masculine aidant, ils ont acquiescé. En fait, c'était toute une cellule, une organisation ; ils avaient des talkies-walkies, dans lesquels ils disaient : « C'est terminé » ; « Vous pouvez venir ». Un camion est arrivé, dans lequel ils ont mis les ordinateurs. Ils ont pris l'argent. C'est sûr, ils vont revenir.

Je lui fais part de ce que j'avais vu, dans la nuit de dimanche, quand je suis rentré de Buenos Aires (et si j'ai froid dans le dos, ce n'est pas pour ça, mais parce que vient s'ajouter à l'ensemble *mère-père-fils* un autre mot : *organisation*, qui éclaire plus nettement la scène oubliée).

Je lui parle du type à la casquette à l'envers, de la voiture qui semblait l'attendre, et de la voiture de police.

– Comment ça, une voiture de police ? fait Marcela, éberluée. On n'a pas porté plainte !

Je lui explique ce que j'ai vu, elle devient si nerveuse que je dois recommencer, mais elle m'interrompt aussitôt et me demande de tout raconter à son mari. Elle me dit aussi de ne pas m'inquiéter, qu'ils ne porteront pas plainte, et surtout de n'en parler à personne.

Quand je pénètre dans l'appartement, je découvre ma mère en train de guetter, méfiante.

– Que voulait Marcela ? me demande-t-elle en tremblant.

Pour elle, seul un malheur, un péril imminent, peut m'avoir rapproché de ces gens que nous détestons.

– Rien ! m'exclamé-je, improvisant. Elle t'a apporté des magazines.

Elle m'oblige à répéter la phrase une ou deux fois. Quand elle finit par comprendre, elle me lance, sarcastique :

– Ah, oui, et où ils sont, ces magazines ?

J'agite quelques vieux numéros, de ceux que Marcela lui a offerts et qui sont bons à jeter, certain qu'elle les a oubliés, comme elle oublie presque tout. Je les lui tends et remonte dans mon appartement, où le travail m'attend.

Même si dans un témoignage cela pourrait paraître superflu, je dirai quand même que ma mère a sans doute décelé dans mes expressions une vérité que je ne parviens pas à cerner, que je ne cesse de me répéter depuis plus de trente ans, un leitmotiv.

Ce soir, je reçois quelques élèves chez moi, et quand je sors en fin d'après-midi pour aller faire des photocopies, je vois des ouvriers mesurer le porche de la porte d'entrée des Chagas. Robert est là, avec sa minerve, son air de chef de service, et sa passion pour les grilles. Il me fait signe de venir le trouver plus tard, qu'il guettera mon retour.

En passant devant le 5, je rencontre Diego, mon voisin. Je lui annonce qu'il avait vu juste, dans la nuit du samedi au dimanche « ils sont entrés » au 29. Ils ont guetté l'arrivée d'Ivancito, qui était allé en boîte, et ils se sont glissés derrière lui. Moi, j'ai vu un type suspect avec une petite boucle d'oreille et une casquette à visière, à quelques mètres de l'endroit où nous nous trouvons.

– Et tu n'as pas appelé le 911 ? me demande Diego, comme s'il me soupçonnait de quelque chose.

– Non, lui dis-je, un peu perplexe. Je n'y ai pas pensé.

Je ne juge pas nécessaire d'ajouter que je ne sais pas très bien ce qu'est ce 911 et que, de toute façon, je n'aurais pas appelé.

– Tu sais, ma femme est psychologue, me dit-il sur un ton de reproche, elle travaille là-bas, et elle répond aux gens qui se sentent menacés.

Nul ne pourrait dire de Diego et de sa femme que ce sont des flics, mais je sens de nouveau la même suspicion.

Je fais les photocopies au kiosque du coin, et quand je reviens Robert s'éloigne des ouvriers comme un médecin du lit d'un malade entouré de praticiens et vient avec empressement me rejoindre.

Robert est un psychiatre de renom, mal vu des progressistes. Même si, à l'heure qu'il est, il doit gagner beaucoup moins d'argent que ce que rapportent à sa femme ses salons de beauté, il a conservé son allure de directeur d'hôpital. Il me serre la main et m'entraîne à l'écart.

– Qu'est-ce que m'a dit Marcela ? s'enquiert-il tout bas quand je lui dis que je suis désolé de ce qui leur arrive. Tu as vu une voiture de police ?

– Il n'y a pas que moi, répliqué-je, comme si mon seul témoignage n'était pas digne de confiance. Les deux grosses filles d'en face, toujours assises à côté du vieux, l'ont vue aussi. Je suis certain d'une chose : il était quatre heures et demie ; un bon moment avant qu'ils n'entrent chez vous, ajouté-je avec l'emphase propre aux romans policiers.

Je lui dis encore que je comprends à présent pourquoi le type à la casquette à l'envers était anxieux : il avait vu Ivancito arriver de loin, et il voulait monter au plus vite dans la voiture qui l'attendait pour suivre le garçon jusqu'à la porte de chez lui.

– Mais non ! s'exclame Robert, m'interrompant. C'était une intervention montée et menée en toute impunité. Ils étaient en « zone libérée » !

Je répète presque machinalement « zone libérée », une expression qu'il ne peut qu'avoir lue dans le rapport de la Commission nationale sur les disparus. J'en reste surpris et réjoui.

Robert est un homme de droite : résidence secondaire à Pinamar, appartement à Miami, présidence du Rotary Club – autant de conquêtes affichées comme des torsades aux épaulettes. Que même lui, venu s'installer dans le quartier en pleine dictature, ait fini par comprendre le rôle dégradant que joue la police me donne un sentiment de victoire ou de revanche. J'y vois une réussite du gouvernement que je soutiens.

– Mais, dis-moi, cette voiture de police, elle portait vraiment la mention *scientifique*... *Police scientifique* ?

Je réponds que oui, que c'est justement ce qui a attiré l'attention des deux grosses filles.

– C'est ça ! s'écrie-t-il. J'y suis !

Son visage s'éclaire. Ce dernier élément lui a permis d'établir son diagnostic ; c'était tout ce qui lui manquait pour se lancer dans la bataille. Il m'entraîne vers le carrefour ; on dirait un rendez-vous entre agents secrets.

– Il est arrivé la même chose à l'une de mes patientes : peu avant qu'on s'introduise chez elle pour la voler, une voiture de la police scientifique est venue se garer devant la maison voisine. Ce sont eux qui désignent aux autres chez qui ils doivent entrer. Et il est arrivé, à cette occasion, quelque chose de drôle…

Pour la première fois depuis trente ans, une étrange fraternité nous unit. Nous passons devant la maison de Diego et, aussi discrètement que je le peux, je lui fais signe de se taire.

– Ah ? La femme de ce type est de la police ? me demande Chagas.

Diego l'entend et nous décoche un regard haineux. Parce que les temps ont changé. Il ne faut pas croire que tous les flics se ressemblent, ni voir dans l'armée l'ennemi. Et si la femme de Diego travaille au 911, par nécessité, et même par solidarité, pourquoi le nier ?

Quand nous arrivons au carrefour, pour ainsi dire seuls, en face du parc de voitures d'occasion, Chagas reprend :

– Bon, la patiente en question porte plainte parce que l'assurance l'exige. Et elle déclare plus que ce qui lui a été volé. (Chagas rit. Il trouve ces agissements naturels, pardonnables.) Elle ne tarde pas à recevoir un appel… à trois heures du matin ! Tu imagines sa peur… C'est un de ceux qui ont pillé son appartement. « Sale garce ! lui lance-t-il. Tu as déclaré qu'on t'avait volé un home cinéma et maintenant le commissaire nous le réclame ! »

Son insouciance, qui confine à la joie, m'encourage à lui confier le tourment profond qui m'obsède : la similitude entre ce qui vient de se produire et ce qui est arrivé en 1976.

– Il y a trente-trois ans ? s'étonne-t-il, consterné. Que s'est-il passé, il y a trente-trois ans ?

Je lui raconte que ce soir-là une autre bande avait pris d'assaut sa maison, où vivait alors la famille Kuperman. Puis je suggère que, malgré l'avancée des droits de l'homme, « l'appareil répressif » ou « le crime organisé », quelque nom qu'on lui donne, est toujours là, cette agression le prouve.

(Mais je ne lui dis pas que la première fois ils sont passés par chez moi. Je ne lui raconte pas ce qui s'est produit pendant les dix minutes où ils étaient avec nous, ce que je n'ai jamais osé évoquer devant quiconque et qui me donne à présent des frissons comme si j'avais la fièvre.)

– De la présidence de la République au bas de l'échelle, mais en partant du sommet, dit Chagas (et un éclat de son regard semble me lancer l'avertissement : ne te trompe pas sur mon compte), ce sont tous des voleurs. Tous (d'un ample geste de la main, il semble vouloir englober le corps social tout entier). Tout ce qui nous reste à faire, c'est de nous défendre par nous-mêmes.

Chez moi, ma mère, un peu trop remontée, comme si elle se préparait à braver la tempête, me demande des comptes :

– De quoi avez-vous parlé, Chagas et toi ?

J'invente une réponse.

– Il m'a recommandé ses ouvriers ferronniers. Il s'est offert de les mettre à notre service.

– Bah ! fait-elle, dédaigneuse.

Je lui dis qu'il faut mettre des barreaux à la fenêtre de la cuisine, pas parce que nous courons un quelconque danger, mais parce que l'assurance l'exige. Elle a une expression désabusée, qui semble vouloir dire : « À quoi bon ? S'ils entrent chez nous, l'argent arrangera-t-il quoi que ce soit ? » Tout à coup, j'improvise.

– Après, nous avons parlé des Kuperman. Tu t'en souviens ?

Sur ce, je m'approche de son oreille, prêt à lui rappeler la nuit où elle était seule face au commando.

Elle accuse le coup, mon impertinence la fâche. Je me repens d'avoir dit ça. Comme si on pouvait attirer la mort en l'évoquant.

Ma mère a près de quatre-vingt-dix ans. Elle oublie beaucoup de choses.

– Comment pourrais-je ne pas m'en souvenir ? fait-elle, offensée, et je sais qu'elle parle elle aussi de *sa* nuit.

Je monte chez moi, pour ne plus l'inquiéter. Ce que je dois écrire prend le pas sur tout le reste, un besoin de fuite que je connais bien. Mais je reste planté devant « la maison de retraite », face à la fenêtre d'où j'ai aperçu la voiture de la police scientifique, et je contemple, avec l'impression de déchiffrer un message, l'apparence du quartier.

Houses live and die, récité-je à part moi en regardant les maisons basses encerclées, au loin, par une barrière d'immeubles ; tout un *memento mori*. Je ne pouvais imaginer, quand j'avais douze ou treize ans, quand je faisais partie de ce paysage, je ne pouvais imaginer qu'un quartier vieillit aussi. Je ne veux pas parler de ce qui devient vénérable, pittoresque, mais plutôt vétuste, sale, délabré, parce que les maîtres de maison sont morts et que leurs veuves ont, comme ma mère, quatre-vingt-dix ans et n'osent plus laisser des ouvriers entrer chez elles…

Pourtant, me dis-je, quelque chose a la vie plus dure que les maisons, mais quoi ? Tout simplement une bande d'agresseurs, de gangsters, d'assassins ? Un mécanisme occulte, un code secret derrière le paravent des lois connues ? Un langage muet que les règles du langage essaient tant bien que mal de reproduire ou d'occulter malicieusement ? Peut-être les événements s'agencent-ils de sorte que les uns soient victimes et les autres bourreaux sans que nul éprouve le besoin d'en parler. Mais, me dis-je, pour moi le moment est venu de comprendre, si j'écris.

Parce que jamais encore je ne m'étais senti si proche de ce soir-là, si près de son horreur.

Je commence.

B

1976

La ville est un quadrillage. Les rues la découpent rigoureusement à angles droits, en pâtés de maisons quadrangulaires, identiques, numérotés. Si quelqu'un l'avait survolée pendant la soirée que je voudrais évoquer (des policiers en hélicoptère, un guérillero en fuite qui se serait envolé pour l'exil), il aurait cru découvrir la véritable fonction de cette géométrie : c'est une cage, une carte d'état-major.

Le directeur de la police a déclaré : « Monsieur, tout ce que je demande pour moi, c'est le plus dur du combat. » Et le gouverneur a dit : « En premier lieu les subversifs, puis leurs complices, et pour finir les indifférents. Tous seront éliminés. »

Le pâté de maisons dans lequel se déroule cette histoire est un peu au-delà de la périphérie, là où l'esprit qui a conçu le plan de La Plata a laissé une feuille blanche. Juste après la large avenue qui entoure la ville, la *Circunvalación*, avec ses larges terre-pleins au centre.

Considérons l'ensemble. Il est formé par à peine cinq maisons, ou quatre, plus exactement : le coin où j'ai vu le type à la casquette, au numéro 3, est un parking couvert occupé par des voitures d'occasion ou des voitures volées, et je ne le prendrai pas en compte.

Le trottoir d'en face est beaucoup plus court. Il longe un bâtiment triangulaire ou, pour mieux dire, une moitié de rectangle que le débouché du Camino General Belgrano, qui rejoint le centre de Buenos Aires, ampute par le travers, et qui ressemble à un coin enfoncé dans les deux rues, ou à une proue.

Cette construction triangulaire constitue une seule maison, dont la porte d'entrée fait face à la mienne et à celle de mon voisin, le 9 et le 29. Les maisons suivantes et le parking donnent sur la route qui va à Buenos Aires, c'est-à-dire sur un espace beaucoup plus dégagé.

Un trafic constant de voitures, de bus, de camions qui entrent en ville ou en sortent à toute vitesse, un tremblement intermittent rappellent les temps où tout cela n'était qu'un marais, la pampa sauvage.

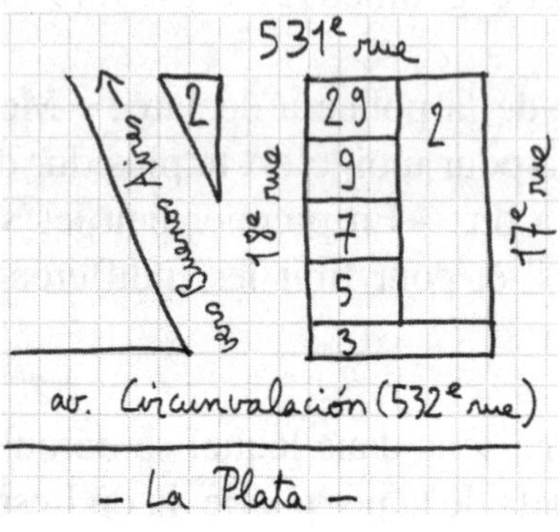

Guerre contre la subversion ? Répression ? Génocide ? Ma mémoire – j'avais douze ans, alors – éclaire les faits comme des éléments d'un paysage, des fragments de mosaïque, les pièces d'un puzzle sanglant que quelqu'un reconstitue silencieusement dans la nuit.

Sur la 532e, entre la 13e et la 14e rue, un soir, on dévaste la maison d'un marin engagé par la compagnie pétrolière argentine YPF. L'homme est un collègue de mon père. On ne vole rien. On casse tout. L'absence de raisons et l'impossibilité de les imaginer élèvent d'emblée l'événement au rang du sacré. « Ils sont entrés », chuchotent les voisins, à l'instar des acolytes d'une religion interdite, d'une secte secrète dont il vaut mieux ne pas dire les noms.

Il y a des déménagements furtifs, discrets. Des cousins nous demandent de les héberger et restent des mois, presque sans sortir, à étudier ensemble à l'étage, puis s'en vont brusquement quand le garçon d'en face, le fils du marin, me demande ce que « ces jeunes » viennent faire chez nous et, qu'une heure plus tard, une décharge d'arme à feu frappe, comme par erreur, une de nos fenêtres.

Sur la 532e, entre la 17e et la 18e rue, une explosion secoue le quartier et nous réveille, ma mère et moi : une bombe a entièrement soufflé la maison de voisins qui sont absents, et on ne les voit plus revenir. Pendant des jours, avec les autres gamins du coin, nous fouillons l'impudeur des décombres, animés par la tentation obscène de nous emparer des biens des fuyards.

Il y a des fusillades nocturnes, au loin, qui font comme une basse continue. Il y a même des balles qui, tout à coup, sifflent aux fenêtres, à l'heure du dîner. Une tante de la campagne s'indigne. C'est à peine si ma mère, en revanche, s'arrête de manger pour nous demander de l'aider à déplacer la table vers un coin plus sûr, monte le son du téléviseur et se rassied en disant : « Demain, on trouvera tout ça dans les journaux. *El Día* donnera le nombre de policiers assassinés, et celui des subversifs abattus. »

À l'angle de la 17e rue et la 532e, une femme enceinte criblée de balles reste étendue sur la chaussée près de vingt-quatre heures, à gêner la circulation, entourée de soldats qui sont là pour s'assurer que le spectacle serve d'avertissement.

Face à ce chaos, bien entendu, on donne des avis, on attribue des fautes, on prend position. Regardons les pères de famille sortir sur le trottoir, le matin de bonne heure, et ouvrir la porte de leur garage : chacun de leurs mouvements semble exprimer quelque chose qui se rattache à l'ordre social. Tous sont nés entre 1915 et 1925, ont grandi pendant la guerre d'Espagne et la Seconde Guerre mondiale ; tous ont soutenu le péronisme et ensuite, après chaque gouvernement faible, ont approuvé les putschs en croyant qu'ils pourraient imposer au pays ce que le « service militaire » leur avait imposé à eux. Ils en sont arrivés là avec la conviction d'avoir donné vie à la nation, et ils veulent croire que le Proceso[1] ne se fait pas sans eux.

Regardons-les, ces sexagénaires, sortir leur voiture en marche arrière, fermer la porte de leur garage : ils ont encore des gestes d'immigrants, d'ouvriers. Mais ils sont décidés, semble-t-il, à s'offrir un luxe dont leurs ancêtres ont été privés : aborder la vieillesse comme de longues vacances. Voilà pourquoi ils ont revêtu la façade de leur maison de pierre Mar del Plata, du nom de la seule ville où ils ont pu entrevoir ce qu'est le luxe. Ils ne sont pas outrés par la guérilla, pas du tout, eux qui se sont servi des armes se contentent de la dédaigner, parce qu'ils savent que les rebelles perdront.

C'est maintenant leurs femmes, à la fois fortes et frêles, qui sortent et courent, d'aussi loin qu'elles s'aperçoivent, se jeter dans les bras les unes des autres et, après quelques

1. *Proceso de Reorganización Nacional*, nom que s'est officiellement donné la dictature argentine entre 1976 et 1983. *(Toutes les notes sont du traducteur.)*

propos inquiets, à peine soufflés en un murmure (« Tu as entendu ça, hier soir ? » « C'est épouvantable ! » « Quand en verrons-nous la fin ! ») échangent des nouvelles de leurs enfants qui ont toute la vie devant eux, qui couronneront bientôt les efforts de toute leur vie à elles en obtenant des diplômes, en leur donnant des petits-enfants, en réussissant. Dans le fond, elles n'imaginent pas que les victimes puissent justement être eux, leurs enfants.

Carrefour de la 19e et de la 531e rue. Des claquements de pistolet-mitrailleur interrompent la pétarade de deux scooters. Quand le calme est revenu, un médecin du pâté de maisons suivant sort de chez lui pour porter secours aux blessés. Mais sa tentative est vaine. L'unique rafale a atteint l'un des garçons en plein cœur, et elle a décapité l'autre, le fils de la directrice du lycée.

Rafles, descentes. Toujours avoir ses papiers sur soi. Interdit de marcher sur le trottoir devant les bâtiments officiels : la sentinelle a pour ordre d'ouvrir le feu si l'on contrevient à la consigne. Les précautions deviennent vite des habitudes, pour ne plus avoir à y penser, pour oublier la peur. Il est obligatoire de déclarer les armes que l'on détient, de renouveler ses papiers, et urgent de figurer au nombre des vivants.

Quelques légendes urbaines circulent sous forme de blagues : quelqu'un a été arrêté dans la rue parce qu'il portait un livre sur le cubisme ; un autre a été criblé de balles parce qu'il a sorti de son sac un flacon de liquide ambré, qui n'était pas un cocktail Molotov mais un échantillon d'urine.

Mais je vais trop vite. Tout d'abord, ce que je me propose de raconter sur ce soir-là se déroule chez moi, au 9. Mais faisons d'abord connaissance des voisins.

Au 5, à l'étage, appartement A, la famille Berenguer. Des Catalans. Ils ont adopté un enfant aux traits indiens. Le père, lui aussi dans la Marine, employé par la YPF, va bientôt devoir prendre sa retraite, pour des problèmes d'obésité. La mère, femme au foyer, est évangéliste. Ils sont arrivés en Argentine dans les années quarante, non pas en exilés – le salut fasciste du public des cinémas de Barcelone, quand le Caudillo apparaissait sur l'écran, leur donnait une émotion dont ils ont la nostalgie –, mais pour « échapper à la faim ». L'idée que Dieu ait accordé une telle richesse à ce pays de fainéants, de basanés, les obsède… comme les obsède le fait de ne pouvoir expliquer à leur fils ce qui est évident pour tout le monde. Ils possèdent, au rez-de-chaussée du 5, l'appartement B, qu'ils ne se décident pas à louer, à cause de toutes les mises en garde que l'on lance à la télé contre les inconnus.

Au 7, la famille Aragón. Coca et Martín Aragón, propriétaires de deux pépinières. Avec leurs grands yeux verts, ils sont presque aussi beaux que leurs quatre enfants sur la photo encadrée qui couvre tout le mur de la salle à manger, trois garçons joueurs de rugby, et une fille, leur aînée, moins belle, plus redoutable : avec son regard fixe et son nez de rapace, elle semble avoir aperçu la proie même dont ses parents ont toujours rêvé, mais sans que, contrairement à ses frères, elle se laisse aller aux distractions de la jeunesse. Sous la treille de la cour, le dimanche, mon père et Martín Aragón entouré de ses enfants se réunissent pour évoquer comment les garçons se battaient, enfants, avec les autres gamins du quartier. Depuis qu'ils vivent seuls, Coca et Martín voyagent, avec l'aide de l'Automobile Club, dans les provinces argentines, parce qu'ils détestent les pays limitrophes. Une perche dont l'une des extrémités est munie d'un crochet pend à la treille, prête pour harponner les requins sur les plages de Patagonie, ramener des *dorados* dans les rivières de Corrientes ou rapprocher, dans l'Alto Valle, les branches chargées de fruits.

Au 2, sur le trottoir d'en face, vit la famille Cavazzoni. Le père est un officier général de la Marine qui vient d'accepter des responsabilités indéfinies mais très importantes dans le gouvernement, couronnement d'une carrière aussi proche du pouvoir que discrète. Sans mentionner ses sources (et nul ne les lui demande : son sérieux, son assurance semblent démontrer que Cavazzoni *a toujours été là*), c'est lui qui a prévenu mon père du coup d'État imminent et, longtemps auparavant, à la mort de Perón, a décrit les rites que López Rega[1], le Sorcier, avait pratiqués sur la dépouille mortelle du chef de l'État, preuve la plus irréfutable que l'armée se devait de renverser le gouvernement corrompu. Il arrive parfois à Mme Cavazzoni, toujours en pantalon, frêle et tremblante, de sortir fumer une cigarette dans la cour ou de secouer les paillassons contre le poteau électrique. Par les fenêtres, on aperçoit, entre des maquettes de navires et des dessins d'ancres, les portraits de ses fils aînés, en uniforme de cadet de l'École navale. Les Cavazzoni ont un garde du corps, et un chauffeur qui conduit au lycée les deux plus jeunes enfants : une fille de quinze ans, et un garçon qui doit en avoir sept.

Je me risque à dire que tous ces voisins-là, sans être des amis, se connaissent, sympathisent et se respectent. Mais il en va autrement avec ceux du 29, comme si l'incompréhensible saut entre le numéro de leur maison et celui de la mienne, le 9, supposait une distance occulte qu'aurait prévue celui qui a tracé le plan de la ville ou donné leurs numéros aux maisons.

Le 29 est occupé par la famille Kuperman. C'est la maison qui fait l'angle, et que tout le monde appelle

1. José Lopez Rega fut ministre des Affaires sociales sous le gouvernement péroniste de 1973 à 1976.

dévotement « le chalet ». Elle a été construite avant les autres, ou du moins bien avant que les autres aient pu déguiser leur apparence prolétarienne. Elle est d'un style plus ancien, qui fascine les enfants, peut-être parce qu'elle ressemble aux décors du parc d'attractions, qui se trouve à quelques kilomètres d'ici, et elle a aussi quelque chose de ces décors qui l'on voit dans les films yankees sur les nazis et les juifs.

Le chalet des Kuperman imite vaguement un pavillon forestier : pierres en *trompe-l'œil** [1], bois en stuc, et haute cheminée qui dissimule la citerne. Il est habité par trois femmes : Mme Felisa, veuve de soixante-trois ans, et ses deux filles célibataires, qui ont entre trente et quarante ans.

Mais un autre détail distingue encore cette maison : une plaque de bronze sur la porte, qui porte le nom de la fille aînée et son titre, *avocate*. Elle est la seule de la nouvelle génération qui ait réussi, il y a une dizaine d'années, à se faire un nom.

Il y a encore une autre maison dont il faut tenir compte, celle qui, dans la 531e rue, porte le numéro 2. L'arrière des quatre maisons de notre côté de la 18e rue donne sur cette habitation, où vit un couple de personnes âgées – elle est couturière, lui jardinier –, dont le fils unique serait, dit-on, impliqué dans la lutte contre la subversion.

Mais maintenant, que pourrait-on dire de ma maison, du numéro 9 ?

Que mon père l'a fait construire près du pavillon des Kuperman en émule ou en rival, en imitateur et en ennemi, pour ainsi dire.

1. Les mots en italique suivis d'un astérisque sont en français dans le texte.

Un étage au-dessus du rez-de-chaussée, un toit de tuiles, un balcon de bois côté rue et un autre sur le jardin, à l'arrière, sortes de passavants de bâbord et de tribord d'un navire échoué sans proue ni poupe.

Et cette curieuse prédilection pour la pierre Mar del Plata, qui apparaît ici et là, comme ce que découvrent les ravalements quand on fait tomber les crépis qui révèlent l'ancienneté des constructions, dans les pays lointains où l'on construit en pierre. D'emblée et pour toujours.

Mais de ses propriétaires – mon père, ma mère et moi –, la famille Bazán, que dire ? Ce n'est qu'en racontant ce qui s'est passé que je saurai ce que nous sommes.

Pour commencer, dire que devant cette maison arrive, un soir, une Torino orange. Avec quatre types, armés. Cette voiture freine brusquement, comme je m'arrête à présent d'écrire, par prudence et par crainte.

C

2010

– Ils ont investi la maison voisine, expliqué-je à Miki, le mardi midi. Trente ans après, tu comprends ? Les mêmes méthodes.

J'étais allé à Buenos Aires pour régler quelques affaires, et je l'ai invité à déjeuner. Pour moi, il n'y a pas meilleur confident que lui. Lui seul, m'étais-je dit, pouvait être aussi impressionné et fasciné que moi par cette répétition.

– Trente-trois ans plus tard, tu te rends compte ? Tout s'est passé à peu près de la même façon. Qu'est-ce qui se perpétue là ?

Miki a été mon élève. Il est avocat. Juif. Son père, un guérillero, a été assassiné en 76, quelques jours à peine avant la naissance de Miki, qui a l'âge du souvenir que je veux évoquer. Ses oncles maternels, qui se trouvaient en compagnie de son père au moment où celui-ci a été liquidé, ont été séquestrés et sont aujourd'hui encore des « disparus », comme on dit. L'ignorance de ce qu'ils sont devenus a marqué la vie de Miki. Et celle de sa mère, directrice de l'institut de la Mémoire Rodolfo Walsh, installé dans l'ancien camp de concentration de l'ESMA[1], où ces mêmes oncles ont sans doute été torturés.

– Pourquoi n'ai-je pas réagi ? me demandé-je. Je n'ai rien fait. Un voisin a voulu savoir pourquoi je n'avais pas appelé le 911. Je ne sais même pas ce que c'est, ce 911. C'est quoi ?

Miki s'arrête de manger et récite, ironique : « *Si vous voyez ou apprenez quelque chose, appelez le 911* », puis il passe à l'explication avec son flegme de militant :

– C'est la grande réussite de l'ingénieur Blumberg. Un numéro de téléphone. Ne me dis pas que tu n'en as jamais entendu parler, même au cinéma. Ceux que se croient en danger peuvent appeler ce numéro.

– Mais moi, pourquoi n'ai-je rien dit ? demandé-je à Miki. Te rends-tu compte que quelqu'un d'une autre génération, ou de n'importe quel autre pays, aurait agi autrement ? Où ai-je appris à garder le silence ? Et où les crapules d'aujourd'hui ont-elles appris à se conduire comme celles d'il y a trente ans ?

La serveuse nous a interrompus en apportant nos deux bières.

– Exactement pareil, répété-je, sans cependant entrer dans les détails. Et le lendemain, des voisins que je n'avais pas aperçus viennent me dire qu'ils ont vu quelque chose d'étrange, tu comprends ? Si on nous avait demandé de témoigner… Nous aurions peut-être pu tout reconstituer. Rassembler les fragments. Et en 76 aussi.

Miki n'en revient pas : trente-trois ans de souffrance, reposant presque exclusivement sur cette impossibilité de

1. L'École supérieure de mécanique de la Marine (*Escuela superior de mecánica de la Armada*) fut un centre clandestin de détention, de tortures et de disparition de personnes pendant la dictature.

témoigner. Il me raconte que sa mère a réussi il y a seulement quelques mois à s'entretenir pour la première fois avec l'unique témoin de l'assassinat de son père et de l'enlèvement de ses oncles. Une femme de ménage. À Misiones, où elle vit. Mais que, au bout de trois décennies, elle ne se rappelait plus grand-chose.

– Et par-dessus tout, tu sais ce qui m'a le plus impressionné, l'autre nuit ? continué-je. Ce sentiment qui porte à dire « Ça y est ». Pour eux, ça y était. Ç'avait été l'affaire d'une seconde. Ce qui peut pendant trente, quarante ans, toute une vie, tourmenter les membres d'une famille, les témoins, n'a duré pour eux qu'une seconde. Ça y est. Ce qui demeurera à jamais dans le mot *disparu* était réglé. Parce que nul ne peut témoigner contre eux.

Miki lève les yeux de son assiette et me sourit.

– Eh bien, tu l'as ton roman.

Il aimerait bien écrire, lui aussi, me dit-il, mais il ne peut pas. Le militantisme ne lui en laisse pas le temps. Miki est péroniste, il soutient les Kirchner.

– Ni la famille, ajoute-t-il, souriant encore. La famille ne m'en laisse pas le temps non plus.

« Ni la douleur », songé-je. Chacune des paroles que nous échangeons à ce sujet ranime la douleur. Or, si la douleur muette rapproche, la douleur écrite nous sépare de la famille avec la précision d'un bistouri.

– J'ai toujours voulu raconter ce qui nous est arrivé lors de cette soirée de 1976, lui confié-je avec la pudeur superstitieuse qu'accompagne le dévoilement de ce que l'on écrit. Raconter ces dix minutes pendant lesquelles le commando était chez nous… mais je n'ai jamais pu. Parce qu'il m'a toujours semblé que ma façon d'écrire donnerait à cette expérience un sens qui ne lui correspond pas.

Miki ne dit rien. J'ai peur de ce qu'il peut penser. Mais j'éprouve aussi l'ivresse de pouvoir m'épancher.

– Dernièrement, j'ai imaginé un récit qui raconterait ces quelques minutes plusieurs fois de suite, en nous désignant chaque fois par d'autres mots. Parce qu'il suffit de changer les mots pour que le récit dans son ensemble change et, plus important encore, pour que change l'opinion du lecteur. Les uns verront en nous des héros, bien sûr, les autres nous considéreront comme des complices, si ce n'est – ajouté-je, tremblant – comme des collabos.

Miki me regarde, il doit se dire que j'en rajoute. Je décide alors de prendre un peu plus de risques.

– Sais-tu ce que j'ai fait, moi, par exemple, pendant que le commando allait et venait dans la maison et qu'un type avec un Ithaca m'avait coincé devant le piano ? Je me suis mis à jouer.

Il s'arrête de manger. J'ai honte et, en même temps, je ne peux m'empêcher de sourire.

– Je m'en suis souvenu ces derniers temps, tu ne vas pas le croire, en lisant un roman, *El silencio de Kind.* La protagoniste le fait en diverses circonstances. Elle donne un concert de piano devant un ponte de la dictature, pour pouvoir l'approcher et lui demander ce qu'est devenue sa sœur disparue. Mais, moi, pourquoi ai-je joué du piano ?

Nous finissons par parler musique. Je ne dis rien de ce qu'ont fait ma mère et mon père, ce soir-là. Quand je me sépare de Miki, j'ai mal au ventre.

Dans l'autobus du retour, au milieu de cette frange de pampa qui borde le fleuve sans rive, pourquoi ne puis-je cesser de penser à Miki, ni de trembler ? À cause de la vieille honte de m'être trop ouvert à un autre homme ? Mais en quoi me suis-je trop dévoilé ? Qu'ai-je craint qu'il m'advienne ? De découvrir dans le regard d'un autre ce que je suis, ou ce que j'ai véritablement fait ce soir-là ? Non. Je n'aurais rien dû dire à Miki, et sans doute ferais-je mieux de ne rien dire à personne. Peut-être n'y a-t-il que la littérature qui puisse absoudre. La littérature, le lecteur à venir.

Comment ma mère a-t-elle appris l'effraction chez les Chagas ? Par les ouvriers venus dans l'après-midi du lundi prendre des mesures pendant que je déjeunais avec Miki à Buenos Aires, et qu'elle a laissés entrer malgré mes avertissements de ne pas ouvrir aux gens qu'elle ne connaît pas ? Par la bonne paraguayenne des Chagas, venue plus tard lui apporter des magazines et qui, en larmes, pleine de ressentiment, lui a fait part de son désir de quitter une bonne fois « ces deux ordures » pour travailler ici et veiller sur elle (ma mère), « parce que ça, c'est le comble » ? (Note : si l'on m'avait demandé de témoigner, j'aurais ajouté : les bonnes des Chagas ne savent pas garder un secret.) Or ma mère, dure d'oreille, avait du mal à la suivre et, à demi morte de peur, s'est vue seule en présence de la « moucharde ». Quoi qu'il en soit, il lui aurait suffi de bien moins que ça pour comprendre : « *Ils sont entrés* chez les voisins d'à côté. Et s'ils le voulaient, ils pourraient le faire ici, chez nous. Et ils le feront. »

Dialogue du soir même, quand je descends chez elle et la trouve en compagnie de mon oncle et de sa femme, qui essaient de la tranquilliser. Comment les décrire ? Selon la formule de je ne sais plus quel gouverneur, ce seraient des « sympathisants ». Des sympathisants de quoi ? Dans les années soixante, ç'aurait été de la révolution cubaine.

Dans les années soixante-dix aussi, et également de la guérilla argentine. Cela a suffi, pour que, sans autre raison ni explication, on arrête un jour de payer à mon oncle ses émoluments à l'université. Renversement prodigieux sur l'échiquier du Mal, qui l'a condamné à être exactement ce qu'il détestait le plus : un pharmacien et un paranoïaque.

Ils connaissent le docteur Chagas pour ses prescriptions, pour l'attention qu'il porte à ce que lui disent ses patients. On l'appelle « le roi de l'électrochoc ».

Je leur dis aussitôt ce qui, je crois, calmera ma mère : que ceux qui sont entrés de force chez les voisins étaient des policiers, et que l'épouse de Chagas est propriétaire de plusieurs salons de beauté. Mon oncle et ma tante, comme s'ils m'obéissaient, regardent ma mère et ont un sourire compatissant.

« Que dites-vous ? Je n'entends rien », semble-t-elle nous dire avec une expression d'amertume hautaine, tandis que son regard passe des lèvres de l'un à celles de l'autre, alors que nous veillons à les remuer aussi peu que possible.

– Qu'ils n'entreront pas ici, Ventura ! crie enfin mon oncle, la bouche collée à l'audiphone. Ces gens-là ne se déplacent pas pour une retraitée !

Je crois percevoir dans la plaisanterie une certaine satisfaction : les capitalistes sont punis par leurs semblables. Ma mère passe outre. Je suis sûr qu'elle est en train de se dire : « Ceux qui vont venir nous dévaliser, nous, ce sont les jeunes des bidonvilles », mais on ne parle pas de ça entre nous.

– Vous savez ce que m'a dit la femme de Chagas ? insisté-je, parce que je voudrais, avant tout, que ma mère cesse d'avoir peur de la bonne paraguayenne. Qu'au moins, ils avaient eu de la chance qu'ils ne soient pas basanés…

Ma tante et son mari se scandalisent et répètent à grands cris ce que je viens de dire à ma mère qui, quand elle finit par comprendre, adopte une expression de dégoût. Les deux autres en rient, satisfaits.

– Peuh, ceux-là, je ne les connais que trop bien, fait ma mère.

Mais je sais que dans le fond elle n'est pas aussi naïve qu'ils le croient, qu'elle peut flairer la mort dans ce qui s'est produit. En définitive, c'est le seul passe-temps qui la rattache à la vie.

C'est moi qui détourne la conversation vers l'année 76, le soir où les militaires sont passés par cette maison. Jamais nous ne le leur avons raconté, je le sais. Nous n'en parlons même pas entre nous ! Mais j'aime leur jeter ces choses-là à la figure pour leur faire comprendre qu'ils n'en savent pas lourd.

Parce que tous les deux écoutent maintenant la radio des Mères de la place de Mai, s'émeuvent quand elles sont reçues au palais présidentiel, alors que des années durant ils ont considéré les luttes des organismes de défense des droits de l'homme comme des débilités et s'en sont toujours démarqués. Pendant que je militais pour le groupe de soutien aux Mères, ils ne manquaient jamais de suggérer qu'ils étaient restés « trop sensibilisés » pour se sentir proches d'elles.

– Ça s'est passé de la même manière, près de trente-trois ans plus tard, redis-je ; et les Chagas ont employé l'expression « ils sont entrés » comme on le faisait à l'époque. Vous vous rappelez ? Sans préciser de qui il s'agissait. Et le docteur a même parlé de « zone libérée »...

Je profite du silence effrayé de mes interlocuteurs pour évoquer d'autres souvenirs de ce soir de l'année 76, sans plus me demander s'ils sont vrais ou faux, s'il s'agit de faits historiques avérés ou de caprices de la mémoire... Comme je m'y attendais, ils ne bronchent pas quand je mentionne

« l'affaire Graiver » : nul ne peut ébranler leur mépris des Juifs, déguisé sous leur opposition à l'État d'Israël. Mais quand je leur raconte que ma mère a été interrogée sur le trottoir tandis que mon père était entraîné au fond de la maison, et que j'étais coincé contre le piano, ils se lèvent, prêts à partir.

Cette histoire aussi les « sensibilise trop », à présent ? J'en doute. Ils ne veulent pas comprendre que, d'une certaine manière, nous avons ce soir-là négocié, parce que toute négociation entache la pureté, ou du moins rappelle l'impureté de la survie.

– Comme il fait noir, à présent, dit ma tante, surprise, quand nous sortons sur le trottoir.

La rue est devenue exactement ce qu'elle était *ce soir-là*.

Ramassée sur elle-même – on dirait qu'elle va emprunter un passage secret –, elle traverse le trottoir dans l'obscurité. Mais quand elle atteint la voiture, un projecteur s'allume derrière elle et la foudroie. Le petit chien qu'ils ont laissé dans le véhicule se met à aboyer, déchaîné, comme s'il avait vu quelqu'un que ma tante, éblouie, ne peut distinguer. Comme s'il aboyait au passage des fantômes, comme on dit ici.

Ce sont les projecteurs que les Chagas viennent de faire installer et qui s'allument automatiquement quand quelqu'un s'approche. Sous leur lumière menaçante, nous contemplons tous en silence la maison du docteur, mélange de vaisseau de science-fiction, de prison et de forteresse. Il est impossible que mon oncle et ma tante ne se sentent pas, d'une manière ou d'une autre, pareils aux Chagas, eux qui ont aussi bardé leur maison de grilles et de systèmes d'alarme, parce qu'on est entré chez eux plusieurs fois, pendant la dictature et par la suite. Impossible qu'ils n'envient pas les fortunes que les Chagas engloutissent pour se protéger.

Tout à coup, mon oncle me découvre encore debout sur le pas de la porte ouverte.

– Mais rentre donc, s'il te plaît, mon chéri !

Je lui souris, satisfait comme un vengeur, et il n'a d'autre ressource que de plier l'échine.

– Hou ! Pardon ! Tu vas dire que je suis parano, c'est ça ?

Je continue de sourire, fort de sentir que ma véritable supériorité réside dans ma capacité d'écrire.

C'est ce que je monte faire, dans la solitude de mon appartement. « Qui n'est pas devenu fou est sourd ou sénile », noté-je dans mon cahier. Mais je biffe aussitôt : les généralisations ne valent rien. Ce qu'il me faut raconter, une bonne fois, c'est ce qui s'est passé ce soir-là. Un roman.

« Voyons un peu ce que nous avons », me dis-je, presque de bonne humeur, tel l'inspecteur Dalgliesh dans ses enquêtes. *Une mère. Un père. Un fils.* Pour le reste, que des différences. Avec quoi ? Avec les lieux communs des récits que l'on a pu faire sur cette époque.

Je me souviens de cette voiture que j'ai tout à coup aperçue devant chez moi ce soir-là : c'était une Ford Torino – et pas la Falcon verte des escadrons de la mort. Une Torino comme celle de mon oncle Suki, ou celle que Sandro conduisait dans ses films, torse nu, une blonde à son côté : l'auto des machos.

Je me souviens qu'ils ne ressemblaient pas à des policiers mais à des cadres supérieurs, d'une élégance extrême, du moins pour moi. Ils portaient de ces cabans grèges que je n'avais aperçus qu'en passant, sur les gens de la city.

Je me souviens parfaitement de la couleur de leurs Ithaca.

Et maintenant, pendant que j'écris le début de ce récit sans pour ainsi dire m'en rendre compte, le mot *caban* m'indique l'époque que je ne pensais pas pouvoir préciser : le printemps 1976.

(C'est ainsi que je m'en avise : le souvenir que j'avais d'avoir joué une milonga pendant que la bande allait et venait dans la maison doit être faux. En 76, j'ai dû jouer du Bach.)

Je comprends qu'écrire est un moyen sans pareil d'éclairer le lien entre le passé et le présent. Ce qui m'encourage à poursuivre, non pas pour informer, mais pour découvrir.

CH

1976

Quand j'ai couru à la porte, ils étaient là depuis un moment, sur le trottoir. Ils avaient fait deux ou trois pas en arrière pour examiner le balcon, le toit. Le type qui avait sonné est brusquement apparu devant moi comme jailli du néant. Grand, cheveux gominés, vêtements et lunettes noirs, caban grège. C'est alors que mon père arrive et, avant de m'écarter d'un geste protecteur, s'adresse à lui par-dessus mon épaule. Je ne prête pas attention à ce qu'ils se disent. Je regarde la Torino orange garée au bord du trottoir. Une Torino avec les portières ouvertes et un seul type assis à l'avant sur le siège du passager, les jambes à l'extérieur. Quand mon père fait entrer les autres, je suis hypnotisé par l'arme que je découvre au bras de cet homme, qui pend, comme sous une charge trop lourde. Je comprends que je vois enfin un de ces fameux automatiques Ithaca.

Mais comment, de quelle manière s'y sont-ils pris pour que mon père les laisse entrer à pareille heure ? Lui ont-ils dit qui ils étaient ? Qu'ont-ils vu en nous ?

Mon père venait d'avoir ou allait avoir soixante ans. « Un vieil Indien, doit s'être dit le type qui a sonné, un Indien de

Buenos Aires. » Rompu au travail, démoli au bout de quelques mois de retraite. Désireux de servir pour se faire admettre.

« Mon gamin, a dû dire mon père à ce type que nous appellerons, pour faciliter les choses, “le Chef”. C'est mon gamin. » Comme si je faisais partie du lot. Le Chef me regarde moi, le basané, et il devine peut-être mes pensées. Or je pense à ma cousine, avec laquelle j'ai brûlé des livres, sachant qu'ils viendraient, un jour ou l'autre.

Sur ce, ma mère arrive, s'essuyant les mains à son tablier. Petite et blonde, elle a encore, à cinquante-cinq ans et malgré son aspect négligé, belle apparence. Elle met un certain moment à comprendre, et alors ses traits s'altèrent.

Y avait-il quelqu'un d'autre dans la rue, ce soir-là, qui nous regardait ? Les voisins d'en face ? Et entre cette scène et la suivante, entre un souvenir et l'autre, comment l'histoire s'enchaîne-t-elle ?

Disons que le Chef nous examine du regard, l'un après l'autre. *Un vieux. Une vieille. Un adolescent.* Il nous compare. Pendant que les autres types du commando arpentent la maison sans notre permission pour renifler l'air vicié de notre intimité, il en arrive à la conclusion à laquelle il fallait s'attendre.

– Vos papiers, exige-t-il sans doute. Vos papiers.

Mon père nous transmet l'ordre d'un seul regard. Je me tourne vers ma mère. Fait-elle partie de ce relais de commandement ? Elle me dit d'obéir. Après tout, ces contrôles sont monnaie courante.

Je me rends dans ma chambre pour y prendre ma carte d'identité dans la table de nuit. C'est une carte rose de la province de Buenos Aires, que l'on m'a établie il y a quelques mois, peu après le coup d'État. À l'étage, des pas, des portes qui s'ouvrent, des voix, des claquements se font entendre. Remarqueront-ils, au plafond de la chambre de ma cousine, la tache de suie qui est là depuis la nuit où nous avons voulu cacher son agenda dans la bouche d'aération du chauffage ? J'aimerais lui parler maintenant, lui dire : « Tu vois qu'ils ont fini par venir ! » N'est-ce pas moi qui lui ai confié que le garçon d'en face m'avait demandé ce que « ces jeunes » venaient faire chez moi ? N'est-ce pas moi qui ai vu la balle, qui l'ai ramassée par terre et la lui ai montrée, après que cette auto est passée et que les vitres de la fenêtre de ma chambre ont volé en éclats ?

Auraient-ils « libéré », barré les rues voisines, en obligeant les voitures à faire un détour ?

Quand je reviens au salon, j'y trouve mon père qui bouscule ma mère, lui dit de se remuer, et ma mère qui crie de son côté : « Ça va ! Ça va ! Une minute ! » parce qu'elle n'aime pas qu'on la commande et que, si une chose l'exaspère, c'est de devoir céder au bon vouloir de mon père, par exemple, quand on roule et qu'il conduit, comme si le moindre de ses mouvements allait nous mener à la mort. Son exaspération l'égare pendant qu'elle retourne, dans le buffet de la cuisine, un fouillis inextricable de livres et de sachets d'épices, de flacons et de boîtes de serviettes en papier. Je donne ma carte d'identité, mais personne ne la regarde – la petite confrontation fascine tout le monde. À la fin, je vois ma mère, que la colère et un rien de honte font trembler, tendre à mon père un porte-documents noir plein de papiers.

– Tiens, cherche toi-même, puisque tu es si impatient !

Mon père prend le porte-documents, en tire sa première carte d'immatriculation au recrutement et la tend au Chef. Celui-ci apprend de cette manière que mon père se prénomme Antonio, que son nom de famille est Bazán, qu'il est né le 13 mars 1916, à La Rioja, endroit qui a toujours été considéré comme un pays de sauvages.

Le Chef regarde la photo, qui montre Antonio Bazán tel qu'il était à dix-huit ans, il y a très longtemps, en uniforme de marin, puis il regarde de nouveau mon père (celui-ci baisse alors les yeux, entrouvre la bouche et suspend son souffle comme s'il venait de recevoir une légère estocade ; l'échange, qui ne dure qu'une seconde, me permet pourtant de comprendre : il a honte. Mais surmonter la honte est une habitude, chez lui). Le Chef relit ce qui est écrit sur le document.

– Donnez-m'en une plus récente, exige-t-il, tranchant.

Mon père se tourne vers ma mère et lui ordonne de chercher des papiers plus récents, comme si l'erreur venait d'elle. Elle nie qu'il y en ait eu, ou alors c'est qu'il les aura perdus, et la fureur les dresse de nouveau l'un contre l'autre.

– Ma carte. Cherche ma carte d'identité.

– Comment veux-tu que je sache où tu l'as mise ? rétorque-t-elle.

On entend alors les types sortir sur le balcon de derrière, celui qui donne sur le jardin, et les aboiements de la chienne qui, en bas, se déchaîne en les voyant apparaître.

Et pendant que ma mère retourne une nouvelle fois le contenu du buffet, le Chef regarde son livret civique, et il apprend qu'elle s'appelle Ventura Yrla, qu'elle est née le 15 juin 1920 à Ensenada, non loin d'ici, près du port, endroit qui ne manque pas d'évoquer des maisons en tôle, un ciel rouge incendié par la distillerie, et la prostitution, le péronisme.

La photo de ma mère, sur ce document, date de 1947, l'année où Eva Perón a obtenu le droit de vote pour les femmes. Sa coiffure, ses vêtements, son allure générale rappellent les films sur la Seconde Guerre mondiale.

Je crois savoir ce que pense le Chef : quand, en 1913, le général Mosconi a ordonné que cette distillerie soit installée à Ensenada, il a spécifié qu'il ne fallait pas embaucher la population du voisinage, constituée d'immigrants presque tous anarchistes, et que l'on ferait venir du nord du pays des natifs soumis.

Qu'est-ce qui a pu réunir ce basané et cette blonde ? Qu'est-ce qui a pu la faire tomber si bas ?

– Il y a quelqu'un d'autre dans cette maison ? demande enfin le Chef.

Mon père, un peu perplexe, dit que non (ces types qui fouinent partout dans les chambres ne s'en sont pas rendu compte ?). Et pendant que ma mère crie de la cuisine qu'il n'y a là aucune carte d'identité, et que mon père proteste, je me rends brusquement compte que le Chef a compris quelque chose, quelque chose que, même moi, je ne puis comprendre.

Et c'est la honte, oui, la pure et simple honte, qui me pousse à courir jusqu'au garage. J'y suis à peine entré que deux types, en train d'inspecter la voiture, s'alarment et braquent leur arme sur moi.

– Je suis venu chercher les papiers de mon père dans la voiture.

Si j'ai eu peur, la crainte s'est vite dissipée, chassée par le soulagement de ne pas être là pendant que le Chef regarde ma carte d'identité.

Ils me laissent passer.

Incliné de côté sur le siège avant, je fouille la boîte à gants, et entre le manuel d'utilisation de la Ford Falcon, l'image fluorescente de la Vierge de Luján et les cartes de la province de La Rioja, je cherche le document qui nous a permis d'entrer, il y a à peine quelques jours, à l'aéroport d'Ezeiza, pour dire au revoir à ma prof de piano, qui retournait en Suisse.

Mais je feins de ne pas le trouver, parce que j'imagine que le Chef est en train de lire que mon nom est Leonardo Diego Bazán, et que je suis né le 8 juin 1963, en pleine ville de La Plata.

Je me dis que ma photo, qui ne date que d'un an, doit le rebuter. La photo irréparable, parce que le temps manque pour en faire une autre, parce qu'il y a la queue, des files et des files de gens qui attendent pour se faire coucher sur les registres de l'état civil, et parce qu'il n'est pas question de retourner à l'angle de la 1re et de la 60e rue : les *Montoneros*[1] prennent parfois l'endroit d'assaut pour avoir de quoi se fabriquer de faux papiers.

Sur cette photo, je suis d'une terrible laideur, avec mes lèvres énormes et mes cheveux crépus. Sur cette photo, dans l'uniforme de l'école des frères maristes, où presque tout le monde a la peau très blanche, j'ai l'air déguisé.

1. Organisation politico-militaire péroniste.

Je trouve la carte d'identité de mon père, avec dans un angle la bande aux couleurs de l'Argentine.

– Allez, petit, me dit l'un des types.

Je sors du garage.

Pendant ce temps, les autres, ceux qui étaient en haut, descendent l'escalier en donnant de la voix : ils ont découvert quelque chose.

Quand j'arrive au salon, je trouve le Chef en train d'examiner mon acte de naissance. Sans doute mes parents le lui ont-ils remis afin de confirmer mon identité car, pour je ne sais quelle raison, la carte ne lui suffit pas.

À moins que le Chef ne veuille s'assurer que je suis bien leur fils.

Non pas l'enfant de parents en fuite ou absents, comme il a dû le soupçonner. Le petit dernier, le cadet de la génération que l'on suspecte, que l'on traque.

Le dernier enfant qu'ont pu avoir ces vieux. S'ils avaient tardé quelques mois de plus, ils auraient dû adopter un enfant, comme les Berenguer ont adopté leur petit Indien.

« Ne parle à personne de ce que tu viens de lire, m'a recommandé ma mère le jour où j'ai trouvé mon acte de naissance dans le porte-documents noir, sur lequel avait été portée à côté de son nom la mention *mère célibataire*. C'est un secret. Si les pères l'apprennent, à l'école, ils te renverront. »

Les types qui arrivent d'en haut nous entourent. Mon père les accueille avec une singulière fierté que je peux comprendre : cette maison est sa réussite.

Je remets la carte d'identité de mon père au Chef, qui sourit dans sa barbe. Elle est barrée des couleurs argentines, ce qui, comme je le supposais, le tranquillise.

Mais les autres lui font un signe qu'il comprend immédiatement, et il décide tout aussi vite de passer à autre chose.

– Accompagnez-les dans le jardin, ordonne-t-il à mon père. Et vous, dit-il à ma mère, venez avec moi.

D

2010

Si l'on m'avait demandé de témoigner, j'aurais dit que, dix jours après l'intrusion chez les Chagas, l'épisode ne me semble plus être qu'une blessure secrète, dont l'évolution rend compte du répertoire inépuisable des moyens de défense que mes voisins font installer chez eux.

Les ouvriers sont là toute la journée, sous les ordres d'un maître ferronnier qui alimente la frénésie que met Chagas à imaginer de nouvelles protections pour les lucarnes, les bouches d'aération, et même les gouttières. Quand il ne lui reste plus de trou à grillager, Chagas décide que, pour une raison ou une autre, ces grilles ne sont pas suffisantes, et il donne l'ordre de les arracher et de les remplacer par d'autres, aussi épaisses que des barreaux.

Le jour où je reçois chez moi les apprentis ferronniers (le maître n'a pas voulu se déranger pour si peu), les garçons se moquent des Chagas, me disent quelles sommes exige d'eux leur patron, et je ne puis croire qu'un psychiatre dispose d'autant d'argent ni qu'il puisse le dilapider ainsi, à moins qu'afficher ses moyens ne soit une autre façon de se protéger.

– Ce type doit tremper dans des trucs louches, m'affirme une amie très riche, peut-être par habitude de démonter l'intrigue des polars, peut-être pour rivaliser avec ma capacité de déduction, ou encore pour démontrer que tous les riches ne se ressemblent pas. Les flics avaient dû être alertés, ce soir-là, ajoute-t-elle. C'est sûr. Ce médecin n'est pas net.

Dans quoi pouvait bien tremper un type qui avait l'air aussi dérangé que ses patients ou, plus exactement, qui avait tout d'un savant fou de Cartoon Network ? Et cette maison, qui ressemble chaque jour davantage à un château de grand méchant de bande dessinée, avec son porche qui a tout d'un lit à baldaquin de pierre, ses vitres blindées en guise de rideaux, toutes ces grilles, ces caméras et, surtout, cette spectaculaire débauche de lumière.

– On dirait un article qu'on trouve dans les boutiques de souvenirs, remarque une amie. Un souvenir géant.

« Un souvenir, me dis-je, oui, mais de quelque chose que moi seul me rappelle, que seuls les Chagas et moi nous nous rappelons », me corrigé-je, et je les revois partir, avec leur air de payer pour une faute secrète, dans leur 4 × 4, en direction du cabinet de consultation et du salon de beauté où ils sont censés rendre la tranquillité ou une apparence harmonieuse à des bourgeois névrotiques effrayés par ce que racontent les journaux et par le spectre de l'insécurité. Une tranquillité d'esprit qui, ils sont bien placés pour le savoir, mieux que tout autre, est désormais impossible.

Quant à moi, je mène pendant une dizaine de jours une vie régulière : je me lève à sept heures, consulte ma messagerie électronique, sors la chienne et m'attelle à un roman dont je ne suis pas content, qui ne jaillit pas de moi.

Qu'est-ce que le blocage de l'écrivain ? Ce n'est pas la simple incapacité d'écrire, mais l'impossibilité d'écrire en accord avec sa vérité profonde, en connectant son imagination au centre obscur de la personnalité qui exige de venir au jour sous forme de récit. Laisse-moi sortir ou je te dévore.

Or, il y a des années que j'ai le sentiment d'écrire en vain. Des choses vaines. D'être incapable de devenir digne de mon destin.

Un jour, alors que je prends quelques notes sur la vieille maison des Kuperman, on sonne à la porte. C'est encore Marcela Chagas, avec des lunettes noires de vedette qui prétend passer inaperçue ou, me dis-je, d'agent secret, prête à livrer ses informations.

Je m'apprête à lui dire sans réfléchir : « J'étais justement en train d'écrire quelque chose qui te concerne », quand un détail m'arrête : Marcela me regarde fixement, sans un mot, comme si elle ne croyait pas pouvoir se fier à moi.

– Pardon de te déranger, et de t'avoir fait descendre, dit-elle, mais… tu n'as rien remarqué ?

D'en haut, elle semblait immobile, mais je vois maintenant qu'elle est bouleversée par la peur, qu'elle tremble de tout son corps, et qu'elle n'arrête pas de s'agiter, de façon continue et contenue, un pas de-ci, un autre de-là, inutilement méfiante : on n'est jamais à l'abri de rien.

– Tu n'as rien remarqué, ce matin, ou plutôt cette nuit ?

J'ai le net sentiment que si j'en dis trop à Marcela elle va m'entraîner dans sa folie. D'un mouvement de tête, je lui réponds que non.

– Ils sont encore entrés chez nous, ce matin, dit-elle dans un souffle, comme pour elle seule, en détournant le regard.

Je pousse une exclamation de surprise qui, bien qu'elle ne soit pas feinte, doit lui sembler outrée, ou un peu idiote.

En définitive, les Chagas n'ont fait que prévoir, qu'attendre une nouvelle violation de domicile.

– Ce matin, vers neuf heures. Robert dit qu'ils ont dû entrer par ici, en passant par chez toi.

La chienne aboie. Alertée, ma mère se montre à la fenêtre. Moins pour l'épargner que pour pouvoir me parler seule à seul, Marcela m'entraîne à l'écart, me pousse en direction du carrefour.

Quand nous passons devant le garage de Coca Aragón, elle ralentit un peu le pas et me montre le toit en terrasse.

– C'est par là qu'ils ont dû entrer chez toi. C'est ce que croit Robert.

La maison de Coca n'a pas d'étage, son toit est bas, sans ces éclats de verre que l'on cimente en haut des murs pour éviter qu'on y grimpe. Qui veut entrer chez les Aragón n'a rien d'autre à violer que la loi, il suffit de le vouloir et de trouver une prise, un appui commode pour le pied.

– Bon Dieu ! Mais bien sûr ! m'exclamé-je.

Le souvenir me revient en mémoire : un matin, il n'y a pas longtemps, j'ai trouvé sur le trottoir un tas de rameaux de lierre brisés, et j'y ai vu la preuve que quelqu'un avait grimpé par là.

Marcela, satisfaite, ne me dit rien, et je sens que je la déçois, parce que je suis à ses yeux un imbécile ou un traître. Serait-ce moi, alors, le responsable, parce que cette fois encore je n'ai rien dit ? Qu'aurais-je dû faire ? Une déposition ? Il fallait appeler le 911 ! Mais les Chagas eux-mêmes m'ont demandé de garder ça pour moi…

Nous continuons d'avancer. Quand nous arrivons devant la porte de Coca, Marcela s'arrête brusquement et appuie sur le bouton de sonnette avec l'air déterminé de qui a un projet en tête et va passer à l'action. Ce projet, c'est de me dénoncer.

– Mais ça s'est passé à quel moment ? demandé-je. Je me réveille à sept heures, pour travailler à mon roman. (Je sais que je n'ai pas le droit de l'interroger comme ça, mais rien ne peut me tirer d'affaire, sinon lui témoigner mon intérêt et, une nouvelle fois, je suis sur le point de lui dire que ce que j'écris la concerne, mais le pressentiment que je vais me ridiculiser en le lui confiant m'arrête.) Je les aurais vus, Marcela. Je les aurais entendus. Ma chienne aurait aboyé…

Marcela m'adresse un sourire sarcastique en jetant un rapide regard en arrière. Croit-elle que je les couvre ? Se plaît-elle à m'humilier ?

– Nous avons trouvé de la nourriture sous le toit du barbecue, au fond du jardin. (Coca ne vient pas ouvrir.) Des cartons de vin, de hot-dogs. Ils ont dû arriver vers quatre heures, quand il faisait encore nuit. Ils sont passés par là, de là chez toi, de chez toi au barbecue, où ils ont tranquillement attendu qu'on se lève et qu'on débranche l'alarme. À neuf heures, Robert a sorti le chien et les a vus venir vers lui sans se presser du fond du jardin.

– Mais ce matin je n'ai pas entendu Jazmín aboyer, insisté-je, bêtement, sans réfléchir (parce que je ne peux pas supporter l'idée que ces types aient pu, du fond du jardin, me regarder me lever, sortir sur le balcon, donner à manger aux oiseaux et me mettre à écrire en me croyant libre, en sécurité).

– Cette fois, ç'a été plus violent, tu sais ? me confie Marcela. *Beaucoup* plus violent.

Elle n'en dit pas plus. Quelque chose, dans son attitude, m'empêche de chercher à en savoir davantage.

Presque exaspérée, elle continue de sonner chez Coca – mais que tient-elle à lui dire, elle qui veille toujours à ne pas déranger les vieilles dames ? – et me demande pourquoi celle-ci tarde tellement à ouvrir.

– Coca a maintenant quatre-vingt-onze ans, lui dis-je, il y a longtemps que tu ne l'as pas vue, elle est très grosse et elle se déplace très difficilement avec un déambulateur.

Mais, dans le fond, je cherche avant tout à deviner ce qu'on peut avoir fait de si terrible aux Chagas, cette fois. Marcela ne présente ni traces de coups ni blessures.

Quoi qu'il en soit, je comprends que les moyens de protection installés par son mari sont l'un après l'autre mis en échec. Tous ces appareils ridicules, toutes ces tactiques destinées à traiter les voleurs comme ses patients psychopathes ont foiré lamentablement.

Je me demande ce qui va arriver maintenant. Jusqu'où les choses vont-elles aller ? Dois-je me lancer dans cette course folle ? À quoi bon cultiver mon jardin, si c'est un échafaud ?

– Il faut que je parte d'ici, dit Marcela devant la porte close, apparemment blessée, comme si la vieille cherchait délibérément à lui marquer sa défiance, mais elle ne bronche pas, pour ainsi dire. (Il me faut un moment pour comprendre qu'elle ne veut pas parler de cette porte, ni même de sa maison, mais du quartier tout entier.) Robert ne veut pas partir, mais ça ne peut pas continuer comme ça.

Si elle est venue jusqu'ici frapper à la porte de Coca, m'explique-t-elle, c'est seulement parce que son mari le lui a demandé, afin d'obtenir un renseignement qui lui permettra de mettre en œuvre sa dernière stratégie ; mais elle ne croit plus en lui, et en profite pour s'en prendre à moi, comme si elle voulait se venger de la réalité qui a mis en évidence l'impéritie de Robert.

Je lui dis qu'elle a raison, que ça ne peut plus continuer comme ça, et elle me regarde, incrédule. Ma voix trahit une terrible culpabilité, de la pusillanimité à trahir mon gouvernement, mon idéologie, ou peut-être encore une crainte quasi enfantine d'en être privé.

Mais, brusquement, Marcela perd la face. On dirait qu'en se laissant emporter par la haine elle a commis une erreur fatale, en a trop dit.

– Je t'en supplie, mon grand, ne dis à personne que nous allons partir, n'est-ce pas ?

Après quoi elle ajoute, comme si elle en discutait avec Robert :

– Nous devons partir, nous devons partir, n'importe où...

– Bon, vous vendrez facilement, affirmé-je, essayant de la consoler.

Sur ce, une crainte dont la raison ne m'apparaîtra que plus tard s'empare de moi : s'ils s'en vont, si leur maison reste vide, la mienne sera très exposée, sans protection.

– *Cette* maison ? fait-elle. Dans *ce* quartier ?

On dirait, à l'entendre, que tout le quartier est responsable de ce qui lui arrive, qu'en s'y installant elle est tombée dans un piège. Mais lequel ?

À ce moment-là, elle sursaute comme si elle venait d'entendre une détonation, je ne sais quoi, un des mille bruits de la rue à midi.

– Mais comment se fait-il que Coca ne soit pas là ? Comment est-ce possible ? s'impatiente-t-elle.

Il est vrai que c'est bizarre, et je me mets moi aussi, brusquement, à redouter le pire.

– Et son mari n'est pas là non plus ? me demande-t-elle.

Je n'en crois pas mes oreilles.

– Son mari s'est suicidé, dis-je, il y a environ treize ans.

Marcela ne s'en émeut pas ; elle ne sait rien de nous, elle n'a jamais rien voulu en savoir, et les événements de ces derniers jours démontrent que c'est mieux ainsi.

Pour éveiller sa compassion, j'énumère toutes les « pertes » qu'a connues le quartier depuis la mort de mon père, tous les vieux qui sont morts depuis.

– Tiens, la Parque n'est pas loin, fait-elle, énigmatique, en me coupant la parole au moment où elle voit un vieux qui revient de promener son chien, avant de me saluer et de me laisser seul.

Et une fois seul, inquiet au sujet de Coca, je me rappelle le récit du suicide de Martín que m'a fait mon père, alors que je revenais de voyage : Coca arrivant chez nous par la petite porte de derrière et réclamant mon père en criant « Martín s'est tiré dessus ! Martín s'est tiré dessus ! ». Mon père a vu dans ce cadavre, dans ce suicide, un message secret dont il ne m'a jamais rien dit, dont il ne s'est jamais remis. Plus tard, la police l'a interrogé et, cette fois, lui a demandé, ainsi qu'à ma mère, de faire une déposition au commissariat.

Atterré, je comprends que non, Coca ne va pas venir ouvrir la porte.

Je cours chez moi.

Quand j'arrive à l'étage, je me penche au balcon de derrière, mais mon attention est attirée par le toit du barbecue de jardin sous lequel, la nuit dernière, autant dire il y a un rien de temps, les assaillants étaient là, à casser la croûte comme si tout était à leur disposition, et à se moquer de moi, peut-être.

Je regarde ensuite, au-dessous de moi, la cour, le toit de tôle rongé par la rouille, le jardin dévasté, le bassin vide, craquelé, couvert de planches, et j'éprouve à la fois de la honte et du soulagement à la pensée qu'ils ont pu voir notre pauvreté. Mais qui sait, qui sait s'ils nous auront pour autant exclus de leurs incursions.

Non, rien n'indique qu'ils soient passés par chez nous, cette fois. Mais où peut bien être Coca ? me demandé-je en me penchant du côté de son jardin, pour essayer de percer du regard la treille et les plantes énormes que plus personne ne contrôle. Des voix se font entendre, mais ce n'est que la radio, la radio que Coca laisse allumée, toujours sur la même station, qui diffuse des tangos, et que Martín écoutait tous les matins, comme le jour où il s'est tiré une balle dans la tête. Je me demande alors : comment ma mère a-t-elle pu continuer à vivre, si ce que je redoute qui se soit produit est réellement arrivé ?

Finalement, j'entends ma mère ouvrir la toute nouvelle grille de la porte de la cuisine, et dire au revoir à Coca, qui est venue lui rendre visite de bonne heure, et qui est restée là, avec elle, à boire du maté et à s'inquiéter parce que, en effet, elle a entendu pendant toute la nuit des bruits étranges.

Je préfère me cacher, pour ne pas avoir à lui expliquer qu'une bande de criminels l'a regardée dormir et, du même coup, forcer ma mère à imaginer ce qui aurait pu se passer. Je retourne à mon ordinateur.

Longtemps, j'ai aussi voulu écrire une autre histoire vraie, que m'a racontée mon amie Alida. Celle d'une femme qui, une nuit, en pleine dictature, entend quelqu'un entrer par la fenêtre de la buanderie. L'irruption lui fait si peur que, dans le noir, elle feint de dormir jusqu'à ce que, à l'aube, l'indésirable s'en aille. Mais, le lendemain, à la même heure, elle entend de nouveau des bruits dans la buanderie, le type s'introduit une nouvelle fois par la lucarne, et elle simule une nouvelle fois le sommeil. Il en va ainsi jusqu'au jour où, sans lui demander son avis, le syndic décide de faire poser des grilles à toutes les fenêtres de l'immeuble. Quelques mois plus tard, une main anonyme écrit sur sa porte, à la bombe, « Ça fait des mois ». Mon récit pourrait donner un sens et une fin à ce graffiti.

Ce qui me dissuade de l'orienter dans ce sens, c'est la ressemblance de cette histoire vraie avec une nouvelle de Cortázar. Mais je ne peux m'empêcher de me dire que c'est justement ce que je suis devenu : une sorte de maison occupée.

Peut-être mes barreaux sont-ils l'écriture. Mais peut-être les choses se répètent-elles pour qu'on les comprenne enfin, me dis-je, et ma façon de comprendre, c'est de les écrire.

Mais qu'écrire, pour l'heure ? Écrire justement quelque chose sur la *tactique pour entrer par le jardin de derrière.*

E

1976

– Accompagnez-les dans le jardin, a dit le Chef.

C'est comme ça qu'il l'a dit, comme si mon père n'était plus le maître de maison. Il les a suivis avec une promptitude que je crois comprendre : il y a des ententes tacites entre tous ceux qui ont appris à obéir sous les drapeaux.

– Et vous, venez avec moi.

Ma mère qui, elle, ne comprend rien à ce qui se passe, sans même me regarder, sort sur le trottoir.

Les gens du quartier la voient-ils sortir ainsi de chez elle, comme si elle pénétrait dans le box des accusés ? Habillée et nerveuse comme elle l'est, exhibée sous les yeux de tous ?

Je recule, dos au piano. Je m'assieds sur le tabouret. Si ma cousine me voyait… Dès que ce sera fini, je lui téléphonerai. Finalement, mieux vaut qu'elle ne soit pas là.

« Vous avez remarqué des allées et venues inhabituelles ? demande le type à ma mère. Chez vos voisins, je veux dire. » Elle répond que non. Surprise, choquée. Pour qui la prend-on ? « Vous avez vu vos voisines, aujourd'hui ? » insiste le type.

C'est donc à elles qu'ils en veulent.

– Vous n'avez pas vu arriver leur voiture, aujourd'hui ? demande le Chef.

Mais ma mère ne saurait même pas dire quelle est la marque de leur auto. (« Elles ont une Dodge blanche, pourrais-je leur apprendre, si je l'osais. Avant, elles avaient une Siam Di Tella noire, une belle bagnole. » Mais qu'en penserait ma cousine ?)

Le type ne la croit pas. Je sais que si ma mère disait ce qu'elle sait, il la croirait encore moins. Elle pourrait dire que Mme Felisa avait des lys blancs dans le parterre du coin, et que, bien que juives, elle et ses filles nous en offraient toujours un que j'apportais pour le mois de Marie à l'école, où on le mettait devant l'autel. *(Mais quelle importance ?)* Que Ruth, la plus jeune, est professeur d'arts plastiques – un jour, elle m'a emmené au parc d'attractions, pour participer à un concours de peinture en plein air, et une autre fois au théâtre, avec Simón, son neveu –, et que c'est grâce à elles que l'on m'a inscrit à l'École des Arts… *(Aucun intérêt.)* Elle pourrait aussi dire qu'un jour, pendant qu'elles étaient à Miramar, on est entré chez elles pour les cambrioler, et que quand elles sont revenues, prévenues par la police, c'est mon père qui les a accompagnées dans toute la maison pour dresser le constat, la liste des objets volés, trésors perdus fantastiques et secrets qui m'ont fait rêver pendant des années, comme si le voleur n'était autre que moi. *(« Ça, on le savait », pourrait encore dire le type. Voilà peut-être pourquoi ils sont passés par l'arrière.)*

Il a dû lui demander un nom. Et ma mère l'a donné. Je l'ai entendue. Mais le nom de qui ?

Quelque chose alerte le Chef, qui court vers le coin de la rue. J'en profite pour sortir sur le trottoir.

– Où est ton père ? me demande-t-elle aussitôt, comme si elle n'avait pas eu autre chose en tête.

– Maman, ne donne pas de noms !

Tout d'abord, elle ne comprend pas, mais, quand elle a compris, elle s'indigne.

– Rentre, et ne me le fais pas dire deux fois !

Je vois que, de colère, les larmes lui viennent aux yeux et son menton tremble.

Je retourne à reculons jusqu'au piano, je me mets devant le clavier, que je caresse en regardant la partition du morceau que j'ai vainement essayé d'apprendre. « Ne demande jamais les noms, me disait ma cousine, tu n'as pas à savoir. » Je posais toutes sortes de questions à la belle jeune fille qu'elle avait amenée vivre à la maison, une camarade d'études qui n'étudiait jamais rien et ne mettait pas le nez dehors. J'étais intrigué parce qu'elle portait le même patronyme que ma mère, Yrla, alors qu'elle n'avait aucun lien de parenté avec nous, et que sa famille était riche. Mon père était en mer, et ma mère, craignant qu'il ne revienne et ne découvre notre invitée et son expression étrange, dédaigneuse, triste, avait un jour fini par coincer ma cousine : « C'est une *Montonera* ? Nous la cachons ? » et celle-ci avait répondu : « Je ne sais pas. Mieux vaut ne pas savoir. » Alors, comme aujourd'hui, ma mère avait pleuré de rage. Je ne supporte pas de la voir pleurer, même quand elle a tort. Je regarde donc la partition. Une étude de Chopin. Je joue quelques notes. J'aime Chopin. Quand j'écoute les concerts, à la Radio Nacional, je me sens romantique. Mais je ne connais que Bach. Ana Magdalena Bach. La *Polonaise* que j'ai apprise par cœur.

Mais qu'est-ce qu'il fait, maintenant, ce garçon ? se demandent les voisins. Pourquoi joue-t-il du piano ? Il laisse sa mère seule comme ça avec ce militaire qui revient l'interroger, encore plus furieux que tout à l'heure ?

Et ce nom, Kuperman, n'est-ce pas juif allemand ? Ne leur ai-je pas demandé un jour, aux Kuperman, si elles connaissaient la ville des Bach ? Et n'est-ce pas Ruth Kuperman qui a conseillé à ma mère de m'inscrire à l'École des Arts ? C'est d'ailleurs pour ça que mon père n'a plus voulu que j'aille les voir. Je me souviens de l'après-midi où ma mère m'a emmené voir un professeur de piano. Elle s'était drôlement bagarrée avec mon père. J'avais un devoir à faire, un des travaux pratiques de sciences naturelles, et ma mère m'aidait à trier et à mettre dans des sachets en papier de soie des lentilles, des haricots et des pois chiches tout en lui tenant tête, jusqu'à ce que mon père file dans la chambre, que ma mère lui lance une insulte, qu'il revienne brusquement, lui serre le cou, et que je tire sur ses bras jusqu'à ce qu'il la lâche. Ma mère pleurait tandis que j'écrivais le nom des graines sur les sachets – ses larmes brouillaient l'encre quand elles tombaient dessus – et, ce soir-là, elle est venue dormir dans ma chambre. Moi, j'ai surveillé par la fenêtre la cour dans laquelle mon père aiguisait je ne sais quoi, à cette heure tardive. Oui, c'est bien le lendemain que ma mère, pour me faire plaisir, m'a conduit à ce conservatoire, à l'angle de la 8e et de la 41e rue, et que j'ai écouté le professeur jouer pour moi. « Mon Dieu ! ai-je dit. Qu'est-ce que c'est ? – Schumann », a répondu sa fille, une rousse de mon âge, que j'ai bientôt terriblement, amoureusement, jalousée. « Que ce soit avec moi ou avec un autre, madame, a dit le professeur à ma mère, il faut que ce garçon continue à prendre des leçons de piano. Il a beaucoup de talent. » J'ai cru ce qu'il a dit : il avait appelé *talent* tout ce qui s'était accumulé en moi, qui a fini par déborder et me faire pleurer comme pleure la musique.

Et les voisins, ont-ils vu par la porte entrouverte, derrière ma mère qui répondait aux questions, comment l'un des types est arrivé du jardin du fond et s'est placé derrière moi pour écouter, m'examiner comme s'il n'y comprenait rien ?

Je finis de jouer, et quand j'arrive au dernier accord en octave, au lieu d'un applaudissement, au lieu d'un silence vient la voix d'un type, qui me fait sursauter.

– Joli, dit-il derrière moi.

Je me retourne et vois qu'il m'observe, intrigué.

Ma mère arrive à ce moment-là. Je suis content de ne pas avoir entendu son interrogatoire. Elle regarde le type, me regarde, et je crois qu'elle comprend quelque chose qui est pour moi une énigme.

– Ça suffit, mon chéri, m'enjoint-elle. Arrête, maintenant (comme elle dirait : « C'est bon, ça va pour cette fois, nous sommes tous sur les nerfs, mais ça, c'est trop »).

C'est alors qu'arrivent du jardin les voix des types qui reviennent. Celle de la chienne qui aboie après eux. Celle de mon père qui, lui-même calme, lui ordonne de se calmer, d'arrêter de faire chier.

Pourquoi tardent-ils à entrer ? Je les entends dans la cuisine, où ils se sont arrêtés. Ils acceptent les verres d'eau que mon père leur offre, comme le ferait une patronne de bistrot, et quand je le vois enfin apparaître, il sourit avec une expression qui est presque celle d'un autre homme, parce que son visage est transfiguré par une grande joie.

Le visage d'un maître, maître de sa maison et de lui-même. Maître de nous deux. Un visage, me dis-je, à figu-

rer sur de nouveaux papiers d'identité. Parce que cette seule image raconte ce qu'il est : quels sont ceux qui l'ont aimé en ce monde, ce qu'il a fait pour être digne d'eux, et comment il a obtenu en récompense la bande aux couleurs nationales qui barre le coin de sa carte d'identité actuelle.

Ils sont passés chez les Kuperman par le jardin de derrière, et ils n'ont trouvé personne. C'est une chose sûre. Mais il a démontré qu'il était encore un bon soldat.

F

2010

Si l'on m'avait demandé de témoigner, j'aurais déclaré, comme le dit mon amie en manière de plaisanterie, que les Chagas, après le second cambriolage, « sont passés à la clandestinité ». Ils ne viennent chez eux que le jour, d'un endroit dont ils refusent de me dévoiler l'adresse. En voyant le petit chien que Marcela porte dans un de ces sacs cylindriques qui servent à trimballer tout ce qu'il faut pour préparer le maté, j'en déduis qu'ils vivent maintenant dans un immeuble où les animaux ne sont pas admis.

La femme de ménage paraguayenne vient de temps à autre avec sa blouse verte et les clés à la main chercher les journaux et les lettres, continuer le déménagement laborieux et faire en sorte que la maison ait l'air d'être habitée : j'en conclus que cet immeuble ne doit pas être très loin. C'est sans doute l'un de ceux, luxueux et récents, qui cernent nos maisons.

Carlos, le jardinier bolivien qui arrive vers dix heures et reste toute la journée, me pose des questions sur les infiltrations et accepte mes doléances au sujet de la vigne vierge qui nous envahit. En tête à tête, dans une semi-complicité, je sens par moments qu'il essaie de savoir ce qui est arrivé à ses patrons pour qu'ils aient déménagé de cette façon, à moins qu'il ne cherche à deviner ce que j'en sais. Si, à charge de revanche, je lui demande un service, son tarif est le même pour moi que pour eux.

La dernière nouveauté est un énorme projecteur qui, installé sur le toit du barbecue dans le jardin derrière la maison, s'allume automatiquement, et dont la lumière pénètre jusqu'au fond des maisons, du moins celles qui, comme la nôtre, n'ont pas de persiennes. La nuit, ma mère n'a plus besoin d'allumer les lampes pour se déplacer quand elle ne peut pas dormir. Un matin, avant l'aurore, quand je rentre chez moi, je la trouve dans sa cuisine, qui regarde la cour sous cette lumière glaciale.

– Qu'est-ce qu'il y a ? Tu es triste ? lui demandé-je.

Les barreaux de la fenêtre projettent sur elle leur ombre pénitentiaire.

– Je pense à ceux qui vont venir, me confie-t-elle après avoir longtemps hésité.

Aussitôt après, comme si elle craignait que je ne m'y méprenne, elle m'explique, avec une tristesse excessive :

– Qu'allons-nous avoir, comme nouveaux voisins ?

– Bon Dieu, maman ! m'exclamé-je, irrité. On dirait qu'il ne peut pas arriver de braves gens !

Elle ne répond pas, mais elle n'est pas rassurée pour autant.

Peut-être trouve-t-elle injuste d'avoir encore à se soucier de quelqu'un d'autre, à son âge. Il se peut aussi qu'elle ne m'ait pas dit la vérité, et qu'un tourment secret, comme le mien, l'empêche de dormir.

Un matin, je rencontre Marcela sur le trottoir, et je lui demande où en est la vente de la maison. Elle me répond qu'il n'est pas facile de vendre *ici* avec une expression de mépris qui englobe tout le quartier et peut-être même le pays entier. Encore inspiré par la culpabilité, je suggère qu'elle devrait peut-être s'installer dans une résidence protégée.

– Oh, non, mon cher, me dit-elle. Ce sont des prisons pour riches.

Un autre jour, Marcela sonne à la porte et m'assure que notre dernier espoir, c'est que quelqu'un vienne nous acheter nos maisons pour les démolir et construire des immeubles. Elle ajoute que si je mettais moi aussi la mienne en vente, et si nous décidions Coca à vendre la sienne, on nous offrira beaucoup d'argent pour l'ensemble des terrains. Je lui confie que je rêve aussi de vendre. Dans le fond, ma seule consolation, c'est de me dire que je le ferai quand ma mère sera morte. Parce que je sais que déménager, ce serait la tuer, et qu'il en irait de même pour Coca Aragón.

– Évidemment, mon pauvre, compatit-elle, sarcastique (je sais que Robert lui a dit que mon rapport à ma mère est maladif).

D'un air moqueur, elle me recommande de ne pas m'inquiéter, ajoutant que même s'ils déménagent ils se débrouilleront pour procurer des calmants à ma mère.

Mais, le lendemain, comme s'ils se vengeaient en affichant aux yeux de tous que ma mère et moi sommes désormais seuls et sans défense, ils font accrocher sur la façade de leur maison une énorme pancarte, qui proclame : À VENDRE.

Un soir, en rentrant chez moi, je remarque de l'agitation dans la maison voisine, et je découvre les Chagas en train de surveiller une ribambelle d'hommes à tout faire avec l'inquiétude allègre qu'inspirent les affaires qui nous changent la vie et une insouciance qui me révèle tout.

Quand elle m'aperçoit, Marcela vient vers moi, à la demande de Robert. Celui-ci, derrière le dos de sa femme, sourit, résigné, avec une expression qui semble dire que les symptômes de la folie de Marcela ne sont plus ses soupçons d'éventuelles agressions, mais l'incontrôlable passion pour les affaires dont elle témoigne à présent.

Marcela m'annonce qu'ils ont vendu, qu'ils ont enfin vendu cette maison, et que samedi, après-demain, ils doivent remettre les clés. Mais elle est inquiète parce que, dans l'appartement où ils se sont installés, ils n'ont pas assez de place pour caser je ne sais quels paquets de je ne sais quel attirail de salon de beauté. N'aurais-je pas de la place, chez moi, maintenant que j'ai vendu la voiture de mon père ?

Je lui réponds que, bien sûr, ç'aurait été avec plaisir...

– Mais, improvisé-je, tu ne peux pas imaginer la quantité de choses que mes parents ont accumulées...

En fait, j'ai déjà presque tout jeté et, maintenant qu'ils s'en vont, je ne veux plus avoir aucun lien avec eux.

– Oh, ce n'est que pour quelques jours, insiste Marcela avec une expression d'enfant capricieuse, en levant les yeux en direction d'une pièce éclairée *a giorno*. Viens, viens, poursuit-elle, que je te montre de quoi il s'agit, tu verras, ce n'est pas grand-chose, tu vas sans doute pouvoir...

Je suis sur le point de lui dire non, quand je m'avise que, pour la première fois depuis trente ans, ils me proposent d'entrer chez eux. Dans la maison où les Kuperman ont vécu et que je hante ces derniers temps, d'une certaine manière. Étonné, j'accepte.

Laissant son mari surveiller seul le déménagement, Marcela se dirige vers la porte d'entrée et je la suis, en cherchant à savoir ce qui m'intéresse par-dessus tout.

– Qui est le nouveau propriétaire ?

Elle fait celle qui n'a pas entendu, sourit et a une expression que je n'arrive pas à déchiffrer, comme si elle me demandait d'attendre ou de parler plus bas.

Je parie que si j'entre dans son jeu elle me livrera plus facilement ce qu'elle sait. Je lui dis tout bas que ce que je redoute le plus, c'est de voir venir un Chinois qui ouvrira un supermarché.

– Oh, non ! souffle-t-elle, en souriant comme si nous parlions de la pluie et du beau temps. *C'est tout le contraire.*

Tout le contraire d'un Chinois ? me demandé-je. Quand nous réussissons à traverser le porche encombré de valises, de paniers et de paquets et à pénétrer dans la petite entrée aveugle où brille, inquiétant, le tableau de commande de l'alarme que dernièrement des voleurs ont forcé Ivancito à débrancher (« La balise primaire et la secondaire, hé ! »), elle consent enfin à se tourner de mon côté et me parle à mi-voix :

– Écoute, c'est un médecin très connu, quelqu'un de toute confiance, avec qui tu n'auras aucun problème. Mais je ne peux pas te dire son nom pour le moment, tu comprends ?

Marcela m'expose alors un problème de droit de la famille auquel je ne comprends pas grand-chose, subjugué par ma découverte de l'intérieur de la maison, que j'aperçois par la porte entrouverte.

– Je peux seulement t'assurer que ce sera vraiment le meilleur des voisins…

Je me rappelais une salle à manger sombre, immense, avec des meubles aux dimensions impressionnantes, une exquise odeur de cire et la sensation qu'un enfant n'avait rien à faire là. Mais je trouve un parquet flottant et un espace complètement blanc que l'absence de meubles rend encore plus grand.

– Je lui ai parlé de vous, pendant que nous signions, poursuit Marcela, en pensant, bien entendu, à l'acheteur inconnu, comme si elle avait compris que sa réticence m'offense. Il est fasciné à l'idée d'avoir un voisin écrivain, et je lui ai dit aussi : « Ce sont les meilleurs voisins du monde ! En trente ans, nous n'avons pas eu un seul problème avec eux ! »

Je me demande si elle plaisante ou si c'est là un nouveau symptôme de sa folie : la nostalgie de ce qui n'a jamais existé. Mais je ne dis rien, distrait par chacun des éléments de cette maison dans laquelle je n'entrerai peut-être jamais plus, et qui rend mon besoin d'écrire plus impérieux encore.

Brusquement, je découvre dans un coin Carlos qui, sans nous quitter des yeux, avec un sourire légèrement sarcastique (à quel point doit-il être exaspéré par les excentricités de ces nouveaux riches !), répare une prise.

– C'est incroyable comme une maison peut se dégrader en à peine un mois d'abandon, n'est-ce pas, Carlitos ? fait-elle en découvrant qu'il nous surveille.

Pour je ne sais quelle raison, je sens qu'elle dissimule devant le Bolivien ce qui véritablement nous rapproche, elle et moi. Me prenant par le bras, elle me conduit vers l'escalier.

La pression affectueuse de sa main sur mon coude me confirme qu'elle est vraiment en proie à une nostalgie absurde, et quand je reviens à la réalité pour éviter les paquets qui encombrent les marches, Marcela parle de mes parents.

– Je me rappelle le jour où nous sommes arrivés, le 17 août 1978, précise-t-elle (je note la date pour mon roman). Ma mère m'a dit : « Ma chérie, avec ces voisins, tu n'auras jamais le moindre problème », et il en est bien allé ainsi. En trente ans, pas le moindre accrochage…

De l'autre côté d'une sorte de fenêtre intérieure traversée de rayonnages, j'entrevois la Paraguayenne qui nettoie la cuisine, maintenant immense. Par les baies qui donnent sur le jardin, j'aperçois le petit chien qui court autour de la piscine, peut-être heureux d'avoir quitté l'appartement et le panier dans lequel on le porte, ou peut-être rendu fou par le changement ou ce qu'il perçoit du délire de sa maîtresse.

– Je me souviens très bien de ta mère, lui dis-je avec la solennité qui convenait à la vieille dame aux yeux verts atteinte du cancer, dont la considération avait fait la grande fierté de Chagas.

Mais quelque chose, dans mon ton, suggère malgré moi que j'ai bien d'autres souvenirs qui démentent son euphorie.

Je me souviens du temps où les Chagas étaient des nouveaux venus dans le quartier et de leur espèce d'idiotie, pleine de foi en la vie, qui nous aveuglait comme un soleil. Je me souviens de la passion de mon père pour Jimena, la fille aînée des Chagas, qui devait alors avoir un peu plus de douze ans, dont l'arrivée a été pour lui un cadeau, dans la vacuité de sa retraite.

Je me souviens de la bonne d'enfants, une Allemande du Chili, qui aimait elle aussi la petite, et de la façon dont elle avait été renvoyée par les parents quand ils s'étaient rendu compte que Jimena commençait à imiter ses manières.

Je me souviens que quand Ivancito, leur deuxième enfant, est né, ma mère a donné son sang pour sauver la vie de Marcela, ce dont ils ne lui ont jamais été reconnaissants, estimait-elle. De plus, disait mon père, c'est après la naissance de cet enfant qu'ils ont commencé à ne plus nous adresser la parole – les Chagas étaient déjà riches quand le petit est devenu la vivante image de leurs aspirations.

Peut-être n'étaient-ce là que des idées que nous nous faisions. Peut-être les Chagas n'en sont-ils jamais venus à nous déprécier. Ils construisaient leur empire, ne se souvenaient de nous que lorsqu'ils avaient besoin de quelque chose, et ils se précipitaient alors sur notre sonnette comme on court au magasin chercher un outil. Sans même voir à quel point nous les détestions.

Nous arrivons à l'étage, et je remarque qu'il est toujours divisé en trois chambres – qu'occupaient jadis Mme Felisa et ses deux filles –, bourrées de tout un attirail de salon de beauté. Je me rappelle alors ce que m'a dit Marcela, un jour qu'elle m'avait conduit en voiture de l'arrêt d'autobus à la fac. « J'ai fait médecine, mais je me suis rendu compte que mon truc, c'était le commerce », et sur un ton effectivement très commerçant elle m'avait expliqué son idée, pour mettre en pratique la vocation qu'elle se découvrait : ouvrir une clinique psychiatrique. Et la clinique fut, mais si exclusive qu'il n'y eut pas de fou capable d'en payer le prix, si bien que Marcela décida de la transformer en maison de retraite, qui, après un nouvel échec, devint le salon de beauté que des dizaines de bourgeoises occupent désormais des heures entières. Après m'avoir dit ça, ce jour-là, Marcela m'avait proposé de jouer du piano pour les fous, ce que j'avais refusé, même si j'avais besoin de travail, pour ne pas être utilisé comme ils utilisaient mon père, ce qui me faisait horreur. Parce que mon père était à leur service, et comment. D'emblée, chaque fois que sonnait l'alarme – à une époque où de telles mesures de protection étaient pour ainsi dire inconnues et où le vacarme électrisait le voisinage et lui faisait passer des nuits blanches –, mon père courait sans arme défendre le bien d'autrui, en m'accablant du mystère de l'opposition entre son courage et ma peur, son audace suicidaire et ma couardise, états affectifs contradictoires qui étaient pourtant pour moi les clés de la survie…

À ce moment-là, j'avais déjà compris que mon père était fou, et je me demandais comment un psychiatre pouvait admettre qu'un vieil homme, tout cinglé qu'il était, risquât sa vie pour lui. Ou si c'était là une façon éhontée de manipuler les psychopathes.

En entrant enfin dans la chambre où se trouvent apparemment les paquets que Marcela me demande de garder, je me rappelle l'événement qui m'a révélé ma couardise, il n'y a pas si longtemps, quand mon père se sentait déjà dédaigné et que ma mère avait rompu tout lien avec les Chagas, parce que le docteur trouvait qu'elle manquait de distinction en brûlant, comme on l'a toujours fait ici, les feuilles mortes en pleine rue. Chagas avait fait installer sur le mur mitoyen l'appareillage compliqué d'un climatiseur qui faisait trembler notre maison et la fissurait.

Mon père, voyant que le moteur était posé de notre côté, et non pas de celui du voisin, est monté sur le toit et l'a enveloppé de plastique, ce qui a failli provoquer un incendie des deux maisons. En représailles, après avoir fait installer l'appareil de son côté, Robert a coupé le fil du téléphone de mes parents, qui passait au-dessus de son jardin, et a ainsi laissé ces deux vieux sans communication pendant des mois.

Les gens me disaient de porter plainte, ou au moins d'aller sonner à sa porte et de lui flanquer une trempe. Mais je n'ai été capable de rien dire, ni de rien faire, comme si Chagas n'était autre que ce voleur à la rencontre duquel mon père était allé chaque fois que sonnait l'alarme, ce voleur qui m'avait fait si peur. Et ne serait-ce pas à cause de cette poltronnerie qu'ils se fiaient maintenant à moi ?

– Je ne crois pas avoir assez de place pour caser tout ça, dis-je enfin, quand Marcela me montre une énorme pile de serviettes, entassées au pied du tableau de commande du climatiseur, parmi des tas d'autres choses dont ils se sont servis pour regagner l'amitié de ma mère : des numéros de

¡ Hola! trop vieux pour leurs salles d'attente, des échantillons gratuits de clonazépam.

Dans un coin, une affiche décollée du *Seigneur des anneaux* m'apprend que cette chambre était celle de Jimena, leur fille aînée, qui voulait être écrivain, et à laquelle ils ont interdit d'être mon élève. Peut-être cette pièce a-t-elle aussi été, dans le passé, celle de l'aînée des Kuperman.

– Bien entendu, nous ne leur avons pas parlé de ces cambriolages, tu comprends ? me dit Marcela comme si elle m'adressait une prière, quand je reprends mes esprits.

Je la regarde, troublé… C'est pour me dire ça qu'elle m'a entraîné ici, où personne d'autre que moi ne peut l'entendre.

– Ceux qui ont acheté, insiste-t-elle, *ne savent rien.*

Ce n'est pas fait pour me surprendre : quand j'ai vendu ma maison de Villa Elisa, je n'ai rien dit du vieux litige sur les dégâts des eaux qui m'opposait aux propriétaires de l'appartement du dessous. Mais aujourd'hui c'est une autre affaire, dans laquelle ceux qui vont s'installer dans cette maison pourraient laisser leur peau.

– Et toi, tu vas leur en parler ? me demande-t-elle.

– Je n'en sais rien, répliqué-je aussitôt, choqué.

Mais, en disant ça, je pense seulement que je ne sais pas trop quoi dire, et pas davantage ce qu'il faudrait leur dire.

D'une certaine manière, avec prudence et sans y faire allusion, Marcela me fait comprendre qu'elle est prête à acheter mon silence.

– Ne leur en parle pas, m'intime-t-elle en prenant des gants.

Je perçois dans cette exigence une vague menace.

– Nous avons de nouveaux voisins ! annoncé-je à ma mère quand je regagne la cuisine, en m'approchant de son appareil auditif.

Avec étonnement et horreur, elle lève les yeux. Il en est toujours ainsi, elle s'attend au pire. Mais il y a plus : sa surdité lui permet de percevoir, avant l'assurance de mon propos, le tremblement de mon corps, qui m'échappe.

– Des assassins ? croit-elle entendre, à moins qu'elle n'évoque cette possibilité pour être détrompée et rassurée.

– Mais, non ! Non ! crié-je.

Et je répète plusieurs fois le mot *voisins*, indigné, parce que son incapacité absolue à ne pas s'inquiéter me désespère. De son côté, elle est irritée d'être traitée en vieille sourde. Un autre jour, nous n'aurions pas coupé à l'engueulade, mais cette fois la curiosité est la plus forte. Elle me demande *qui sont ces gens*.

– Un médecin très célèbre ! dis-je en parodiant la fatuité de Marcela, ce qu'elle comprend, à mes gestes et mes mimiques, mais ne trouve pas drôle.

– Alors, c'est une garantie ! fait-elle avec une ironie amère. Et comment s'appelle ce médecin très célèbre ? demande-t-elle après un long silence.

– Ils ne veulent pas me le dire ! Il paraît qu'il vient de divorcer, ajouté-je.

Mais son esprit est déjà ailleurs.

Au bout d'une minute, elle recommence à avoir peur, et je sens qu'elle comprend quelque chose que je n'arrive pas à saisir. Quelque chose de trop atroce.

– Et il pourrait me prescrire du clonazépam, ce médecin célèbre ? ose-t-elle demander.

En définitive, elle ne se soucie nullement de ce nouveau voisin qui va arriver quand elle ne sera peut-être plus là, mais seulement de son impuissance à surmonter l'angoisse que l'insomnie va lui apporter avec la nuit. Je hausse les épaules.

Si l'on m'avait demandé de témoigner, me dis-je, en regardant le palmier au fond du jardin des Chagas qui ressemble à un décor devant lequel Marcela passe, le Bolivien derrière elle, chargé des dernières affaires ; si ce dépouillement était explicitement mentionné dans l'acte de vente de la maison, alors, le « célèbre médecin » ne serait pas tombé dans le piège.

Ce que voulaient les Chagas est évident : me laisser affronter seul les voleurs, devant les nouveaux voisins. Moi, le seul qui aurait pu les prévenir.

Écrire, me dis-je.

Avant qu'ils ne s'en rendent compte par eux-mêmes. Avant qu'ils ne deviennent les prochaines victimes.

Mais qui sait, qui sait si j'en serai capable.

G

1976

Il n'avait pas dû s'écouler beaucoup de temps, parce que, quand les Kuperman sont enfin revenues, quand est apparue la lumière des phares de leur petite Dodge qui montait sur le trottoir, j'étais encore près du piano. Je me suis retourné brusquement, comme quand on se réveille, et j'ai couru à la cuisine prévenir ma mère, qui est de nouveau sortie sur le trottoir pour les accueillir.

Comment les militaires ont-ils quitté la maison ? Avons-nous échangé un mot sur ce qui venait de se produire, ma mère, mon père et moi, avant que celui-ci ne retourne se coucher ? Qu'avons-nous fait, tous les trois, après avoir refermé la porte et senti que la maison nous appartenait de nouveau ? Je ne m'en souviens pas.

En revanche, je me rappelle très bien les visages des deux femmes, la mère et la fille cadette, tout d'abord souriants, quand ma mère va au-devant d'elles, puis de plus en plus graves à mesure qu'elles apprennent ce qui s'est passé, jusqu'au moment où elles descendent de voiture, incapables d'en entendre davantage.

Ça, je ne peux l'oublier.

Je me souviens aussi très bien de mon désir d'écouter ce qu'elles se disaient, mais ma mère ne m'a pas laissé sortir, elle m'a une nouvelle fois empêché de l'accompagner.

Qu'a-t-elle bien pu leur raconter ? Quel nom a-t-elle pu donner à ce qui vient de se produire, pour les effrayer à ce point ?

Je ne sais pas, je ne m'en souviens pas.

Je ne revois que les visages atterrés, les terribles expressions de Mme Felisa et de sa fille cadette, rentrant chez elles éperdues, oscillant telles des planètes qui auraient quitté leur orbite, sans même laisser ma mère achever ce qu'elle avait à leur dire.

Rentrant dans cette maison qui n'était plus la même, désormais trop grande.

Dans une maison que je serais incapable de décrire, je le vois bien, et dans laquelle je ne pourrai plus mettre les pieds. Une maison que je ne peux me représenter que repeinte en blanc par les nouveaux voisins.

H

2010

Cette fois, nous nous donnons rendez-vous dans un pub irlandais, près de la Maison des Lettres. C'était l'anniversaire de Miki. Je lui apporte en cadeau *Les Braises*, de Sándor Márai. Il me semble que la discussion commence à partir de ce livre.

– Et où en est ton roman ? me demande-t-il.

Je crois qu'il me parle de celui qui est sous presse, dont je ne me détache pas sans peine, et avec un sentiment de culpabilité, dû à l'impression de n'avoir pas été sincère. D'où ce sentiment, et la peur du châtiment.

– Non, je pensais à celui que tu es en train d'écrire sur ta voisine, me dit Miki en feuilletant le livre, l'étrange drame que Márai a écrit sur la mémoire.

– Oh, ce n'est pas un roman, précisé-je, honteux, pour minimiser l'affaire (j'ai peur de devoir essuyer, un de ces jours, un nouvel échec). Je prends seulement des notes. Comme pour ces exercices que je vous faisais faire. Quelques ébauches de chapitres, tout au plus.

Miki, qui était encore il y a moins d'un an un élève de la Maison des Lettres, me confie qu'il a de nouveau envie d'écrire. Tandis qu'il lisait dans le métro, l'autre jour, une nouvelle de Cynthia Ozick où l'épouse d'un écrivain juif, excédée par le thème de l'Holocauste, voit un jour sa maison s'élever et s'éloigner dans le ciel, la laissant seule dans un monde de joies primitives ; alors qu'il lisait la phrase finale « les Juifs sont dans les nuages », il a senti se réveiller une vieille passion, doublée du sentiment irritant que le travail l'anesthésiait. Et pour cette même raison, et aussi parce que je commence à suffoquer de frustration, me revoilà en train de lui parler de ce soir-là.

– Je crois toujours que c'est cette histoire que je dois écrire, ces dix minutes pendant lesquelles le commando est passé par notre maison. Ou, plutôt, je le *sens*, tu ne peux savoir à quel point.

Miki continue de feuilleter le roman de Márai, profondément attentif à ce que je lui dis, parce qu'il sait – je le comprends seulement à cet instant – que ce roman et ma confession parlent de la même chose.

– C'est peut-être la peur qui m'anime, oui. Il me semble que les quelques souvenirs que j'ai gardés de ce soir-là, ces trois personnages – mon père, ma mère et moi – sont pareils aux éléments d'un atome, et que m'y attaquer peut libérer une énergie qui m'anéantira.

– Bon, mais tu as tout de même écrit quelque chose, remarque Miki.

– Oui, que n'importe qui d'autre aurait pu écrire.

– Non, je ne crois pas, dit-il, et c'est un éloge. Mais aussi une question.

– Oh, je ne pensais pas à la valeur du texte, Miki, dis-je. C'est comme pour cette phrase des surréalistes, la rencontre fortuite d'un parapluie et d'une machine à coudre sur une table de dissection, tu te souviens ? Je n'ai pas aligné deux souvenirs, deux images de ce soir-là sur le papier que la trame d'une histoire s'ébauche…

– Génial ! fait-il, c'est bien, qu'une chose pareille puisse t'arriver…

– Oui, mais ce n'est pas l'histoire qui est en moi, tu comprends ? J'ai le sentiment d'écrire un polar. Ou, pire, un récit dans le genre du *Nunca más*[1], qui ne ment pas, bien sûr…

– Vraiment ? fait-il en guise d'avertissement, comme il doit le faire pour lui-même quand il écrit.

Je le regarde droit dans les yeux. Il sait de quoi je parle, il connaît la différence entre fiction et mensonge.

– C'est vrai, ce rapport ne ment pas, mais il n'atteint pas à l'essentiel de l'expérience. Parce que, ce soir-là, nous avons mal agi. Et nous continuons. Mais ça, je ne peux pas le dire.

Miki me lance un regard suspicieux. Il lit la quatrième de couverture, elle lui apprend qu'un noble reçoit enfin la visite d'un grand ami de jeunesse, qu'il a soupçonné d'avoir voulu le tuer, ce qui l'a tourmenté pendant des décennies. Est-ce la honte ou la culpabilité liées à cette envie de meurtre qui l'a jusqu'alors tenu éloigné de lui ?

– Qu'est devenue la fille ? me demande tout à coup Miki.

Je comprends seulement un instant plus tard qu'il parle de la fille des Kuperman, et pas du personnage de Márai, la jeune femme pour laquelle les protagonistes sont secrètement devenus des rivaux.

– Elle est en vie, lui dis-je en me demandant si ce n'est pas moi, en fait, qui ai fait d'elle une « disparue ». Elle était la secrétaire de l'assistant de David Graiver (je m'inter-

1. « Plus jamais ». Rapport publié par la Commission nationale sur la disparition des personnes (CONADEP).

romps un instant, pour m'assurer que Miki sait que je parle du « banquier des *Montoneros* »). Le soir où les militaires sont venus l'arrêter, expliqué-je avec la curieuse impression d'improviser, alors qu'elle prenait la fuite avec son patron, une voiture a foncé sur eux, puis on les a soignés à l'hôpital de la prison, seulement pour pouvoir les torturer ensuite.

Le silence qui suit accable Miki. Je me sens coupable de l'attrister en lui parlant de ce qui n'est peut-être pas la vérité. Parce que, en réalité, où ai-je pris ce que je viens de dire de ma voisine ?

– Bref, j'ai l'impression que dans les ébauches que j'ai écrites il manque trop de… Ce qui ne prouve rien, n'est-ce pas ? On dit que nous sommes les histoires que nous nous racontons à nous-mêmes. Mais nous sommes aussi ce que nous ne parvenons pas à exprimer, dans aucune histoire.

Miki s'impatiente.

– Quelque chose est-il resté en suspens, que tu n'as pas pu dire, quelque chose de *concret* ?

Brusquement, presque sans y penser, je lâche deux mots qui sont comme l'étrange floraison d'une circonstance précise, unique :

– Mon père.

Et je sens que c'est mon père qui me vise, du fond du bois de la mémoire ; lui, le seul qui, ce soir-là, ne s'est pas servi d'une arme… lui, que je ne comprends pas encore.

« Mon père », avais-je dit, et la preuve que cela devait être écrit était l'état dans lequel je me suis trouvé après cette confidence, l'angoisse qui m'étreignait pendant que le bus roulait au-dessus de la Boca, paysage nocturne où, plus que nulle part ailleurs, après sa mort, je l'ai senti vivre. Peut-être parce que la nuit, le port illuminé, désert, sans nulle présence humaine, ressemble à un cimetière.

Je tremblais. Pourquoi tremblais-je ? Miki avait brusquement cru comprendre. Mais si je ne trouvais pas les mots pour le dire, comment pouvait-il avoir compris ? C'était sans doute absurde, de croire que le fils d'un homme assassiné par la Marine puisse comprendre un marin. Mais je me rappelais que Miki m'avait parlé de la difficulté d'élever son fils, alors que lui-même n'avait pas eu de père – et je pensais à mon père qui, lui non plus, n'avait pas connu le sien. Et à mon ami Eduardo qui, à quarante ans passés, alors que ses parents n'étaient plus là, retrouvait dans les traits de son fils nouveau-né, auquel il changeait les couches, ceux de son père mort. Quel message d'un autre temps, d'un autre monde mon père pouvait-il voir apparaître sur mon visage, de la même façon que Miki pouvait lire sur celui de son fils ?

« Mon pauvre père », disait une part de moi-même. Son enfance m'avait toujours fait peine. Il me bouleversait en m'assurant : « Tu ne sais pas ce que c'est que pleurer de faim. » Ma mère, à laquelle l'enfance de cet homme crevait le cœur, avait tout supporté de sa part.

Et si nul n'est obligé de témoigner contre son père – et moins encore de publier ces paroles accusatrices –, si même la dure loi nous dispense de le faire, au nom de quoi devrait-on divulguer un acte honteux, et à quoi bon le faire survivre à celui qui l'a perpétré ?

D'autant que lui, dans son souvenir, considérait sans doute ce qu'il avait fait comme une preuve de courage. Peut-être suis-je en train de chercher quelque chose où il n'y a rien, pour justifier, qui sait ?, ma stupidité.

Il n'empêche que je continuais, tremblant, certain que je ne pourrais ni écrire, ni vivre vraiment, aussi longtemps que je n'en aurais pas parlé.

Je continuais, de retour dans la maison qu'il avait voulue pour moi, je continuais de vivre dans son espace, selon les règles du quartier qu'il avait choisi, et de m'occuper de sa femme jusqu'à ce que je m'effondre.

J'allais me mettre à sa place, affronter le commando sans savoir comment m'y prendre.

Je trouve ma mère assise dans son rocking-chair devant le téléviseur qu'elle n'écoute pas, comme d'habitude elle se contente de regarder les images que l'on diffuse sur « l'insécurité ». M'attendait-elle ? C'est possible. Parfois, quand nous nous affrontons, si je lui reproche d'être égoïste comme tous les vieux, elle me dit qu'elle ne fait rien d'autre que m'attendre – mais je sais qu'elle attend en fait la seule chose que l'on attend, à son âge : la mort – et qu'elle a besoin de moi, avant tout, pour l'aider à supporter cette attente.

Elle me demande comment ça va, je lui réponds que ça va bien, que je travaille, ce qui pour elle revient au même. « Un nouveau roman ? » veut-elle savoir. Je lui réponds « Oui », même si ce n'est pas vrai et, comme si j'obéissais à un ordre qu'elle m'aurait donné, ou pour montrer que je ne mens pas, je monte et m'installe devant la machine.

Ce n'est pas vrai, je ne me suis pas défait de toutes mes notes. Mais je n'ose pas les consulter. En revanche, sans regret, je cherche pour la première fois sur Internet le nom de famille Kuperman.

Je me souviens qu'elle s'appelait Diana. Il n'y a pas grand-chose sur elle. Une fois écartées les pages qui me semblent avoir été écrites par les services de renseignement, il me reste une notice très mal rédigée, qui rend à peine compte d'un témoignage extrait des comptes rendus des *Juicios por la Verdad*[1].

Le père d'une « disparue » y déclare : « On peut me priver de justice, mais on ne peut pas m'empêcher de chercher à savoir ce qui est arrivé à ma fille. » Devant le tribunal de La Plata ont défilé en audiences publiques, pendant des années, des milliers de victimes et de témoins, pour que la vérité soit enfin connue.

Le propos est confus, comme si l'auteur de cette notice n'avait pas trouvé matière à exposer aux lecteurs, pas la moindre de ces informations qui abondent dans les articles sur les droits de l'homme publiés dans les journaux.

Cette prose relâchée m'apprend qu'elle n'a pas été torturée, qu'à défaut de pouvoir le faire on la forçait à écouter comment on torturait les autres, et ce pour lui faire croire que, d'un moment à l'autre, son tour pouvait venir.

Peut-être est-ce à ce moment-là que j'ai commencé à me sentir proche de Diana. Parce que le temps m'avait moi aussi mis à l'écoute.

Mais pour raconter cette histoire, me dis-je, il faut être une victime. Du présent. Ou de sa mémoire.

1. Procès symboliques, en audience publique, pour réclamer la vérité sur les disparus et protester contre les amnisties accordées aux militaires de la dictature.

Mémoire

I

2010

Au jour prévu pour la remise des clés, un samedi, j'entends des bruits dans la maison voisine : le sifflement intermittent d'une sorte de combi qui entre en marche arrière sur le terrain de derrière, des portes que l'on ouvre sans la discrétion des Chagas, des ordres lancés avec trop d'assurance pour quelqu'un qui ne connaît pas les lieux, aussitôt supplantés et corrigés par d'autres.

Comme un de ces voisins que j'ai détestés lors de mes déménagements précédents, je trouve je ne sais quel prétexte pour sortir sur le trottoir. Je vois les Chagas s'en aller, pressés, sans regarder autre chose que leurs pieds, comme on pourrait s'éloigner après avoir posé une bombe. Parmi tous les gens qui vont et viennent, je ne vois personne qui ressemble de près ou de loin à un « médecin célèbre ». Une femme est même scandalisée quand j'ose lui demander si elle est « la nouvelle voisine », comme si cette seule supposition pouvait la couvrir de honte et la compromettre. Je comprends qu'il s'agit d'un déménagement de riches, fait par des domestiques.

Dans l'après-midi, j'entends d'autres gens entrer, cette fois par la porte de la rue. Ils passent de l'autre côté, pour aller voir la piscine. Je feins de me livrer à je ne sais quelle tâche et sors sur le balcon de derrière. Cette fois, il me semble bien reconnaître, d'après le ton sur lequel quelques phrases sont échangées, l'esprit des nouveaux propriétaires – parce qu'il ne s'agit pas d'un homme seul, non, il y a là, avec lui, au moins un jeune couple –, l'allégresse à la fois ostentatoire et contenue avec laquelle on foule un terrain conquis, de l'orgueil et en même temps de l'innocence – une innocence qu'il me revient d'anéantir.

Mais comment ? Comment leur dire que leur domicile a été violé au moins deux fois cette année ? La nuit est tombée, une nuit chaude. Au fond du jardin, sous l'auvent du barbecue où la bande d'assaillants a campé une nuit entière, les nouveaux voisins improvisent une sorte de fête, de laquelle émanent des protestations contre les retards des vols d'Aerolineas Argentinas, des plaisanteries sur le dos du gouvernement qui a nationalisé la compagnie, et des expressions de satisfaction sur les bonnes affaires qui ont été faites.

Quand le projecteur s'allume, de peur qu'ils ne me surprennent en train de les épier, je baisse le store et vais dans ma chambre me coucher en me préparant, je m'en souviens, à témoigner au cas où, demain, quand ils auront entendu ce que j'ai à leur dire, ils décideraient de prévenir la police.

Mais bientôt la fête s'achève, on ferme la maison, les voitures s'en vont, et le chalet des Kuperman renoue ce soir-là avec son existence de *trompe-l'œil**. Et non, le lendemain personne ne vient poursuivre un aménagement que je suppose inachevé. Toutefois, Carlos le Bolivien arrive le lundi matin (l'aurait-on acheté en même temps que la maison, ou engagé afin de dissimuler, en le laissant se livrer aux habituels travaux quotidiens dont il a le secret, le changement de propriétaire ?), il ouvre les fenêtres, relève le courrier, arrose les plantes, et ce tous les jours. L'alarme se déclenche de temps à autre, la voiture du service de sécurité apparaît, roulant au pas, on vient me demander si j'ai remarqué quelque chose d'inhabituel, ce à quoi, bien entendu, je réponds non. Il en va ainsi jusqu'au jour où je me demande si personne habitera jamais là, si ce « médecin célèbre » n'aurait pas acheté la maison pour « faire un placement ».

Non. Mon inquiétude est alimentée par deux faits inattendus qui surviennent à quelques jours d'intervalle, et dans lequel la présidente de la République, Cristina Kirchner, tient le premier rôle.

Ma cousine qui, trente ans après les faits, est passée au militantisme *online* m'a envoyé, parmi les messages électroniques invitant à assister à des procès, ou manifester en faveur de Jorge Julio López et de Silvia Suppo, ces témoins qui ont payé de leur vie les déclarations faites dans le cadre des *Juicios por la Verdad*, une liste des tortionnaires du *Batallón 601*, déclassifiée sur ordre de notre présidente et publiée dans le magazine *Veintitrés*. Elle m'a également envoyé, peu après, la liste du « personnel civil » des services de renseignement de la Marine, sept cents hommes qui, dans tout le pays, pendant les années de la dictature, espionnaient et dénonçaient. Je me suis hâté de la lire.

Non, mon père ne figurait pas parmi eux ; je n'ai trouvé son nom, à la lettre B, dans aucune des listes. En revanche, j'ai trouvé celui d'un oncle de ma cousine, un certain Jorge Bishop, vétérinaire, qu'elle n'avait apparemment pas relevé. J'ai été content de découvrir que ce n'était pas au Colegio Nacional que « l'oncle Jorge » avait connu l'amiral Massera[1], comme elle l'avait soutenu quand je lui avais

1. Emilio Eduardo Massera, amiral et membre de la junte militaire, condamné en 1985 pour violation des droits de l'homme, assassinats et

fait remarquer que ce dernier était allé à l'École navale de Río Santiago, à Ensenada, mais à l'époque où, sous le nom de guerre d'« Almirante Cero » – Amiral Zéro –, Massera était le commandant du camp de concentration de l'ESMA.

Après avoir parcouru toute la liste des noms commençant par B, je suis tout à coup tombé sur celui de Cavazzoni, Néstor, qui m'a rappelé la vieille histoire de Diana Kuperman. Cavazzoni, oui, mon voisin d'en face, ce petit vieux qui, à présent, après la mort soudaine de sa femme, semble consacrer tout son temps à promener son chien en tournant comme un malade autour du morceau de terrain triangulaire où se trouve sa maison ; le père du garçon qui, en 1976, m'avait demandé qui étaient « ces jeunes » qui venaient chez moi ; le grand-père des deux grosses filles qui, en 2010, m'avaient signalé la voiture de patrouille de la « police scientifique ». Cavazzoni. Sur ces listes, une note précise qu'y figurer n'implique pas que l'on ait commis des crimes contre l'humanité, mais que l'on a dépendu de l'ESMA ou été en contact direct avec les autorités qui la dirigeaient.

Il était, c'est vrai, un peu trop facile de soupçonner Cavazzoni d'avoir été pour quelque chose dans la disparition de Diana Kuperman, ou dans ce que j'avais mis des années à admettre, par crainte ou par dénégation : ces militaires qui faisaient irruption sous chaque toit de notre pâté de maisons. C'était un autre soupçon qui me tourmentait.

Mon père avait été élève de l'École de mécanique de la Marine lors de la « décennie infâme » des années trente. Il l'avait été pendant quatre années d'une longue histoire

---

sévices. Gracié en 1990 par le président Carlos Menem, il fut de nouveau condamné en 1998. L'ESMA était placée sous sa responsabilité. Il est mort en 2004.

occultée par les huit autres au cours desquelles l'ESMA n'avait pas été seulement une école, mais aussi un camp de concentration. La plus ancienne photo que nous avons de lui, celle de sa carte d'immatriculation au recrutement qu'il avait présentée au Chef, le montre dans l'uniforme de marin que portaient les aspirants. L'adresse qui figure au bas du document – Blandengues 4570 – et que j'ai cherchée sur Internet était celle de l'ESMA (Blandengues est l'ancien nom de l'avenue Libertador, à la hauteur de la rue Núñez). La signature officielle, sous le portrait, ne confirme pas simplement qu'un déshérité a été recruté, mais qu'il est né une seconde fois, parce que la Marine l'a agréé et lui a donné une place dans le monde. Une telle chose vaut qu'on la paie « pour la vie », me dis-je. Ou *de sa vie*, en étant disposé secrètement à faire partie de l'engrenage. Quel lien pouvait-il y avoir entre un ex-élève de l'ESMA et un espion comme Cavazzoni dans les années 76, 77 et 78, années les plus dures de la dictature militaire ? Une image s'impose : celle de mon père traversant la rue discrètement pour se rendre chez l'espion, aussitôt après avoir reçu une lettre de l'état-major de la Marine, avant que nul ne l'ait vue.

Pendant des jours, j'ai cherché des informations sur l'ESMA ; pas sur le camp de concentration, mais sur la période antérieure. Sur un site de vente en ligne, je n'ai trouvé qu'un livre : *L'École de mécanique de la Marine vue par ses élèves*.

Il est intéressant d'apprendre qu'à la fin du XIXe siècle les navires deviennent si complexes que l'histoire typique dans les livres que j'aime – celle où un jeune garçon s'engage comme mousse pour apprendre le métier – était dépassée. Il faut ouvrir des écoles pour apprendre aux aspirants toutes les aptitudes qu'avait mon père, connaissances que j'ai acquises, enfant, en le regardant faire : serrurerie, électricité, menuiserie, travail sur le tour.

Ce n'était pourtant pas ce que je cherchais. Je me rappelais avoir feuilleté, dans une librairie d'occasion (mais sans argent sur moi, et quand je suis revenu chercher le livre, quelqu'un l'avait acheté), un *Guide du comportement à bord*, édité justement par l'ESMA, et je me souviens que même pendant un naufrage les moindres gestes d'un marin sont prévus et réglés comme dans une mise en scène de théâtre, selon un strict protocole hiérarchique. Même en danger de mort, un marin doit en référer à son supérieur, et obéir aux ordres. Et les marins de cette époque-là ne considéraient-ils pas qu'ils affrontaient une sorte de tempête, ou, plus probablement, qu'ils livraient une bataille navale ? Ce soir-là, mon père n'avait-il pas agi en conformité au règlement de l'ESMA, qu'il avait fait sien, en allant en référer à Cavazzoni ?

Ainsi fasciné par cette façon d'apprendre en rabâchant, je crois que j'ai oublié pendant quelque temps Diana Kuperman, jusqu'au moment où, un samedi matin, l'autre événement auquel je ne m'attendais pas s'est produit. Notre présidente a relancé ce que l'on a appelé « l'affaire Papel Prensa ».

Je n'avais pas écouté son allocution sur la chaîne publique, diffusée un vendredi, depuis le salon du palais du Gouvernement encore décoré pour la célébration du bicentenaire de l'Indépendance. « Une heure et demie de discours, a dit un journaliste de l'opposition, pour un événement vieux de plus de trente ans. »

Trente ans, me suis-je dit, c'est plus long qu'aucun autre épisode de notre histoire récente. C'était une affaire dont, en principe, je croyais ne rien savoir. J'aurais probablement fini par la considérer comme une attaque de plus contre *Clarín*, le journal hostile au gouvernement, quand j'ai lu que la veuve de David Graiver – l'ancien patron de Diana Kuperman – avait assisté au discours et, dans un encadré, j'ai découvert une photo qui a soulevé un coin du voile sur les secrets de ce soir-là dont jusqu'alors je n'avais pu me souvenir.

Je ne parle pas de la photo des rares survivants de cette famille que pendant mon adolescence la dictature avait présentée comme l'incarnation du mal et qui, aujourd'hui, écoutent la présidente, assis au premier rang, menton levé, avec un air attentif qui laisse percer l'orgueil et la satisfaction de prendre ainsi leur revanche. Je parle d'une autre photo, de la veuve Graiver et de son frère, prise, alors qu'ils ne s'y attendaient pas, à la sortie du palais du Gouvernement, sur le parking où ils allaient monter en voiture et s'étaient trouvés confrontés à quelqu'un que le frère avait pris pour un *paparazzi*.

« On nous a dépossédés de notre entreprise par extorsion », disait la légende, sous la photographie, et c'est la première chose que j'ai apprise sur cette affaire.

Sur la photo, Lidia Papaleo de Graiver avait l'air d'une femme étrange, mystérieuse. Dans son manteau rouge, avec ses lunettes noires, sa volumineuse perruque et cette sorte de camouflage que font les liftings, elle semblait vouloir se soustraire aux regards, cacher sous un masque de bourgeoise ses blessures encore à vif, le secret précieux de sa faiblesse. Et aussi il y avait en elle cette expression très subtile, cette réaction quasi automatique d'alerte qu'elle manifestait aussitôt qu'elle se savait observée, comme si elle s'attendait au pire et, en même temps, se préparait au combat. À côté d'elle, son frère Osvaldo semblait être son strict opposé. Grand, déterminé, en costume, il allait vers le photographe avec l'air d'un garde du corps qui ne mâche pas ses mots, impérieux, sûr, trop sûr qu'il fallait la défendre. Mais pourquoi, malgré cette violence, étais-je aussi attiré par l'un et par l'autre ? Pourquoi, plus je regardais cette photo, plus ils me semblaient être de nouvelles lettres de cet alphabet qui me permettrait de raconter mon histoire, de m'en libérer ? Simplement parce que Diana Kuperman avait un jour fait partie des entreprises Graiver ? Parce qu'ils ne pouvaient pas inspirer de la compassion ? Parce qu'ils ne revêtaient aucune de ces apparences qui attirent la sympathie, en premier lieu celle de la pauvreté, et était-ce pour cette raison qu'ils venaient en dernier dans le défilé des horreurs auxquelles il fallait apporter réparation ?

On ne s'attendait à aucune nouveauté sur l'affaire en cette fin de semaine et il se peut que j'aie réussi à tout oublier le dimanche. Mais je ne crois pas. Toutefois, le lundi, après mon dernier cours, nous étions convenus, avec mes élèves, de voir un film, *Rocco et ses frères*, et quand nous avons allumé le téléviseur, la cassette VHS n'était pas encore glissée dans le lecteur qu'une annonce signalait que dans quelques minutes nous allions voir la veuve Graiver, qui avait accepté pour la première fois de paraître à la télévision. J'ai demandé à mes élèves si ça ne les dérangeait pas de patienter une demi-heure avant de voir le film, et ils m'ont laissé regarder le programme « à condition que je ne me mette pas dans tous mes états » – comme s'ils décelaient en moi une faiblesse qui m'échappait.

Il est de fait qu'un étranger, un jeune – cette autre façon d'être un étranger – aurait pu remarquer, malgré toutes les différences essentielles entre elle et moi, tout ce que j'avais en commun avec cette femme. Lidia Papaleo de Graiver était, comme moi, de La Plata. Elle avait fait ses études de psychologie à la faculté par laquelle étaient passés tous mes psychologues, et où j'avais fait mes études de lettres, et nous parlions la même langue, celle dans laquelle elle se préparait à décrire l'horreur, dans laquelle elle *témoignait*.

Elle dit que la dictature l'avait forcée à vendre sous la menace l'entreprise Papel Prensa, la fabrique de papier qui fournit aujourd'hui encore tous les journaux du pays. Que peu après la signature de l'acte de vente, qui ne lui a jamais valu le moindre centime, ses beaux-parents, tous les employés des entreprises Graiver et elle-même avaient été enlevés, torturés et séquestrés, de sorte qu'ils ne puissent pas dévoiler la spoliation.

Ce qu'il fallait démontrer devant les tribunaux – « Il y avait des gens pour le dénier ? » s'étonnait le journaliste qui interviewait Lidia Papaleo –, c'était que même si l'on n'avait pas été emprisonné au cours de ses années-là on pouvait à bon droit s'estimer lésé, parce que les seules transactions économiques valables sont celles qui sont conclues entre des personnes libres de leurs actes.

Le journaliste récapitulait : en août 1976, David Graiver – alors à la tête du groupe – était mort au Mexique dans un accident d'avion suspect. Dès que sa veuve (qui s'était exilée à New York dès 1975) était revenue en Argentine pour prendre la direction des entreprises, elle avait commencé à recevoir quotidiennement des visites, parmi lesquelles celles des membres de la junte au pouvoir, qui lui conseillaient, la pressaient, la suppliaient de mettre tous ses biens en vente « parce qu'elle et les siens étaient mal vus et allaient faire l'objet d'une enquête ».

En même temps, les plus grands quotidiens lançaient une campagne de déboulonnage des entreprises Graiver en publiant des rumeurs sans fondement. Finalement, début novembre 1976, quand les Graiver commençaient à se demander s'ils n'allaient pas vendre Papel Prensa aux trois acheteurs qui avaient l'aval de la dictature – les journaux *Clarín*, *La Razón* et *La Nación* –, Lidia avait été convoquée, ainsi que le frère et les parents de David, à un entretien avec leurs représentants. « C'était dans un immense salon au siège de *La Nación*. On nous a séparés, raconte la veuve, d'un côté, mes beaux-parents ; d'un autre, mon beau-frère, Isidoro. Moi, seule avec un représentant du journal *Clarín*, Héctor Magnetto. Cet homme m'a fait comprendre que si je ne signais pas, c'était au péril de ma vie, et de celle de ma fille. Je n'en ai pas douté, dit-elle, parce qu'il y avait dans son regard toute la superbe et l'inhumanité du pouvoir. D'autant moins, ajoute-t-elle après une pause pendant laquelle je sens, je ne sais par quel mystère, qu'elle va parler *justement de ce que j'attends*, d'autant moins que, quelques jours plus tôt, nous avions reçu un coup redoutable. »

« S'il y avait quelqu'un de qui dépendait la survie de notre groupe, quelqu'un qui, s'il avait été là, aurait pu changer le cours des choses, c'était bien Jaime Goldenberg, le bras droit de David », explique-t-elle, et je suis alors aussi bouleversé que si elle avait parlé de moi, justifié mon obsession, ma passion pour ce soir-là.

« Un soir, quelques jours à peine après l'entretien à *La Nación*, Jaime Goldenberg a eu sur la route de La Plata un terrible accident qui l'a laissé pour ainsi dire impotent, avec des problèmes cardiaques qui devaient le conduire à la mort sur la table de torture… »

– J'en sais quelque chose ! m'exclamé-je à l'adresse de mes élèves, d'une voix que brise l'allégresse d'avoir enfin confirmation que, pour d'autres que moi, ce soir-là avait aussi été crucial.

« Un accident très curieux, poursuit la veuve, provoqué par une voiture qui a heurté de plein fouet la voiture de location avec chauffeur dans laquelle il se trouvait. Après cela, je n'arrêtais plus de me demander quel serait le prochain d'entre nous à mourir. »

Non, elle n'a rien dit de Diana Kuperman, elle n'a pas dit que Jaime Goldenberg était dans la voiture blanche que je connaissais, mais je ne m'en suis pas soucié, parce que sa fermeté et son intelligence me donnaient l'impression d'entendre la voix de Diana, la voix de ce soir-là.

Aussitôt l'émission terminée, mes élèves ont lancé le film, et j'ai réussi à m'y intéresser, même si, dans mon trouble, tout se mélangeait et me parlait de la même chose : Annie Girardot se traînant au bord d'un fleuve et recevant les coups de couteau d'un des frères de Rocco en criant : « Je ne veux pas mourir ! Je ne veux pas mourir ! » La phrase de la veuve Graiver qui disait : « La torture par la gégène est douloureuse, terriblement douloureuse, mais le plus dur, ce sont les coups. » Katina Paxinou qui, dans le rôle de la mère de l'assassin, criait : « Dieu se repentira de tout ce qu'il nous a fait endurer. »

Le journaliste avait parlé du « Circuit Camps », ces locaux de la police, clandestins ou non, aux ordres du directeur de la police, le général Ramón Camps, qui avait réclamé « le plus dur du combat » pour lui seul, presque avaricieusement, et le souvenir s'imposait à moi, insistant, du fils de cet homme, qui était alors un de mes camarades, à l'école des frères maristes. Je revoyais le long visage du fils Camps, sa joue balafrée, son corps énorme et tendu – c'était le plus grand de nous tous, ses genoux heurtaient le pupitre à chacun de ses mouvements nerveux, et il pouvait m'inspirer une terreur physique, une sensation de menace qui s'emparait de moi avant toute réflexion. Je le revoyais arrivant chez Federico Vaena, dont on venait d'enterrer le père – pourquoi fallait-il que je tombe toujours amoureux des orphelins ? –, et qui paraissait absent, jusqu'au moment où, sans en avoir demandé la permission, il s'était mis à jouer de la batterie. Il aimait le rock, et me croira-t-on si je dis que c'est lui qui m'a fait connaître la chanson « *Mister Jones abrió la puerta / Vio a su madre recién muerta / y la sangre en el chaleco se limpió* »... *(Mr Jones ouvrit la porte / Vit que sa mère venait de mourir / et essuya le sang sur son blouson)* ? Je revois le fils Camps en train de nous expliquer, à la demande de l'enseignante d'histoire, l'assaut lancé contre la « maison aux lapins » où, à l'abri des clapiers, se cachait une imprimerie des *Montoneros* ; je le revois en haut des gradins du stade, déclarant d'une voix de soldat qu'« un père peut parfois être le pire ennemi de son fils », phrase que j'ai crue liée, pendant des années – pour me déculpabiliser moi aussi ? –, à de terribles révélations concernant son père, mais qui me semble à présent vouloir justifier le vol des enfants des « disparus ».

Mes élèves partis, je suis allé me coucher, mais la danse de l'horreur n'a pas voulu me lâcher, aussi tenace qu'une idée de roman ou de nouvelle pour un écrivain.

J'entendais de nouveau Ferni, le fils cadet de Cavazzoni, qui, en 1976, me demandait ce que faisaient tous ces jeunes chez moi, et les petites-filles de ce même Cavazzoni, intriguées, chercher à savoir, en 2010, pourquoi était garée devant chez moi la voiture de patrouille de la police scientifique... Un voisin bizarre, fils d'un Croate nazi, m'avait dit quelque temps auparavant que Cavazzoni enseignait le « renseignement » à l'École navale. N'était-ce pas cet exer-

cice du renseignement que Ferni et les deux grosses filles pratiquaient comme un jeu, un jeu que leur propre père et grand-père leur avait peut-être appris à table, au moment du café : surveiller les voisins, déchiffrer leurs habitudes, les dénoncer. Quelle différence y avait-il entre un service de renseignement et la police scientifique ?

J'entends encore la veuve Graiver dire : « Ils insistaient, en me disant que je ne pouvais vendre que sous deux conditions : ne céder l'entreprise ni à des étrangers, ni à la communauté juive. » Camps était-il antisémite ? Et Cavazzoni ? Et la haine que mon père nourrissait envers les Juifs lui avait-elle été inculquée à l'ESMA ? Lui avait-on accordé une place en échange de sa soumission perpétuelle, accompagnée du plaisir insoupçonné de savoir qu'il y avait encore quelqu'un de plus bas que lui sur l'échelle sociale, quelqu'un qu'il pouvait mépriser, en fraternisant dans la haine avec tous ceux qui l'avaient naguère rejeté ? En 1937 ou 1938, mon père avait fait la connaissance de Hans Langsdorff, commandant d'un cuirassé, le *Graff Spee*, qu'un sous-marin anglais avait fini par torpiller au large de Montevideo. Il nous rebattait les oreilles de cette rencontre, et où pouvait-elle avoir eu lieu, sinon à l'ESMA ? Un jour, j'étais alors à la fac de lettres, un professeur spécialiste de Macedonio Fernández m'avait dit que l'écrivain comptait parmi les admirateurs de Langsdorff, et qu'il avait assisté, avec Xul Solar, je crois, aux obsèques du capitaine nazi, encadrées par les « aspirants » de l'École de mécanique de la Marine argentine.

« Non, je n'ai pas été emprisonnée, avait dit Lidia Papaleo, mais depuis la mort de mon mari je n'étais plus libre. Je n'allais pas où je voulais aller, mais vers où l'on me poussait. » Et elle avait ajouté : « J'ai vécu ainsi pendant trente ans, dans la peur ou, pis encore, dans la peur de la peur. »

« La peur de la peur », me répété-je, voilà dans quoi je vis, et je crois que c'est à ce moment-là que je me suis levé du lit d'un bond, comme si je me réveillais d'un de ces rêves que l'on redoute de voir continuer, et que j'ai cherché refuge sur Internet.

Langsdorff, ai-je tapé sur Google. Hans Langsdorff. En un éclair, je me rappelle mon père, parlant de Diana Kuperman comme de « la Juive », sans trop de haine, bien sûr, tout juste un mépris ordinaire – sans que ma mère lui en fasse reproche. Peut-être parce que ça n'en valait pas la peine. Mais mon père en était-il arrivé à haïr les Kuperman, et Mme Felisa ?

C'est alors qu'apparaît sur l'écran la photo de l'enterrement du commandant, dont la bière est entourée, c'est vrai, d'aspirants de l'École de mécanique et, parmi eux – qui ont vraiment l'air d'être de nouvelles recrues –, mon père, sans l'ombre d'un doute.

Voilà comment, alors que dehors le jour se lève, je me lance dans ma seconde tentative, en sentant enfin la nuit s'ouvrir et se prolonger en moi.

J

1976

Quand la sonnette de l'entrée retentit, que je cours vers la porte et les vois dans la rue, il n'est pas très tard ; nous sommes encore à table, ma mère et moi, après le dîner, et nous regardons un programme du soir, *Moi, Claude*, ou *Videoshow*, ou *Le Monde du spectacle*.

Il y a une Ford Torino jaune ou orange garée juste en face de la maison, dont le chauffeur est debout, devant la portière ouverte, côté rue, pendant que les autres font quelques pas en arrière pour examiner les toits, et que le Chef sort de l'ombre pour me demander où est mon père.

Ils ne commencent pas par demander nos papiers : ils savent très bien qui ils cherchent. Comment l'ont-ils appris ? Cavazzoni leur a dit : « Un officier subalterne. Sa femme. Son fils. » Est-ce une « zone libérée » ? C'est une « zone contrôlée ». On entend des cris, parfois un train, au loin. Des coups de frein, peut-être un tir de sommation parce qu'une voiture ne s'est pas arrêtée, peut-être une fusillade.

Je veux appeler mon père, mais je ne suis pas arrivé à sa chambre, où il dormait déjà – il se moquait de lui-même, de cette habitude de se coucher tôt prise à bord –, qu'il en sort sans me voir. Il n'a d'yeux que pour ces hommes.

Peut-être, un instant, prend-il conscience d'un danger. Qui peut venir sonner à pareille heure ?

Mais dès que le Chef lui a dit quelque chose qui ne retient pas mon attention – je suis hypnotisé par l'Ithaca que je découvre dans sa main –, mon père n'est plus mon père. Il est devenu l'un d'eux.

Ma mère arrive alors, inquiète, en s'essuyant les mains au côté droit de son tablier. Elle demande ce qui se passe mais, comme c'est une femme, elle ne mérite pas de réponse.

Pourquoi, d'ailleurs, chercher à en savoir davantage ? On sait ce qu'il faut savoir. Que ces hommes sont des balles, et que, quand une fusillade éclate, seuls en réchappent ceux qui passent derrière eux.

Ils demandent à mon père je ne sais quoi sur l'arrière de la maison, où l'on ne voit que du noir. Pour toute réponse, il prend les devants afin de les guider.

Je veux me faire tout petit, à côté de ma mère, cacher ce que, en elle et en moi, ils n'ont pas le temps de remarquer.

Mais le Chef, qui ne se dirige pas vers le jardin de derrière, lui demande de la suivre. J'ai peur pour elle. Elle ne sait pas, ne veut pas se comporter comme la femme d'un soldat. Et la voix est la première chose qui nous trahit.

Je fais quelques pas derrière elle. Ils s'arrêtent sur le trottoir, et le type lui demande, en surveillant la rue : « Avez-vous vu Diana Kuperman ? » (Ainsi, c'est pour elle qu'ils sont venus, me dis-je.) Ma mère prend la parole avec prudence, mais le type l'interrompt. « Quelle voiture a-t-elle ? fait-il, impatient. Avez-vous vu quelqu'un d'autre ? »

Je ne sais quoi distrait le Chef, qui s'éloigne en direction du coin de la rue. Ils ont découvert quelque chose. Ma mère recule, craintive, comme pour se protéger. J'en profite pour avancer et me serrer contre elle.

« Que fait ton père ? » me dit-elle tout bas (comment peut-elle s'inquiéter de lui ?), quand le chauffeur de la Torino se met à crier : « Eh, toi, petit ! Rentre immédiatement ! »

Je retourne au milieu du salon. Je m'assois près du piano. La nuit s'est agrandie. Où me mettre ?

« Ça, c'est mon gamin », a dit mon père, comme si être fils de militaire vous intégrait de fait dans l'armée. Que doit faire le « gamin » d'un ex-officier subalterne ? Que font-ils en mer ? Ils organisent des combats de chats avec les gros rats de la cale, et parient. Seuls les imbéciles misent sur le rat. « Noblesse de race gagne toujours », disent-ils. Ou l'un d'eux se précipite sur le pont, la chemise tachée de sauce tomate, pendant qu'un autre crie en le visant avec un pistolet déchargé, pour effrayer le commandant, qui les prévient de ce qui les attend une fois à quai. « Les clandestins, on les jette à l'eau, disait mon père. En vitesse. Aux requins. – Rien ne peut les sauver ? – Rien. »

Le Chef revient et lance un ordre au chauffeur de la Torino : « Par le jardin ! Par le jardin ! » Oui, ils ont découvert quelque chose. Le chauffeur passe en courant devant moi et va les rejoindre.

Il laisse la Torino sans surveillance ? Ce garçon qui était en compagnie de mon père au pied de la passerelle, le jour où nous sommes allés le chercher à Puerto Piojo, au retour de son dernier voyage, avait aussi une Torino. « Un camarade », m'a dit mon père en me le présentant, énigmatique. « Un bel enfant », a estimé le garçon, en me regardant. « Bah, a fait mon père, sa mère lui donne encore le bain. »

J'aurais voulu ne plus jamais retourner à la maison, parce que je sentais que pour moi aussi, à partir de là, la guerre allait commencer. J'aurais voulu lui échapper en me cachant. En lui cachant qu'en son absence je m'étais adonné au piano. Que grâce aux amis que ma cousine amenait à la maison je découvrais un autre monde, auquel je me raccrochais, contre toute raison, parce que je sentais approcher irrémédiablement la déroute de ce monde-ci. Jusqu'au soir, un soir semblable à celui dont je parle, où il m'a défié : « Tu es mon fils ou pas ? Tu es un homme ou pas ? Tu es un nazi ou quoi alors ? » Mon père va finir par me connaître comme mes camarades, ces garçons avec lesquels je passe des journées entières, alors que lui, je ne le vois qu'un week-end sur deux.

« Bon, je peux m'en aller, maintenant ? demande ma mère. – S'il vous plaît, madame, répond le Chef, impatient, quand on va trop vite on gâche le travail. »

C'est à Diana Kuperman qu'ils s'en prennent aujourd'hui. Mais quel va être mon châtiment ? Ma mère me bat, oui, elle me taloche, me pince, me tire les oreilles. Mon père, lui, ne dit même pas qu'il me bat, mais qu'il me « secoue », et quand il me « secoue », je ressens après la peur une sorte d'étonnement, de la perplexité, comme si je hantais un lieu pareil à la mort. Et je n'existe plus. Je disparais.

Alors, le Chef demande à ma mère si elle connaît les gens avec lesquels Diana travaille, et elle donne un nom.

Il y a du mouvement derrière la maison. On entend des coups. La chienne aboie furieusement, et ma mère prend peur…

– Que fait ton père ? me demande-t-elle, effrayée. Où est-il ?

– Maman ! Ne donne pas de noms !

Quand elle comprend, elle a l'air offensée.

– Que dis-tu ? Rentre, veux-tu !

C'est seulement pour lui obéir que je cours à la cuisine, où je regarde par la fenêtre le jardin éclairé. Je cherche mon père des yeux. Mais je ne vois là personne.

Ils sont passés chez les voisins.

Je sors dans le jardin qui, sous les tremblements de la lumière, semble être au fond de l'eau. La porte dans le mur mitoyen, qui donne chez les Aragón, est ouverte, et ma chienne, très nerveuse, agite la queue, comme hypnotisée par leur dogue assassin. Je cours la fermer, et ne vois personne près du molosse.

Je finis par entendre du bruit derrière moi, dans le jardin des Kuperman, ainsi que la voix de mon père. Oui, sa voix, dans le jardin des Kuperman.

Quand je me retourne, je vois l'échelle qu'il a faite lui-même, appuyée contre l'autre mur mitoyen. La chienne dans les bras, telle une offrande, absorbé dans mes pensées, je me dirige de ce côté.

Ai-je peur pour lui ? Je ne crois pas.

Je suppose qu'ils ont emmené mon père avec eux parce qu'il connaît le chemin, qu'il est déjà entré de la même façon, un été, chez les Kuperman, quand on les a cambriolés, et je frémis de convoitise au souvenir des trésors volés.

J'avance comme un curé.

J'arrive au pied de l'échelle, pose la chienne par terre et monte.

Ah ! Le chandelier d'argent ! Ah ! Entrer enfin dans le temple d'un dieu inconnu qui en me voyant va me comprendre, et qui me donnera un nouveau nom et un rôle dans sa Bible, encore qu'il vaudrait mieux que ce ne soit pas celui de l'agneau du sacrifice. Ah ! Comprendre enfin pourquoi je suis né !

Mais alors, quand j'arrive en haut de l'échelle – *Incroyable ! C'est la première fois que je m'en souviens !* –, je vois la scène atroce dont je ne parlerai jamais à personne – et ne pouvoir en parler fera de moi, jusqu'à ce jour, son esclave.

K

2010

Jamais encore je ne m'étais rappelé tant de choses, jamais je n'étais remonté aussi loin dans le souvenir. Mais *de quoi* est fait ce souvenir ? De quelque chose que j'ai vécu ? De quelque chose que j'ai rêvé ? Il fallait que je sache. Je me cherchais avec passion, cette passion morbide qu'inspire la vérité. Sans songer aux châtiments, ni aux récompenses d'aucune sorte.

Ce matin, peu après l'aube, heure que je redoutais entre toutes, parce que c'était celle à laquelle, quelques mois auparavant, la bande avait fait irruption dans le jardin de derrière, mangé sous l'auvent du barbecue, chié et pissé en attendant tranquillement que les Chagas se réveillent et sortent. À la même heure, j'ai pris l'échelle que mon père avait faite lui-même, et que je gardais chez moi, je l'ai descendue non sans effort dans l'escalier, avec d'inutiles précautions, désireux de ne pas réveiller ma mère, mais elle ne dormait pas, alertée par les spectres que chaque nuit lui présente.

– Hou ! Tu m'as fait peur ! s'exclame-t-elle en sortant de sa chambre, avec cette perpétuelle confusion qui lui fait suspecter en toutes choses la présence de la mort. Que vas-tu faire ? Oh ! Mon Dieu ! mon enfant !

Mais je n'ai pas de patience. Je proteste vaguement, elle ne veut pas entendre.

– Retourne te coucher ! Je vais installer un projecteur sur le mur mitoyen, improvisé-je.

– À cette heure ? Mais pourquoi ? Ils ont essayé d'entrer !

– Mais non, dis-je, agacé.

Et je gagne le jardin, la chienne à mon côté, comme ce soir-là.

Pour que ma mère cesse au moins de me suivre et retourne se coucher, je laisse l'échelle de côté et vais chercher la perceuse Black & Decker dans la remise à outils. Puis je fais semblant de fouiller dans la boîte où mon père rangeait les mèches et les vis. Quand je finis par me retourner, elle m'a oublié, et regarde le jardin, peut-être pas celui qu'elle a sous les yeux mais un autre, dans sa mémoire. Puis elle retourne se coucher, peut-être par pur besoin de s'abandonner seule à ses souvenirs, d'essayer de distinguer une bonne fois les vrais des faux.

Je n'ai pas fini d'appuyer l'échelle contre le mur que je me rends à l'évidence : cette fois, après toutes les années qui se sont écoulées, ces types n'auraient pas pu passer par là de l'autre côté : peu après leur arrivée dans le quartier, les Chagas ont fait surélever le mur d'un bon mètre. Il y a là une marque, en partie couverte par le lierre, juste au-dessus du dernier échelon, comme une cicatrice encroûtée dans le crépi. Ils ont fait ça pour ne pas nous voir, se figurer qu'ils n'avaient pas de voisins ou que la maison des Bazán n'était que le logement des domestiques.

Mais j'ai commencé à monter. Malgré le vertige. Mon père pouvait grimper dans la mâture du croiseur *Rivadavia*, en haute mer, avec les quarantièmes rugissants qui secouaient le navire. Il s'en vantait. Moi, quand je grimpais, je tremblais toujours.

Quand une expérience ne s'est pas reproduite depuis très longtemps, me dis-je, on ne peut plus guère savoir avec certitude si elle a été réelle ou imaginaire, peut-être parce que l'esprit fourre dans la même case ce qui a été vécu et ce qui a été inventé. Seule l'épreuve de la réalité peut nous tirer du doute.

Comme je n'ai plus grimpé à l'échelle depuis ce soir-là, mon corps, en reconnaissant le vertige, ne pourrait-il pas me rafraîchir la mémoire ? Je monte donc, avec un vague malaise, les barreaux, en sursautant chaque fois que l'échelle ploie sous mon poids.

Jusqu'au moment où quelque chose me fait violemment redescendre.

L'alarme. Le charivari des sirènes que nous a laissées Chagas.

Toutefois, ce n'est pas la peur qui me fait redescendre en vitesse, regagner la cuisine, passer près de ma mère, maintenant sûre qu'il se produit quelque chose de grave, sans chercher à la rassurer et la laissant où elle est, bras levés au ciel. C'est la hâte d'arriver au balcon de derrière la maison : l'image, dans mon esprit, est une vue plongeante sur le jardin des Kuperman. N'est-ce pas de là que je regardais, ce soir-là ? Mais c'est un mur plus haut qui barre maintenant la vue, comme si, non contents de ne plus nous voir, les Chagas avaient voulu me priver du cadre dans lequel les événements se sont déroulés.

Je me dis alors qu'il n'y a qu'une seule personne susceptible de m'aider, et comme la nervosité m'empêche de retrouver ses prénoms j'essaie de me rappeler la plaque que j'ai lue tant de fois en passant, pour m'amuser, et je finis par les revoir, ces prénoms, en noir sur fond doré.

Diana Esther Kuperman. Avocate.

Puis je la cherche dans l'annuaire, et compose son numéro.

J'ai l'impression de passer un appel dans l'autre monde, dans un autre temps.

Disparu.

– Allô ? Madame Diana Kuperman ? risqué-je, parce que jamais encore je ne m'étais adressé ainsi à elle.

– Oui. Qui êtes-vous, fait-elle sans rien d'interrogateur dans le ton (d'une voix cassée et hardie, avec ce quelque chose de rauque qui semble apparenter les descendants des natifs d'une région allemande ; une voix de Juive du XXe siècle, de femme indépendante et fumeuse : la voix de Blackie, celle de Hannah Arendt, celle que j'entendais en regardant la photo de Cynthia Ozick).

Je me présente en lui disant qu'elle se souvient peut-être de moi.

– Comment pourrais-je ne pas me souvenir de toi, dit-elle, je t'ai vu hier. À la télévision.

Elle fait allusion à un programme de la chaîne TN, du groupe Clarín, où je suis allé présenter mon dernier roman.

– Je ne suis pas du tout surprise que tu sois écrivain ! Tu étais un garçon si particulier. Si particulier !

Bien sûr, me dis-je, les Kuperman m'aimaient, et elles m'aimaient parce qu'elles me trouvaient différent des autres. Comme elles, j'étais une anomalie. Tous ceux qui ont aimé le garçon que j'ai été, auquel je ne trouve aucune excuse, ont droit à ma gratitude.

Et le fait qu'elle sache que je suis écrivain est une bénédiction.

– Dis-moi, que puis-je faire pour toi, mon cœur ?

C'est vrai, pourquoi l'ai-je appelée ? Pour m'assurer de l'exactitude d'un souvenir ? Ou pour m'en défendre ? Ah ! Le petit pédé qui court chez les voisins quand son père veut le « secouer » !

Je lui dis que je l'ai appelée parce que je me suis souvenu de l'affaire Papel Prensa…

Un long silence suit. J'ai peur de l'avoir déçue : le garçon que j'ai été, ce garçon si particulier, ne s'intéressait à rien de tel. Il se peut aussi que Diana ait compris qu'elle parle à un adulte, à l'autre bout du fil. Ou qu'elle redoute que le fils Bazán ne soit aussi un mouchard.

« Ah ! » fait-elle, sévère, attentive et sur la défensive, comme elle doit l'être dans son cabinet d'avocat quand elle écoute un client potentiel, avant de décider si elle acceptera l'affaire ou pas.

J'improvise et lui raconte qu'on est entré par effraction dans la maison des Chagas, ce qui m'a poussé à écrire un récit largement rêvé. « Ah ! » refait-elle, sans comprendre ce qui la concerne dans cette histoire. Je lui assure que je n'avais surtout pas l'intention de la déranger, qu'il n'est ni nécessaire, ni indispensable que nous nous revoyions. Que je veux simplement écrire quelque chose sur ce soir de 1976, quand les militaires sont passés par ma maison pour la chercher, elle.

– Ah, pour me chercher, fait-elle, sur la réserve.

Déconcerté, je crois comprendre que, dans la tragédie qu'a été sa vie, le souvenir de ce soir-là n'est rien comparé à ces quelques minutes – combien ? dix, vingt ? – qui, pour ma mère et moi, ont été mémorables, et qu'il me suffirait – est-ce possible ? – d'en décider pour effacer cette soirée, et le rôle que mon père y a joué, de la mémoire du monde.

– Mais oui ! dis-je, comme s'il s'agissait là d'un honneur que Diana doit assumer, comme si elle était de ceux qui aiment être solidaires des victimes, et sont fiers de les avoir aidées…

Je crois que c'est elle qui a pris la première tangente, en me disant que puisque je m'occupais de ce sujet – et il n'y avait pas trace d'éloge dans son ton – elle allait être claire.

– Sur tout ce qui se passe au cours du procès, commence-t-elle (et je lâche, hésitant, un « Ah, oui ! » parce que j'ai lu les incroyables déclarations du frère de David Graiver, Isidoro, qui assure « ne pas avoir été torturé »… car il ne considère pas comme des supplices les menaces, ni les attentes interminables devant les salles d'interrogatoire et de torture, ni aucune forme de violence psychique !), tu me comprendras, je préférerais ne faire aucune conjecture au téléphone, d'autant qu'une jeune femme, greffier du tribunal, doit passer me demander je ne sais quoi…

– Je comprends, bien sûr, je comprends, m'empressé-je de dire, content de voir s'établir entre nous cette complicité caractéristique des opposants à la dictature. (Même s'il n'y a aucun risque réel. À moins que ? À moins qu'elle ne soit effrayée par ce qui est arrivé à Jorge Julio López[1] ?) Je ne comptais pas que nous en parlions tout de suite…

– Oui, mais après, des journées difficiles m'attendent avec mon beau-frère, qui est malade, et avec ma sœur…

Et puis, il y aura les fêtes, me dis-je, et après ce sera l'été. Elle ne me dira plus rien. Et, tout espoir perdu, je change de sujet.

– Dites-moi, comment va votre sœur ? demandé-je (pour lui montrer que je ne m'intéresse pas qu'à mon roman,

1. Militant péroniste enlevé en 1976, libéré en 1979, puis enlevé de nouveau et disparu en 2006 à la suite de ses déclarations en tant que témoin contre soixante-deux policiers et militaires.

qu'elles, les Kuperman, ont plus d'importance à mes yeux qu'à ceux de n'importe quel journaliste, et qu'elle a par conséquent *le devoir* de m'aider dans mon travail) ; je n'oublie pas qu'elle m'a un jour emmené au parc d'attractions, pour un concours de peinture en plein air…

– Ah, oui ! fait-elle, toute fière. Ma sœur a toujours été comme ça. Une artiste ! Tout le contraire de moi, non ? Qui ai toujours eu, toujours eu… (quelque chose, dans sa voix, me fait entendre que je devrais savoir ce qu'elle a toujours eu)… les deux pieds sur terre.

– C'est grâce à elle que je suis entré à l'École des Arts ! ajouté-je, honteux du ton que j'ai pris pour évoquer ce souvenir. C'était quelque chose qui sortait de l'ordinaire, à cette époque…

– Ah, ça, je ne m'en souviens pas, marmonne-t-elle. C'est bien ma sœur, ça !

– Et, une autre fois, vous m'avez emmené au théâtre, je m'en souviens, avec votre neveu…

– Ah, non ! m'interrompt-elle, ferme. Je n'ai pas de neveu…

– Comment ça ? Simón ! dis-je, comme si je cherchais des arguments pour défendre une déclaration qu'un juge mettrait en doute. Je me souviens très bien de lui.

– Un ami, sans plus, précise-t-elle. Simón Feldman. Seulement un ami.

Oh. Me repousse-t-elle ? Et pourquoi ? Je m'aperçois tout à coup que l'alarme de la maison voisine, que j'ai déclenchée, retentit encore, et qu'elle la perçoit peut-être comme un fond sonore inquiétant, suspect, intolérable, qui ne peut donner qu'une envie : raccrocher.

– Et Mme Felisa ? demandé-je.

– Maman est morte en 2004, dit-elle, chagrine, comme si elle comptait des années qui lui ont paru éternelles.

Quelque chose dans sa voix me suggère qu'elle voudrait me retourner la politesse et me demander des nouvelles de mes parents, mais qu'elle n'ose pas.

– Ah. La même année que papa. Incroyable, lui confié-je.

Elle ne me demande rien sur son compte, n'affiche pas la moindre détestation, ne semble rien savoir de ce soir-là. Mais qu'y a-t-il de si incroyable dans le fait que des gens âgés de plus de quatre-vingt-cinq ans puissent mourir ?

– Quel âge avait votre mère ?

– Elle était de 1913.

J'aurais voulu lui dire que je ne pouvais pas oublier l'expression de son regard, ce soir-là, mais je n'ose en reparler, peut-être de peur de l'entendre me déclarer que rien de tout cela n'a jamais existé.

– Je ne l'ai revue qu'une seule fois, je m'en souviens… C'était dans les années quatre-vingt. Au tout début des années quatre-vingt. Dans un magasin…

– Ah, sur la Diagonal 77. Une mercerie de nos cousins.

– Non, c'était sur la 7e, j'en suis sûr, dis-je.

Mais je ne lui dis pas pourquoi ce souvenir s'est gravé dans ma mémoire : l'émotion de Mme Felisa en me reconnaissant (j'appartenais au passé, à une maison qu'on leur avait confisquée) m'avait donné la preuve qu'elles ignoraient tout de ce que mon père avait fait ce soir-là.

– Ma foi, je ne sais pas. Dans ces années-là, je vivais à Buenos Aires, et en vérité…

Mais de quoi sommes-nous en train de parler ? Diana ne cesse de me faire sentir la disproportion entre mon vif intérêt pour le sujet et le peu qu'elle sait, en fait. Comment lui communiquer la fragile certitude qui est la mienne ?

– Enfin, dis-je, revenant à la question, la jeune femme du greffe va sans doute arriver, et je ne voudrais pas vous déranger. Mais souvenez-vous que je ne vous demande pas beaucoup de votre temps. En fait, vous savez, ce que je veux écrire n'a rien à voir avec vous.

J'allais ajouter : « Tout ce que je veux savoir, c'est si votre cuisine avait une porte moustiquaire », mais je me dis que je vais ainsi achever de la persuader que je n'ai pas toute ma tête.

– Vous ne pouvez pas imaginer à quel point cette agression contre les Chagas m'a bouleversé. Tellement pareille… Tellement pareille… Mais cette fois c'était pour de l'argent, bien sûr…

– Comment ça, pour de l'argent ? répète-t-elle sans comprendre, comme si je sous-entendais que dans son cas il n'avait pas été question d'argent.

– Et puis, nous avons appris que le voisin d'en face était un mouchard de l'ESMA… Ç'a été publié dans *Veintitrés…*

– Cavazzoni ? demande-t-elle aussitôt (c'est comme si elle avait dit « Je n'ai jamais oublié », ou plus encore « Je n'ai jamais cessé de vivre dans cette maison »). Bon, mais Cavazzoni est un militaire…

– Vous avez bonne mémoire !

– Comment ne me souviendrais-je pas de ma maison, mon cœur ? dit-elle. Enfin. Avant, j'achetais *Veintitrés*. Mais j'ai arrêté parce que je n'aime plus ce magazine. Ma sœur et moi avons décidé d'acheter désormais *Noticias*.

– Et Cavazzoni a sans doute été mêlé à tout ce qui s'est passé dans le quartier depuis que vous êtes partie…

– Ah, je ne sais pas ce qui s'est passé… En 78, j'étais en prison.

J'ai senti qu'elle allait raccrocher, et me suis lancé.

– Vous savez que Chagas ignorait qu'on vous avait enlevée ?

– Eh bien, c'est que je n'ai eu aucun lien avec lui… il s'est contenté de nous réexpédier le courrier, les premiers mois, ce genre de chose.

– D'accord, fait-elle enfin, acceptant peut-être à bout d'arguments. Laisse-moi ton numéro de téléphone, et je t'appelle dès que je sais ce que veulent ces gens du greffe… qui viennent nous harceler après toutes ces années. Je t'appelle.

Je crois sentir qu'il n'y a pas là trop d'ironie, et j'en suis surpris. Mais elle s'est attendrie, sincèrement. Elle ajoute, avec une profonde tendresse :

– Et comme on te disait autrefois : ne saute pas dans la piscine, mon cœur, on fait la sieste.

J'ai raccroché brusquement, avec l'exaltation d'un amoureux. Diana n'avait rien approuvé de ce que je lui avais dit. D'une certaine manière, elle me repoussait, mais quelque chose me laissait penser que cette discussion n'était pas finie et me disait de fouiller le passé plutôt que de toujours ressasser les mêmes antiennes.

La sonnerie de la porte d'entrée retentit alors. Le facteur apporte un gros paquet dans lequel je trouve ce que j'ai commandé, le *Règlement maritime* qui, comme l'annonce la publicité sur le site en ligne, est une sorte de manuel de l'aspirant de l'ESMA. Quand j'entre dans la cuisine, j'y vois ma mère et Coca. L'une, qui vient de se lever, prend son petit déjeuner, et l'autre se déclare fatiguée parce qu'elle s'est réveillée à l'aube.

– Quelle plaie que cette sirène, n'est-ce pas mon petit Leo ? dit Coca en désignant le mur mitoyen derrière lequel résonne encore le vacarme que j'ai déclenché en me risquant sur l'échelle.

– Vous savez avec qui je viens justement de parler ? crié-je, mais ma mère ne m'écoute pas. Avec la fille aînée des Kuperman ! Vous vous souvenez ?

Coca est surprise. Habituée à ce que les « jeunes » comme moi s'intéressent à l'histoire du quartier, elle baisse cependant les yeux, avec un sourire figé, comme si le fait de se souvenir était cette fois désagréable.

– Qui ? demande ma mère, qui ?

Même si elle ne m'a pas entendu, elle a remarqué la gêne de Coca, et s'en alarme.

– Les Juifs, résume Coca pour la rassurer.

Elle détourne le regard, visiblement peu disposée à revenir sur le sujet. Mais ma mère ne l'a pas entendue, ce qui me permet de m'approcher pour lui crier à l'oreille.

– Avec la fille de Kuperman, tu sais, la fille aînée de Mme Felisa ! Tu te souviens d'elle ?

– Oh, oui ! fait ma mère, avec sa crainte habituelle, et une douleur profonde.

Elle ne s'explique pas pourquoi j'ai dû parler à Diana, et, comme pour tout ce qu'elle ne comprend pas en ce monde, elle pense qu'il s'agit d'une mort.

– Mme Felisa est morte ! annoncé-je devant une Coca qui ne manifeste pas le moindre intérêt. (J'ai plaisir à montrer l'affection que je porte à ces Juives : je suis toujours le garçon si particulier du quartier.) La même année que papa !

Quand j'ajoute quelques mots au sujet de Diana pour lui faire savoir que la conversation n'a pas été empreinte de tristesse, elle ne veut pas entendre.

Il se peut que Diana éveille en elle le pire des souvenirs, celui-là même que j'ai revécu la nuit dernière, pendant que je prenais des notes pour mon roman.

J'étais trop nerveux, j'avais la nuque douloureuse et je tremblais. Je suis monté chez moi, j'ai appelé Germán et Lorena, les deux élèves qui devaient venir l'après-midi, pour les prévenir que le cours était remis à plus tard et j'ai pris un clonazépam. « Les Juifs », me dis-je en me rappelant l'attitude de Coca, et celle de mon père, et je songe que si curieuse que soit l'affaire Graiver, elle répond exactement à ce que les antisémites attendent des Juifs, à tel point qu'on la croirait inspirée par les Gentils.

En attendant que vienne le sommeil, je m'assieds devant l'ordinateur pour faire un tour sur Internet, presque au radar. Facebook est ouvert, et sans réfléchir, pour ainsi dire, je tape le nom de Simón Feldman dans la fenêtre de recherche. Un homme de mon âge apparaît, bouffi, méconnaissable, qui vit à Haïfa, presque sans amis ni messages en langue espagnole, pour ainsi dire replié sur son anonymat ou son secret, comme si lui aussi se défiait de tout. Je lui écris un e-mail, en sachant qu'il le trouvera peut-être stupide ou suspect, et qu'il pourrait prévenir Diana contre moi et faire capoter mon projet. Mais mon exaltation me talonne.

Bien entendu, Diana pouvait peut-être ne plus du tout ressembler à la personne que j'ai connue, mais même cette possibilité nourrit mon exaltation. Je tape alors sur Google son nom de famille, ses prénoms, et quelques données on ne peut plus formelles, très peu nombreuses, apparaissent.

Sur le site de la faculté de droit : Kuperman Diana Esther, inscrite sur les listes électorales, numéro de carte d'identité, diplômée en 1966 – l'année où je suis arrivé dans le quartier…

Sur le blog d'un ex-agent secret de la police, figure la liste des membres du groupe Graiver, où son nom est suivi de la mention : *aucune activité délictueuse n'a pu lui être imputée.*

Son nom figure également sur la liste des ex-détenus « disparus » du centre clandestin de détention Puesto Vasco,

Don Bosco, avec Jacobo Timerman[1] et les autres suspects impliqués dans l'affaire Graiver.

Kuperman, Diana, a été mentionnée dans l'index onomastique d'un livre de Juan Gasparini, intitulé *Graiver*, que je télécharge sur un site pirate et imprime aussitôt.

Enfin, je trouve Diana Esther Kuperman dans un article du journal *Hoy*, où il est fait mention de son témoignage dans les *Juicios por la Verdad*, à côté du nom d'un avocat connu, auquel j'écris immédiatement pour lui demander, sans beaucoup d'espoir, le texte complet de la déclaration.

Je vois la photo de celle avec qui j'ai parlé tout à l'heure, une sorte de vieille enfant, avec une frange blonde et des lunettes énormes, sourcils froncés et tête presque enfoncée dans les épaules, trahissant la terrible tension de comparaître en tant que témoin. L'article est très confus, mal rédigé, et c'est à peine si je peux comprendre qu'elle dit elle aussi *ne pas avoir été torturée*. Qu'on l'a seulement laissée pendant des jours près d'une salle de torture, pour l'obliger à *écouter*. Et lui faire sentir que, d'un instant à l'autre, son tour pouvait venir.

Un silence impressionnant se fait dans le quartier.

L'alarme a cessé de sonner. Carlos, le jardinier, est arrivé. Il l'a enfin débranchée.

Je tends moi aussi l'oreille. Ce silence se remplit de nouveau des voix de la nuit.

1. Journaliste, fondateur de *La Opinión*, séquestré en 1977 et libéré après une campagne internationale.

L

1976

Je pose la chienne à terre et je grimpe sur l'échelle. De l'autre côté du mur, je vois le jardin éclairé. Le jardin des Kuperman.

Je vois mon père qui donne des coups de pied dans la porte de la cuisine, avec derrière lui les membres du commando, qui l'entourent, si élégants, alors qu'il est en pyjama. Eux jeunes et grands, lui vieux avec ses traits indiens. Que peuvent exprimer leurs regards, derrière leurs lunettes noires ? L'approbation ou l'amusement ?

Je n'en sais rien.

Je redescends, discrètement. Je fuis.

Je ne peux être comme eux. Je ne veux pas être comme eux. Je ne dois pas être comme eux.

Je voudrais ne pas avoir vu ce que j'ai vu.

Mon père en train de se battre avec la poignée de la porte, sur laquelle il tape à grands coups de pied, en retenant le cadre de la moustiquaire qui se rabat sur lui comme l'aile d'un oiseau. Sa fureur que je connais. Mais son visage n'est plus le même. Parce qu'il n'est plus lui.

Quand je rentre de nouveau chez nous, ma mère est encore sur le trottoir, où le type l'a laissée seule, mais elle n'a pas le courage de se glisser à l'intérieur pour voir où je suis allé me fourrer, où est mon père, ce qui nous arrive à l'un et à l'autre. J'ai peur qu'elle n'aille à sa recherche. Je m'assieds au piano. Comment pourrais-je lui dire ce que j'ai vu ? Si elle aussi, au moins, était ébranlée !

Le visage de mon père en train de donner des coups de pied dans la porte. Pourquoi ne pense-t-il pas à nous ?

Assis sur le tabouret, je me mets à jouer.

Ma seule consolation, c'est que personne d'autre ne l'ait vu.

Bach. Polonaise *en* sol *majeur. Pour Anna Magdalena. C'est ce que je joue, ce qui me vient à force d'habitude, parce que je n'ai pour ainsi dire rien joué d'autre depuis un an, et parce que je ne pourrais rien jouer d'autre, maintenant que je suis tout entier à ce qui se passe chez les voisins.*

Le visage de mon père, qui donne des coups de pied dans la porte. La Juive. Comme dans les films. Comme dans *Anne Frank.* Mais il n'a jamais voulu voir ces films. « L'histoire est écrite par les vainqueurs », dit-il. Il dit aussi que lui l'a vécue et qu'il n'a pas besoin de voir les films américains. Il dit que les Juifs vont dominer le monde. Et que Hitler est mort, que l'Allemagne est morte, en voulant les en empêcher. « Alors comme ça, tu l'as vécue, cette guerre, toi ? lui rétorque ma mère. Tu as vécu en Europe ? Tu es juif, peut-être ? » Son visage se ferme, mais il daigne encore faire entendre qu'un jour, quand on a coulé le *Graff Spee*, il a connu son commandant… « qui voulait faire du savon avec tous ces métèques », l'interrompt ma mère qui, avec une expression moqueuse, me fait comprendre une fois de plus qu'il est cinglé. Elle raconte que, quand il était à l'ESMA, on l'appelait « l'Enragé » parce qu'il fulminait pour un oui pour un non, et tombait à bras raccourcis sur ses camarades, à la moindre provocation. Il se tait, comme pour mettre son secret à l'abri de toute atteinte douloureuse. Le secret de ce lien imprévu avec Hans Langsdorff. Par peur de connaître ce secret, je me suis habitué à éviter mon père et à me soustraire à sa vue. Chaque fois qu'il se met à parler des Juifs, tremblant, je détourne la conversation. Le faire changer de sujet n'est pas difficile. Il sait très bien que se taire c'est couvrir les nazis en attendant leur retour. Mais, oh mon Dieu, je sais à présent que ce jour est venu.

Le morceau est si court ! Je reprends da cappo. « Répétez, répétez* ! » *dit Mme Dupond, et elle rit parce que je comprends que je dois recommencer, et non pas m'exercer et m'exercer encore à mon retour à la maison, mais reprendre et reprendre encore « jusqu'à ce que le doigt 1 appuie sur la touche* do *sans que l'esprit le lui commande, jusqu'à ce que chaque note prenne seule la relève de celle qui s'achève, jusqu'à ce que Bach s'approprie d'un recoin de ton cerveau ». Le recoin dans lequel je trouve maintenant refuge pour échapper à mon père.*

Mon père qui secoue la porte de la cuisine, remue le loquet, en décochant de grands coups de pied qu'il me semble encore entendre *pram ! pram !* pendant que les autres, derrière lui, le regardent, réjouis. De quoi s'amusent-ils ? Du vieux chat confronté à la rate juive ?

D'un des emportements de Bazán l'Enragé ? Un jour qu'il roulait en voiture et avait aperçu sur le trottoir un électricien dont il n'était pas satisfait du travail, il s'était arrêté en pleine rue, était allé sans autre forme de procès rouer de coups le bonhomme, dont j'entends encore les cris suppliants, comme ceux de ma mère demandant à son mari d'arrêter et qui, voyant le visage de l'ouvrier se couvrir de sang, était elle aussi descendue, me laissant seul dans la voiture, au milieu de la rue, en train de crier, de peur qu'il ne la massacre elle aussi. Je devais avoir quatre ans. Une autre fois, la nuit, je les ai entendus se quereller et échanger des menaces, et quand je n'ai plus pu le supporter, j'ai couru les séparer, et je l'ai surpris, levant à bout de bras un fauteuil, avec l'intention évidente de le jeter sur ma mère, qui rampait par terre en criant. « Mais que fais-tu, espèce de brute ? » lui ai-je crié, ce qui l'a arrêté, comme par magie. « Je me sépare de lui ? » m'a demandé ma mère le lendemain, et je lui ai répondu « non », non pas parce que je ne voulais pas, mais être celui qui décide me faisait très peur. Depuis lors, je crois de mon devoir d'intervenir. Chaque fois que je les entends élever la voix, j'invente n'importe quel prétexte pour les rejoindre et les distraire. C'est mon rôle. Mais comment distraire tout le commando ? Je joue du piano.

Encore une fois. La troisième. « Répétez, répétez*, *me disait Mme Dupond, jusqu'à ce que ce soit le morceau qui agisse sur votre sentiment, et pas votre sentiment sur le morceau, et rappelez-vous que dans Bach, au clavecin, on ne peut exprimer aucun sentiment. » Un refuge parfait.*

Mon père qui pèse sur le loquet, qui envoie des coups de pied dans la porte de la cuisine. S'ils y trouvent quelqu'un, que lui feront-ils ? Que lui diront-ils ? Comment vais-je pouvoir supporter cette honte ? Il n'y a pas longtemps, après une de leurs querelles, il m'a attendu, caché derrière une porte, pour m'expliquer : « Comme ils disent à la télé, quand l'amour prend fin, l'agression commence. » La menace, le danger ne me permettent pas d'imaginer en quoi pourrait consister cette agression. Le saurai-je à présent, s'ils entrent dans la maison et trouvent Diana ? Et à moi, que me feront-ils ? Je ne sais pas. Je comprends qu'il m'ait forcé à quitter l'École des Arts, qu'il m'ait un jour conduit à l'Institut de culture allemande, m'ait demandé si je ne voulais pas étudier là – et ait été attristé quand je lui ai dit non, que je préférais étudier le piano. Mais pourquoi, le jour où il a trouvé un album de musique hébraïque que je m'étais acheté à *Aquí la música*, m'a-t-il demandé si j'avais l'intention de me convertir au judaïsme ? Pourquoi lui ai-je dit oui ? Pourquoi ai-je senti qu'il le fallait ? Pourquoi me suis-je senti ravi à l'idée de devenir juif ? Pourquoi n'ai-je pas insisté quand ma mère s'est mise en colère en apprenant ma folle intention ? Et maintenant, quand les Kuperman vont revenir et trouver leur porte défoncée, elles vont se dire « tel père, tel fils », et je ne pourrai pas mourir avec elles dans un camp. Je ne serai pas comme Anne Frank. Tel sera le châtiment.

« *Répétez, répétez**. » Mais rien ne justifie que je continue de jouer. Je prolonge autant que je le peux l'accord final pour ne pas entendre le silence – ne pas redevenir, dans les bruits confus de la nuit, la note perdue d'un morceau que je n'ai jamais entendu jusqu'à la fin.

Mon Dieu, quelle honte. Que dirai-je à ma mère quand elle rentrera dans la maison et me demandera ce qui se passe ? Comment peut-on jouer du piano pendant que la vie des autres est en jeu ? Pourquoi as-tu laissé ton père seul ou, au moins, pourquoi ne m'as-tu pas défendue ? Je la regarderai en songeant, parce que je ne trouve pas les mots pour dire ce que j'ai vu : « Ce qui se passe là, à côté, maman, c'est notre défaite. »

Doucement, avec précaution, j'écarte mes mains du clavier. Un type, derrière moi, m'a écouté. Il tousse, pour que je me retourne. Je sursaute. Il me regarde fixement, son automatique à la main.

– Joli, dit-il. Joli.

Un bruit détourne son attention.

C'est alors que mon père revient. Sait-il que je l'ai vu et que j'en sais *trop* ? S'il le sait, il l'a oublié ou s'en moque.

Sa fierté, sa crânerie, que je ne saurais oublier, je le sais, à présent, m'éclairent : pour lui, j'ai l'air de sortir tout droit d'un film américain, d'un navet judéophile, d'une fiction, bref, autant dire d'une fantaisie ou d'un mensonge. Alors que lui vient d'un passé secret et très réel, qu'il a revécu cette nuit ; voilà pourquoi il disait toujours du nazisme « Je l'ai vécu », même s'il n'est jamais allé en Allemagne. Oui, c'est la réalité, qu'il semblait ignorer, qui est venue le chercher et l'a conquis, envahi.

Il se peut que lui aussi, maintenant qu'ils reviennent, dise : « Mon gamin me fait honte. Châtiez-le. » Quel sera le châtiment ? Ils me chasseront du réduit secret, et la vie commencera. Je me trouverai dans un monde épouvantable, où je n'aurai pas ma place.

Mais quand ma mère arrive et nous voit, elle se fige.

Pourquoi mon père a-t-il ce regard ? Ne serait-ce pas celui que j'ai, moi aussi, après avoir joué du piano ?

C'est pourquoi, quand les types s'en vont et que la porte se referme, elle s'inquiète.

– Qu'avez-vous fait ? demande-t-elle, en se sentant exclue.

Elle ne nous a jamais aussi bien sentis père et fils.

M

2010

Je me suis réveillé et je ne suis plus le même. Pas plus que le passé.

À cause de son emportement, que je ne pouvais m'expliquer, et dont je ne m'étais jamais encore souvenu aussi nettement, sans doute parce que j'étais dans l'incapacité de le comprendre.

En fait, pour quelle raison *mon père* avait-il donné de tels coups de pied dans la porte ? Les autres n'en étaient-ils pas capables ? Je trouve invraisemblable qu'ils l'aient forcé à le faire. S'est-il offert de s'en charger parce que les militaires tenaient leurs armes et n'avaient pas les mains libres ?

Ou suivait-il un vieux règlement de l'ESMA, appris par cœur, comme un morceau de musique ?

Et son regard. Le regard de quelqu'un qui accomplit enfin ce qu'il a toujours désiré, par-dessus tout. Et les autres, derrière lui, admirant le travail. Pourquoi ?

Parce qu'un vieux était encore capable de faire ça ? Parce qu'ils voyaient un citoyen ordinaire redevenir, pour des motifs qui n'appartenaient qu'à lui, un soldat plus féroce qu'eux-mêmes ? Quoi qu'il en soit, mon père en était-il conscient ? Leur donnait-il ce spectacle comme on donne un récital de piano ? Quelle satisfaction leur applaudissement lui apportait-il ?

En tout cas, il devait se dire que le futur n'appartiendrait qu'aux militaires et à personne d'autre, et ne pouvait advenir dans un monde différent du sien. Comme tout bon soldat, il se battait sans penser au résultat final de la bataille.

Mais mon père savait-il, en définitive, sur quoi ouvrait cette porte ? Que *savait-il*, ce soir-là ? La fureur, dans ses yeux, me disait qu'il était au fait de bien d'autres choses. Mais de quoi ?

On dit – comme, par exemple, les avocats des génocidaires dans les *Juicios por la Verdad*, et c'est le principal argument qu'ils avancent pour demander l'absolution des bourreaux – que l'on ne peut juger une époque selon les critères d'une autre. Que l'on ne peut interpréter la guerre avec la terminologie de la paix.

Mais il est des *débordements*, des excès que même la guerre ne saurait admettre, comme celui que le jeune garçon que j'étais à l'époque avait pu percevoir, bien que sans le comprendre – impossibilité qui l'a forcé à ensevelir ce souvenir au plus profond de lui-même pendant plus de trente ans.

Pour me protéger de ce souvenir, j'ai fait corps avec les victimes, afin d'apprendre un langage susceptible de m'aider à récapituler un jour, d'une façon tolérable, ce qui s'était passé.

Entre-temps, il m'a fallu vivre en faisant comme si ma peur n'existait pas. Parce que, si j'avais agi autrement, c'est-à-dire révélé ce que mon père avait fait, dit qu'il était dans la Marine, les victimes, j'en suis sûr, m'auraient rejeté.

Pourquoi ai-je autant de mal à me remémorer cette époque ? Est-ce seulement parce qu'il y a eu des atrocités ?

Ou parce que j'ai pu constater qu'un individu quelconque peut se transformer en monstre, et que c'est insupportable ?

Pablo Salem n'allait pas tarder à venir prendre son cours, et peut-être pourrait-il m'aider. Peut-être pourrait-il me dire si, après tant d'années, le temps du témoignage était enfin venu.

Pablo Salem. Avocat. Il a, comme Miki, l'âge de ces souvenirs. Mais Pablo ne peut se rappeler ni son père ni sa mère, séquestrés quelques jours après sa naissance. C'est sa grand-mère paternelle qui l'a élevé, accablée mais protégée par le silence d'un village de la province de Buenos Aires – parce qu'il était alors encore impossible de parler de son malheur. Après la mort de la vieille dame, Pablo est arrivé à La Plata. Ce sont les parents de sa mère qui l'ont recueilli.

C'est alors que son enfance a pris fin, s'il en a jamais eu une. Au village, sa grand-mère, bien qu'absente et somnambule dans l'attente de ses enfants, était une belle et bonne personne, pour qui l'existence de Pablo était une bénédiction. En revanche, les grands-parents de La Plata étaient des bourgeois qui prirent son éducation non pas à contrecœur, comme ce fut si souvent le cas, mais comme une occasion de régler leurs comptes.

– Ils me disaient que mon père avait soumis ma mère à un lavage de cerveau, et que si elle était entrée dans la guérilla, c'était la faute de « ce basané ».

Depuis qu'il faisait partie de HIJOS, l'association des enfants de « disparus », à laquelle il s'était affilié en 1996, Pablo ne voulait plus voir ses grands-parents. « Les vieux, de leur côté, ne semblent pas me regretter outre mesure », arguait-il. Bien qu'il soit devenu un avocat prestigieux, associé d'un juge, qu'il ait épousé une jeune fille de la grande bourgeoisie et qu'il haïsse profondément l'actuel gouvernement péroniste et peut-être même le monde entier, les vieux ne l'aiment pas.

Sa haine, je la sens tous les jeudis. Pourtant, je continue de lui donner des cours sans trop bien savoir pourquoi, peut-être comme un succédané de ce que j'ai un jour pris pour du militantisme, ou une de ces missions catholiques que je m'entêtais à faire miennes à l'école des frères maristes : endurer le mal pour accéder à la sainteté.

Pablo m'a été recommandé par d'autres HIJOS. Il voulait, m'a-t-il dit, écrire quelques nouvelles sur « notre histoire ». « Notre » histoire est pour lui, presque exclusivement, celle de ses parents disparus. Ses nouvelles sont prétentieuses, et par conséquent ratées, parce que, de surcroît, Pablo n'a pas la patience de lire de la littérature, dont il ne supporte pas l'ambiguïté. Pour lui, écrire, imaginer, ce n'est pas chercher l'ambiguïté de la vie mais sa destruction.

Dans une de ces nouvelles, un militant de HIJOS, qui se veut poète, comprend, à force de parcourir l'exemplaire des *Vers du capitaine* de Pablo Neruda que son père lisait au moment de son enlèvement, que les mots soulignés forment un message indiquant l'endroit de son dernier rendez-vous, qui n'est autre qu'un bidonville. Quand, dans l'espoir secret de le retrouver, il s'y rend dans sa voiture dernier modèle, quelques invraisemblables marginaux des bidonvilles – parce que, qu'il le veuille ou non, l'horizon de Pablo est réduit à sa famille – le séquestrent et foulent aux pieds ses idéaux.

Dans une autre de ses nouvelles, un militant de HIJOS, électricien, entre dans un groupe de choc et s'offre d'exécuter une opération à haut risque. Elle échoue, il est incarcéré et, comme l'espèrent ses camarades, il se montre en prison aussi résistant que provocateur. Alors qu'il va être soumis à la gégène, il comprend que tout au long de sa vie

– le choix de son métier, son militantisme – il n'a rien fait d'autre que préparer ce moment, pendant lequel il va découvrir si son père a pu penser à lui à ses derniers instants, et si lui-même avait eu, bébé, une quelconque importance pour son père. Quand, pour lui expliquer par l'exemple je ne sais plus quel procédé littéraire, je lui demande de raconter simplement un épisode familial, si possible sans aucun rapport avec les disparus, afin qu'il se concentre uniquement sur ce problème technique, Pablo bafouille, ne peut rien dire de clair. Il ne sait pas, conclut-il. Il ne sait rien de sa famille hormis sa tragédie.

Mais il n'a nullement honte de cette ignorance, au contraire, on dirait qu'il est content de trouver de nouvelles preuves que quelqu'un qui a un jour voulu changer la réalité ignore complètement de quoi cette réalité est faite.

Voilà pourquoi Pablo refuse d'entendre parler de quoi que ce soit qui ait un quelconque rapport avec les droits de l'homme. Dans ses récits, quand apparaît une Mère de la place de Mai, elle est folle et pontifiante, pathétique dans son ignorance du fait que la lutte n'est pas pour les femmes au foyer. Quand apparaît, par exemple, un anthropologue légiste, il est laid, d'une ingénuité horripilante, d'une compassion insupportable, parce que pour Pablo toute pitié est humiliante. Quant aux HIJOS, ce sont ceux de la première heure, des militants comme il l'a été par le passé, ceux qui revendiquaient la lutte révolutionnaire de leurs parents et se disaient leurs héritiers. Pablo fait d'eux des gens aisés, des bourgeois privilégiés grâce aux indemnisations qu'ils ont reçues en raison de la disparition de leurs parents.

« Et pourtant, me dis-je, c'est grâce à tous ceux que tu méprises que tu es là aujourd'hui, Pablo, grâce à eux que je suis là, moi aussi, à t'écouter. »

Mais que revendique-t-il, sinon la logique antérieure à celle des droits de l'homme, c'est-à-dire celle de la guerre ? Il recourt aux images liées à ses parents les plus éprouvantes qu'il ait pu recueillir, et il les assène comme s'il tapait à coups de poing sur mon âme sensible ; par exemple, celle du guérillero de 1976 qui, se sachant cerné, s'enferme chez lui, électrifie les serrures de la porte d'entrée, arrose d'essence planchers et cloisons, monte sur la terrasse et se tire une balle dans la tête après avoir abattu sept militaires. « C'est en mémoire de ce mort que l'on m'a donné le prénom que je porte, dit-il en souriant. Et mes grands-parents croyaient que c'était à cause de Neruda ! »

C'est ce que lui a raconté un compagnon de son père, quelqu'un qui se considère encore comme *un ancien combattant* et vit, depuis lors, dans la clandestinité.

Finalement, une semaine plus tard, Pablo consent à me raconter une histoire concernant sa grand-mère : « Pendant qu'ils la torturaient pour lui faire dire où se trouvait un de ses fils, elle avait cru reconnaître, derrière les voix des tortionnaires, la toux de mon père. C'était peu de temps avant qu'ils ne la déposent à la gare routière avec un billet pour Bragado, alors qu'elle se sentait terriblement coupable de ne pas oser rentrer chez elle, taraudée par une question trop grande pour n'importe quel être humain. »

C'est le souvenir de ce court récit qui m'incite à lui raconter, aujourd'hui, tout ce que je sais de Diana Kuperman, en me disant qu'il pourra peut-être m'aider à comprendre un peu. Le souvenir de ce récit et aussi le fait que, comme Diana, Pablo soit quelqu'un de si irrémédiablement singulier.

Si j'avais osé révéler ce qui s'est passé le soir même, j'aurais dit que Pablo Salem est arrivé avec une demi-heure de retard, sur le coup de neuf heures, avec deux bouteilles de bière et trois énormes paquets de chips. Après toute une journée de travail, il considère son cours comme une sorte de récréation. Il ouvre son classeur, dévoilant des pages couvertes de corrections.

Il n'a encore rien dit quand je me mets à lui parler du roman que je compte écrire sur « la fille qu'on avait enlevée, là, de l'autre côté du mur », et que j'ai appelée, lui dis-je, au cours de l'après-midi.

– Et pourquoi l'as-tu appelée ? demande-t-il, avec une mimique de perplexité sarcastique. (Est-il confusément irrité parce que j'envahis son territoire ? Envieux parce qu'il n'a jamais pu en faire autant avec son père ? Méprisant parce que je ne suis pas digne de me confondre avec eux ?) Pourquoi ?

C'est humiliant, mais je ne ressens rien de tel. Je sais que ce qu'il ne comprend pas, ce que je ne comprends pas moi-même, est la seule chose qui compte. Je suis pourtant prêt à encaisser son agression.

– Je n'en sais rien, concédé-je. C'est ça, écrire : chercher ce dont on ignore l'existence.

Il a un rire faux. Je sais qu'il m'a déclaré la guerre, mais je considère pourtant que cette guerre m'aide à mieux considérer ce qui m'arrive.

Mais, en vérité, pourquoi l'ai-je appelée ? Pour découvrir encore une victime innocente ? Pour me prouver que dans un monde à tel point contaminé par le mal l'innocence est possible, même si elle est destinée au sacrifice, à la mort ? Par refus d'un monde plus complexe que celui dans lequel s'est déroulée mon enfance ?

– J'ai été tellement impressionné par l'affaire Papel Prensa, expliqué-je. Cette histoire de…

– Mais pourquoi ne pas dire que les Graiver géraient l'argent des *Montoneros* ?

Je sais que, si je le laisse poursuivre, il en viendra à la séquestration des frères Born, Juan et Jorge, enlevés par un commando *montonero* et libérés contre la rançon la plus élevée jamais versée à une organisation terroriste, soixante millions de dollars.

– Parce que ce n'est pas le sujet, lui dis-je quand il revient de la cuisine (où, pour me punir, il est allé sans m'en demander la permission) avec un décapsuleur et une assiette où mettre ses chips. Le sujet, c'est *l'horreur*.

Pourquoi je me refuse moi aussi à considérer ouvertement le phénomène du terrorisme ? Serait-ce parce que je n'ai gardé en mémoire que la souffrance des victimes ?

– Imagine, lui dis-je sur un ton quasi suppliant, en évoquant implicitement sa grand-mère, Diana Kuperman ne se mêle pas de politique. C'est une femme ordinaire, sans aucun lien avec la moindre forme de militantisme, c'est évident quand on parle avec elle… Elle n'a rien à voir avec ça.

– Mais tout à voir avec l'argent, m'interrompt-il, aussi abruptement que Coca l'a fait, ce matin, quand je lui ai raconté que j'avais renoué avec Diana.

Mais quel dieu a donc dicté le commandement : tu n'auras pas d'argent, ni n'aspireras à en avoir ? Ou y en aurait-il un qui dirait, plus précisément : tu n'aspireras à rien d'autre qu'à ce qui a été accordé à chacun, au commencement des temps, ou tu ranimeras le conflit originel ?

– Tu imagines, insisté-je, faisant comme si je ne l'avais pas entendu. Un militant aurait pu s'y être préparé, mais cette femme, brusquement enlevée de l'hôpital où elle était soignée et jetée elle ne sait où, à écouter comment on torture les autres…

Mais pourquoi ne puis-je me satisfaire de la version plus simple, généralement admise à cette époque-là : que les Graiver – et Diana sans doute – étaient des gens sans scrupule, cupides au point d'accepter un argent souillé de sang ?

Et brusquement, quand je lève les yeux, je me rends compte que j'ai tout de même obtenu quelque chose en m'abandonnant à mon élan : Pablo a troqué son sarcasme pour une sorte de sérieux professionnel, comme s'il revenait à nos rôles respectifs, après le détour absurde que je lui ai imposé, et il se montre conciliant.

– C'est étrange, me concède-t-il. J'ai essayé d'écrire l'histoire que je t'ai racontée la dernière fois et, tu sais ?, moi qui toujours pense à mes parents, les imagine et parle d'eux sans problème – je ne fais que ça, pour ainsi dire –, je suis incapable de fixer mon esprit sur les tortures infligées à ma grand-mère. Ça m'est impossible. Je ne peux pas.

Soudain, je comprends que les parents de Pablo ne comptent guère pour lui. Qu'il est tout imprégné du discours de sa grand-mère, de cette femme qui, comme Diana, s'est brusquement vue plongée dans la pure horreur. Sa grand-mère morte, Pablo doit avoir senti qu'il devait la remplacer, être son prolongement dans l'idéalisation de ses enfants, des « disparus », et dans la revendication. Jusqu'au moment où il a enfin compris que c'est là une trop lourde charge pour qui que ce soit. Peut-être se défend-il aujourd'hui encore du souvenir de sa grand-mère comme il n'a jamais osé le faire à la table familiale, comme si cette table avait un jour existé, voire : comme s'il ne l'avait jamais quittée.

Une chose est sûre : ce que je veux écrire n'a jamais été discuté à cette table, ce que je veux écrire est lié à ce que l'on appelle réalité – et qui est inaccessible. Voilà ce à quoi je vais être confronté une fois que Pablo sera parti.

Si l'on m'avait poussé à témoigner, dis-je, j'aurais déclaré que le cours de ce jour-là s'était terminé plus tôt que d'habitude, pour une raison dont je ne me souviens pas : je crois me rappeler vaguement qu'avoir attristé Pablo a eu son prix, et j'ai décidé que lui non plus n'avait pas le droit d'obtenir son salut en détruisant ceux qui lui venaient en aide.

Je me rappelle l'avoir quitté fâché devant la porte, sachant que je ne le verrais plus, qu'il est monté dans sa voiture de luxe et a démarré en trombe, sans se retourner. C'est pourquoi, si on le convoquait comme témoin, il ne servirait à rien.

Parce que Pablo n'a pas vu arriver à toute vitesse la petite auto blanche, comme si le conducteur voulait profiter de l'occasion en me surprenant devant ma porte.

Ç'a été le commencement de mon interrogatoire.

N

1976

– Qu'avez-vous fait ? lui demande ma mère.

Dans la cuisine, mon père, à l'endroit même où il a voulu un soir l'étrangler – mais je l'en ai empêché –, remplit un verre d'eau, il nous tourne le dos, et nous le regardons fixement. Quand il a fermé le robinet, d'un geste un peu cérémonieux – l'évier, un autel ? –, il se retourne, encore absorbé en lui-même, appuie ses fesses contre le marbre et se met à boire avec délectation, comme s'il avalait le nectar des dieux.

On dirait que ce verre d'eau est sa récompense pour ce qu'il vient de faire ou, mieux encore, qu'il a gagné le droit de boire toute l'eau qu'il voudra.

Il avale le liquide, les yeux levés, comme s'il était à l'écoute du silence. Les bruits ont diminué chez les Kuperman ; on n'entend plus que quelques voix, les éclats brusques des radiotransmetteurs, les portières des voitures qui claquent – une sorte d'accord inabouti.

Mais c'est autre chose qu'il écoute. Quels étranges souvenirs l'eau réveille-t-elle en lui ?

J'évite d'ouvrir la bouche de peur de réveiller un somnambule ; peur de le réveiller, peur qu'il ne nous voie, ma mère et moi, ne reconnaisse en nous un arrière-goût inattendu du monde des Kuperman, et que, dans un élan ultime inattendu et exemplaire, il ne nous anéantisse.

– Qu'avez-vous fait ? répète ma mère, avec un dernier reste de dureté dans la voix.

J'ai peur. J'essaie, comme chaque fois que j'ai peur, de trouver un prétexte pour éloigner ma mère de là. Mais je ne trouve rien.

– Que s'est-il passé ? insiste-t-elle quand elle s'approche de la fenêtre et aperçoit dans le jardin, entre les plantes, l'échelle encore appuyée contre le mur mitoyen, la chienne qui renifle entre les branches cassées les traces de boue.

Ma mère commence à avoir véritablement peur, et je sais qu'il y prend plaisir.

Et si elle comprenait, de plus, que j'ai vu ce qui s'est passé et que je n'ai pas le courage de le dire ?

Mon père qui donne des coups de pied dans la porte de la cuisine, avec derrière lui les membres du commando, qui l'entourent, si élégants, alors qu'il est en pyjama. Eux jeunes et grands, lui vieux avec ses traits indiens. Que peuvent exprimer leurs regards, derrière leurs lunettes noires ? L'approbation ou l'amusement ?

– Antonio ? Tu m'entends ?

« Antonio », dit-elle, et pas « papa », comme elle le fait toujours. Peut-être était-ce ainsi qu'elle l'appelait avant ma naissance, de ce nom figurant dans le pacte dont j'ignore tout.

On entend enfin les voitures démarrer et s'éloigner. Comme s'il voulait en faire autant, mon père se détache de l'évier, prêt à aller retrouver son lit et son sommeil.

– Qu'avez-vous fait ? insiste-t-elle, en s'affaissant sur la table, comme si elle commençait à deviner.

– Qu'est-ce que j'en sais, murmure-t-il en se dirigeant une bonne fois vers sa chambre pour se recoucher.

Peut-être, maintenant qu'il a recouvré ses esprits, comme s'il se réveillait, ne lui reste-t-il plus de l'événement que du bonheur, et pas le moindre souvenir.

« Qu'est-ce que j'en sais », me répété-je. C'est ce qu'il m'a dit, mot pour mot, quand j'étais tout petit, la seule fois où j'ai osé l'interroger sur son père. Ce « qu'est-ce que j'en sais » a été sa façon de m'interdire, jusqu'à ce jour, de revenir sur le sujet.

Brusquement, je ne supporte plus de me trouver seul avec ma mère. Je devrais maintenant lui dire ce que j'ai vu. Ou au moins lui dire pourquoi j'ai joué du piano. Effondré, je lui demande :

– J'éteins les lumières du jardin ?

Elle, qui a l'air épuisée, me répond :

– Oui, oui, range tout, et allons dormir.

Je pénètre dans le jardin comme si j'entrais en scène : je joue le rôle du voisin qui n'a peur de rien, et ne s'inquiète nullement d'être observé. Je vais jusqu'à l'échelle ; et pendant que je l'éloigne du mur, je tends l'oreille, pour guetter les bruits en provenance de chez les Kuperman. Rien. Mais en rangeant l'échelle dans la remise, je ne peux empêcher mon imagination de bâtir des hypothèses sur ce qui s'est produit.

Première hypothèse : Quand le commando arrive, Mme Felisa est seule, endormie dans sa chambre. Ils tambourinent à la porte. Elle ne veut pas ouvrir. Dans le noir, elle décroche le combiné du téléphone (est-ce là son erreur ? Ce qui alerte les militaires, leur apprend qu'il y a *quelqu'un* dans la maison ? « Ne parle au téléphone que de choses sans importance, disait ma cousine, ils sont tous sur écoute »), quand elle entend tout à coup des bruits derrière la maison et raccroche. « Dieu merci, se dit-elle, Bazán vient à mon secours », et elle descend dans le noir l'escalier qui mène à la cuisine pour l'accueillir, quand elle aperçoit soudain, par la lucarne du palier, un, deux, trois hommes armés qui arrivent avec lui et enfin, quand elle pénètre dans la cuisine, le visage de Bazán dans l'encadrement de la porte. Il malmène la poignée, qui lui résiste. Son regard, sa fureur glacée la paralysent. On dirait quelqu'un d'autre. Qui nous regarde donc, mon Dieu, par les yeux d'un goy ? Que voient-ils en nous, que nous ne sommes pas, que nous ne voyons pas, que nous ignorons ? La porte finit par céder.

Il y a par terre des branches cassées du caoutchouc qu'un type a dû arracher en montant. Je prends dans la remise un grand sac de toile de jute et je les ramasse, laissant à découvert les empreintes boueuses du commando.

Deuxième hypothèse : Mme Felisa n'est pas seule ; elle est avec Ruth, sa fille cadette, l'artiste. Ruth sait très bien ce qui se passe dans le pays – mais elle n'en a jamais parlé à sa mère, pour ne pas l'effrayer. Toutefois, ce jour-là, une information lui a été livrée au téléphone soit par Diana, soit par Goldenberg en personne, et tout en s'employant à déchirer des agendas, à brûler des dossiers, à dissimuler des documents, elle s'efforce de donner des instructions à sa mère qui la regarde faire, étonnée, comprend ce qu'elle lui dit, mais ne peut rien retenir. Il ne faut pas qu'elle parle du travail de Diana ? Mais quel mal peut avoir fait Diana ? Et devant qui ne dois-je rien dire, mon Dieu, qui va venir, pourquoi as-tu tellement peur, mon enfant ? C'est alors que retentit la sonnette de la porte d'entrée. Ruth tremble elle aussi, elle voudrait rassurer sa mère, tout en cherchant une stratégie dans le style de sa sœur (exiger la présentation d'un mandat de perquisition ?), quand une lumière vive, à l'arrière de la maison, les surprend. La mère et la fille descendent l'escalier jusqu'à la lucarne d'où l'on aperçoit le jardin de Bazán, et leur voisin apparaît au faîte du mur mitoyen. Elles descendent, croyant qu'il cherche à échapper aux hommes qui le suivent, mais en le voyant venir vers elles sans nulle expression de peur, ouvrir la moustiquaire et secouer la poignée de la porte, qu'il pousse brusquement, elles s'arrêtent, glacées d'effroi. Parce qu'il ne se ressemble plus, cet homme. Quand il voit qu'il n'arrive à rien et commence à donner des coups de pied dans la porte, elles se replient physiquement dans leur chambre, et mentalement dans un passé obscur, qu'éclaire à peine la conscience d'un recommencement. Leur voisin est devenu quelqu'un d'autre, mais qui ? Et qui sont ceux qui le suivent ? Les nazis, doivent-elles se dire. Les nazis. C'est alors que la porte cède.

Voici que je dois maintenant effacer les traces laissées par mon père et ses acolytes, ces empreintes boueuses qui souillent la cour. J'ouvre le robinet, me saisis de la lance, vise et le jet qui dissout leurs pas et les efface m'hypnotise comme le flux qui lisse la plage.

Troisième hypothèse : Quand ils sonnent une fois, deux fois, trois fois, quand ils donnent des coups dans la porte, les trois Kuperman sont chez elles, la mère et les deux filles, dans le noir. Deux dorment dans leur chambre, ou cherchent le sommeil. Seule Diana, la fille aînée, travaille à son bureau, à la lumière d'une petite lampe, pour ne pas être devinée. Elle n'a jamais cru que pareille chose pouvait lui arriver. Peut-être est-ce Jaime Goldenberg qui l'a appelée pour la prévenir qu'il passerait la chercher parce qu'il a quelque chose à lui apprendre qu'il ne peut risquer de dire au téléphone. Elle imagine ce que ce doit être, même si elle ose à peine y penser. Diana est une avocate, pas une subversive. Elle croit pouvoir trouver une protection légale derrière laquelle s'abriter. Elle consulte un manuel, un agenda et l'annuaire. Peut-être pense-t-elle à l'AMIA[1], dont Juan Graiver a été le président. Quand la sonnette retentit, elle court à la fenêtre en criant à sa mère et à sa sœur de ne pas s'inquiéter, que ça va s'arranger. Pour le moment, en voyant à travers les persiennes la rue bloquée, un camion de l'armée sur le Camino General Belgrano et des types en armes sur tous les trottoirs, elle ressent un soulagement absurde. Merci, mon Dieu, se dit-elle, ils ne sont pas venus *pour moi*, c'est une de ces rafles qui balaient tout un quartier, peut-être suspectent-ils ces étudiants qui vivent ou ont vécu à côté, chez les Bazán, ceux sur qui Cavazzoni lui a un jour posé quelques questions… C'est alors qu'elle entend des bruits, de l'autre côté du mur mitoyen et, quelques secondes plus tard, chez elles, dans la cuisine. Elle descend. C'est Bazán, qui se met à donner des coups de pied dans la porte de derrière. Et qui guide les autres ! Derrière eux, plus loin, quelqu'un – qui, sinon le garçon ? – joue la *Polonaise* de Bach… C'est incroyable ! Auprès de quels monstres vit-elle ? Quand tout sera tiré au clair, se dit-elle, elle les dénoncera. Mais pour quel délit, exactement ? Et c'est seulement quand elle cherche en vain à donner un nom à cette agression, un article de loi qui lui permettra de les attaquer en justice, que la panique s'empare d'elle. Et la porte cède.

1. L'Association mutuelle israélite argentine (*Asociación Mutual Israelita Argentina*) est un centre culturel de la communauté juive situé à Buenos Aires.

Je ferme le robinet, j'enroule le tuyau et je retourne à la cuisine. C'est maintenant ma mère qui est appuyée contre l'évier, à l'endroit même où il a voulu l'étrangler – mais je l'en ai empêché – d'où elle regarde la télé sans la voir.

Après tout ce qu'elle a vécu dans le secret avec mon père, que peut-elle deviner ? Ce que j'ai vu ? Quoi qu'il en soit, le savait-elle ? Savait-elle que mon père était capable de faire une chose pareille ?

Et comment se considère-t-elle elle-même ? Comme une complice ? Une moucharde ? Une victime ?

Peut-être va-t-elle plus loin que toutes mes hypothèses, peut-être erre-t-elle dans un monde que je ne puis imaginer, obsédée comme je le suis par l'image de mon père en train de défoncer la porte.

Elle se rend brusquement compte que je suis revenu et me regarde fixement. J'ai peur qu'elle ne m'interroge ou ne devine en moi ce que je ne veux pas lui dire.

Elle continue de me regarder, un peu comme si elle ne m'avait jamais vu, ou venait seulement de me comprendre, moi, le fruit de son étrange lien avec cet homme.

– Ah, mon chéri, fait-elle.

J'ai l'impression qu'elle veut me demander pardon. Sur quoi je lui souris à peine, finis par baisser les yeux et file, encore une fois, en direction du piano.

Je regarde le trottoir par la fenêtre du salon, qui est restée entrouverte, et ne vois personne dans la rue.

Que va-t-il se passer, maintenant et demain, entre nous et les gens du quartier ? Tous ont vu, tous savent… Et s'ils n'ont pas tout vu, chacun a son lot d'infamies et peut deviner le reste.

Ils ont vu les Bazán collaborer avec les militaires, contre les Juives… Vont-ils savoir qui je suis, ce que moi-même je ne sais pas ?

Quand je passe à côté du piano, de la double rangée de touches, du bois luisant, j'ai envie de pleurer comme sur un cercueil. Je déplie sur le clavier, tel un suaire, la housse de protection, avec sa lyre et ses pompons…

Le monde est en attente. Qu'est-il arrivé aux Kuperman ?

Quatrième hypothèse : Ce n'était pas elle, Diana, qu'ils sont venus chercher, mais un fugitif. Voilà pourquoi ils ne l'ont pas attendue. Ils cherchaient ce Goldenberg qui, d'après leurs informateurs, devait se réfugier dans cette maison, mais on les a ensuite avisés qu'on l'avait coincé.

Tout à coup, derrière moi, la lumière des phares d'une automobile éclaire la rue ténébreuse, balaie la façade de la maison. La voiture monte sur le trottoir. Ruth et Mme Felisa sont de retour. Avant qu'elles ne me voient, je cours prévenir ma mère. « Elles viennent d'arriver ! » m'exclamé-je avec l'émoi d'un parent qui retrouve un membre de sa famille perdu, alors que je voudrais dire : « Elles n'étaient pas chez elles ! Papa n'a pu leur faire aucun mal. » Ma mère comprend tout, parce que la joie illumine son visage, et elle va à leur rencontre.

Je la suis, terrorisé à l'idée que mon père puisse la surprendre, ou que l'un des types soit resté à les attendre, caché à l'intérieur de leur chalet. Quand j'arrive sur le pas de la porte, elle m'empêche d'aller plus loin. C'est du salon, appuyé contre le piano, que je vais assister à ce qui va se passer.

Je suis ému de la voir s'approcher d'elles sans se soucier d'être observée par les voisins, et de les voir, elles, l'accueillir de prime abord avec plaisir, même si elles sont un peu perplexes. Que peut-elle bien leur vouloir, à cette heure ?

Je n'entends pas ce que ma mère leur dit. Mais je vois leurs traits s'altérer et prendre une expression d'effroi inoubliable.

Alors, face à leur peur, un souvenir m'assaille. « Ils les font sortir de leur cachot et monter dans des voitures qu'ils criblent de balles, nous a dit le docteur Vismara, médecin légiste et ami de mes parents, un soir où il avait dîné chez nous et bu un coup de trop. Et il faut que je signe des certificats de décès indiquant qu'ils sont morts pendant une fusillade sans qu'on ait pu les identifier, alors même, poursuit-il, qu'après des mois de prison, leurs intestins sont collés par la faim, et qu'ils sont couverts de brûlures de cigarettes. »

Quand ma mère revient, je l'embrasse.

Elle n'a pas dit aux Kuperman que mon père a accompagné le commando derrière la maison. Pas plus que je ne lui ai dit qu'il a défoncé leur porte.

Cette solidarité profonde lie entre elles deux omissions.

J'éprouve un curieux soulagement : le vertige ressenti sur cette échelle est enfin passé. Était-ce le vertige pour avoir entrevu l'abîme d'un futur possible et l'avoir évité d'un cheveu ?

Si papa nous pardonne, nous pourrons survivre.

Et maintenant, au lit. Et que l'oubli fasse son œuvre.

Ñ

2010

Il n'a pas fini de donner un coup de frein brutal devant la maison que je crois le reconnaître. Il arrive dans la petite auto blanche qui porte le logo de la société de surveillance peint sur la portière, accompagné d'un autre type brun, difficilement visible derrière le pare-brise.

Quand il voit Pablo me dire au revoir et s'en aller, il se précipite, avant que je ne sois rentré chez moi.

– Bazán ? crie-t-il.

Je m'arrête en entendant mon nom.

– Non, dis-je bêtement. Je suis son fils.

Parce que je suppose que mon père figure sur les registres du service de surveillance en tant que voisin à qui s'adresser en l'absence des Chagas.

Je me prépare à lui dire que l'alarme a dû se déclencher tandis que je discutais avec mon élève et que je n'ai rien entendu. Qu'après avoir pendant trente ans encaissé leurs alarmes, je n'y fais plus attention.

Le type descend de l'auto ; il est athlétique, bronzé, musclé, avec d'énormes chaussures de sport, un bermuda, un débardeur et une attitude curieuse, qui semble proclamer : « Ces fringues sont un déguisement, et c'est justement ce qui va te permettre de comprendre qui je suis. »

– Comment ça, fait-il, menaçant, en venant vers moi, tu n'es pas Leonardo ? Tu n'es pas Leo, peut-être ?

D'où connaît-il mon prénom ? Je suppose maintenant que Chagas, après la mort de mon père, lui aura donné mes coordonnées, et que le nouveau voisin doit avoir hérité du jardinier bolivien, de la société de surveillance… et de moi-même.

– C'est moi, oui. Que puis-je faire pour toi ? demandé-je en répétant sans le vouloir les mots dont Diana s'est servie.

– T'aurais pas vu des trucs bizarres, aujourd'hui ?

C'est inconcevable, ces manières de flic, cette agressivité, comme si avoir vu quelque chose – à l'extérieur, cette fois – constituait un délit.

– Rien, dis-je en baissant les yeux. Je n'ai même pas entendu l'alarme…

– Alors, comme ça, tu ne l'as pas entendue ? demande-t-il, ironique.

Je fais un pas en arrière et lui, comme s'il était rattaché à moi par un lien invisible – la toile d'araignée qui, au moindre de mes tremblements, attise sa violence –, essaie de me retenir en m'attrapant par l'épaule. Effrayé, je me dégage.

– Eh là ! fait-il. Tu es bien nerveux. Alors, tu n'as rien vu, rien entendu ? demande-t-il en regardant la maison. Ce matin, je veux dire.

Voilà comment ma mère doit s'être sentie ce soir-là sur ces mêmes dalles, me dis-je. Consternée, menacée, et moi je le découvre seulement maintenant.

– Colque t'a vu, dit le type quand je recouvre mes esprits. Il ne comprend pas ce que tu cherchais.

Colque ? me demandé-je, en devinant aussitôt après : mais bien sûr ! Ce doit être le nom de famille du jardinier, de Carlos.

– Comment ! Je ne l'ai même pas aperçu ! m'exclamé-je, et j'invente, bêtement : Je voulais justement le voir, j'avais quelque chose à lui demander à propos d'une des plantes grimpantes du voisin, qui envahit tout…

Le type m'adresse un regard méprisant. Il ne croit pas à mon excuse, mais peut-être ne devine-t-il pas non plus la vérité.

– Et c'est pour ça que tu as déclenché l'alarme ?

– Désolé, concédé-je, en essayant de me rassurer (me souvenant qu'il est en effet de son devoir de se rendre sur place quand l'alarme se déclenche : or, aujourd'hui, personne n'était encore venu). Bon, au revoir, on m'attend pour dîner.

Je n'ai pas fait volte-face pour rentrer chez moi que le type se tourne pour adresser un signe à son acolyte, qui sort de la voiture.

Je regarde la maison d'en face. Les persiennes irrémédiablement closes me refusent toute miséricorde. Je suis en « zone libérée ».

– Je vois que tu ne comprends pas, me dit maintenant le type. Comme nous ne sommes pas venus ce matin, le chef nous a passé un savon.

J'ai déjà entendu ça. Qui m'a raconté une scène semblable ?

Le second type est venu se planter à côté du premier, sans trop savoir pourquoi, ce qui ne semble pas lui importer beaucoup. Il paraît distrait, seulement soucieux du savon auquel ils ont eu droit pour ne pas être venus ce matin.

Mais il est évidemment prêt à cogner, si l'autre le lui demande.

– Et maintenant, on règle ça comment ?

(« Mets toujours de l'argent de côté, pour le jour où ils viendront te braquer », disait Marcela.)

Voici venu le moment où, dans tout interrogatoire, on joue les offensés. « Mais qu'est-ce que ça signifie ? Pourquoi cette intrusion ? », comme si l'on venait seulement de deviner une infâme intention, et que l'on réagissait en recourant à une façon dépassée de défendre sa dignité – attitude un peu ridicule que Diana, emprisonnée, avait dû adopter, forte de son expérience d'avocate, pour éviter les coups qu'elle sentait venir. Mais je n'ai rien dit.

Alors, je me suis souvenu d'une situation similaire, celle de la patiente de Chagas à qui ses agresseurs avaient reproché d'avoir déclaré comme volé un home cinéma qu'elle n'avait jamais eu – et dont le commissaire leur avait ensuite exigé la restitution.

– Encore une fois : désolé, ai-je dit en m'efforçant d'être ferme. Le fait est que nous nous sentons tous très mal après ce qui s'est passé…

À peine ai-je dit ça que je m'en repens. Que savent-ils, ces deux-là, de ce qui s'est passé ? Que peuvent-ils savoir, alors que jamais l'alarme n'avait retenti lors des deux cambriolages ? Qu'en savent-ils ?

– Ce qui s'est passé ? me demande le type en m'enfonçant son index dans l'épaule comme s'il corrigeait une mauvaise position. Et que s'est-il passé ?

« La même chose qu'il y a trente ans… », suis-je sur le point de dire. Je n'arrête pas de trembler. Dans leur voiture, on les appelle sur le radiotransmetteur. Le second type s'éloigne pour prendre l'appel.

Je le vois arriver devant la voiture, glisser la main par la portière dont la vitre est baissée, saisir l'émetteur-récepteur, et répondre d'une voix soumise à une autre voix, impérieuse, entrecoupée de sifflements, qui résonne dans la rue déserte.

Tout ça pour le savon qu'on leur a passé à cause de moi.

– Et pourquoi tu te sens très mal, toi ? Dis-moi. (Celui qui est resté m'enfonce de nouveau son doigt dans l'épaule pour retenir mon attention.) Pourquoi, hein ?

Le moment est venu où tout se déchaîne. Celui où la moindre ignorance, où la moindre résistance, mène de l'interrogatoire à la torture.

– Tu ne vas pas me raconter que tu es dans cet état à cause d'une plante grimpante ?

Je ne sais plus quoi dire.

– Eh ! l'appelle l'autre, après avoir coupé la communication. Faut y aller.

– Écoute, mon pote, me dit le type avant de partir. Tu es déjà suspect. Colque nous a dit que…

Mais quel sont ses relations avec Carlos Colque ? Et si en définitive, comme le soupçonne ma mère, c'était Colque le *mouchard* ? Lui qui avait dit : *Ce soir, il y aura de l'argent chez le docteur. Ivancito rentrera tard. Attendez-le, et quand il reviendra du dancing, entrez avec lui* ?

Mais l'autre insiste, exige qu'il arrive tout de suite, qu'il se grouille et, un instant plus tard, je me retrouve seul, incapable de bouger. Ils montent dans la voiture, pressés, quand le type s'adresse encore à moi :

– Ne bouge pas d'ici, tu entends ? On revient.

Je suis suspect, me dis-je en les regardant s'éloigner. De quoi ? Que leur a dit Colque ? Que savent-ils de moi que moi-même j'ignore ?

C'est seulement quand ils arrivent au boulevard périphérique que je me rappelle où je l'ai déjà vu : c'est le type avec la casquette à l'envers, celui que j'avais aperçu au coin de la rue, le soir du premier cambriolage.

Alors, croyant brusquement comprendre ce qu'ils redoutent de ma part, je m'empresse de rentrer.

« Tu es suspect », « tu es suspect ». Mon esprit n'est plus que soupçon. Et comme seule la compagnie de quelqu'un pourrait me calmer, qu'il n'y a pour moi qu'une compagnie possible, celle d'une personne proche, qui s'est trouvée dans une situation semblable, je m'assieds et j'écris.

Chère Diana. J'ai été maladroit au téléphone. Pour ce que je voulais vous dire, ce qui en moi voulait s'exprimer, les mots m'ont manqué. J'en ai été réduit aux lieux communs et aux bêtises. Je me demande ce que vous allez penser de moi. Toutefois, si j'ai décidé de vous écrire, ce n'est pas pour remédier au pauvre souvenir de notre conversation, mais par frustration de n'avoir pu vous faire savoir à quel point vous avez été présente en moi pendant trente ans. De n'avoir pu vous dire que la douleur de l'un, pour aussi solitaire qu'elle puisse paraître, finit toujours par aider l'autre, bien plus tard, en un autre temps. Je vous embrasse, L.

Tout en écrivant, mes sens en alerte, je surveille la rue : qu'a-t-il voulu dire en me prévenant qu'ils reviendraient ?

Dans combien de temps le feront-ils ?

J'imprime la lettre, la glisse dans une enveloppe sur laquelle je recopie l'adresse de Diana, et je la dépose chez ma mère, geste des suicidés des romans, ou de ceux qui dénoncent leur assassin. Geste grandiloquent. Mais cette grandiloquence même m'étourdit.

Si j'ai le plus souvent du mal à m'endormir après avoir donné mes cours, j'ai maintenant plus de difficultés encore à trouver le repos. C'est pourquoi j'ai volé un des rares comprimés de clonazépam qui restaient à ma mère. Tandis que j'attends qu'il fasse son effet, les soupçons m'envahissent.

Je soupçonne, pour finir, les patrouilles de police d'avoir réussi, en multipliant leurs cambriolages, à extorquer aux Chagas le titre de propriété de leur maison. Puis, quand ils ont enfin signé les actes notariés, d'avoir essayé de savoir s'ils avaient parlé de ces violations de domicile à quelqu'un, et il est probable que même si les Chagas ne se rappelaient pas exactement ce qu'ils m'avaient dit, cette incertitude même avait fait de moi un « suspect ».

À chaque bruit, bien entendu, je les crois revenus.

C'est ce que j'avais en tête en consultant rapidement, sur Internet, les images et les données concernant Diana Kuperman : celles des *Juicios por la Verdad*, les pages consacrées aux affaires Camps, Graiver et Papel Prensa.

Voilà que, tout à coup, je crois comprendre que le destin de Diana m'importe beaucoup moins que je ne l'ai cru.

Ce sont des choses qui arrivent, comme je l'ai expliqué, au cours de l'après-midi, à Pablo Salem. On se met à écrire en songeant à un mystère, puis un autre mystère surgit, puis un autre encore, et ainsi de suite, jusqu'à aboutir à celui qui semble pouvoir nous révéler tout entier.

Je croyais chercher la vérité sur Diana, et j'étais confronté au mystère de ma couardise.

Le mystère qui m'avait conduit, alors que je voulais me soustraire au danger, à entrer lentement, tranquillement dans l'engrenage. La peur de la peur.

La peur, oui, que je n'avais jamais aussi nettement ressentie. Il ne me restait plus qu'à l'affronter, essayer de la désamorcer, l'exprimer, la comprendre. Écrire, en définitive, comme on témoigne.

Histoire

O

2010

La fin de cette histoire se situe dans la nuit du 30 au 31 octobre 2010. Si j'avais osé témoigner, j'aurais dit que depuis les menaces du type à la casquette je n'ai vu entrer ni sortir personne du 29 ; les lumières s'allument parmi les lierres négligés, toujours plus sauvages, avec une ponctualité qui révèle une machine programmée et non quelqu'un qui sursaute au moindre bruit inhabituel et n'a qu'une hâte : voir en pleine lumière le visage du voleur ou de la mort.

Quand, après avoir longuement sonné à la porte des Chagas, quelqu'un vient chez nous se renseigner, ma mère dit que le chalet voisin est inoccupé et, s'il s'agit de quelqu'un en qui elle a confiance – le facteur, un patient du docteur qui a besoin d'une prescription –, elle en vient à suggérer que la vente de la maison et leur déménagement ont été une « extorsion », un de ces malheurs auxquels conduit l'ambition, malheurs auxquels nous, les pauvres, ne comprenons rien, et tant mieux.

Et il y a l'alarme, bien entendu, que déclenchent les chats, la grêle ou le vent – et des heures passent avant que n'arrive la petite auto blanche du service de sécurité, des heures pendant lesquelles même le plus craintif d'entre nous finit par ne plus l'entendre. De la petite voiture blanche, aucun vigile ne descend plus, à présent, pour venir nous interroger, comme s'ils cherchaient à compenser, voire à démentir l'intervention de ce soir-là. Ou comme si par leur nouvelle manœuvre ils voulaient me faire comprendre qu'ils ne comptent plus sur moi, que je suis suspect et, par conséquent, sur le qui-vive.

« Tu es suspect », m'a dit ce type, et c'est en quelque sorte un privilège d'être le seul de tout le quartier que l'on soupçonne encore.

Pourquoi n'avez-vous parlé à personne de ce qui s'est produit ce soir-là ? aurait-on pu me demander. Mais qui, à ma place, aurait osé le faire ? À l'instar de tant d'autres, je me suis efforcé de ne rien voir là de si terrible, de considérer « l'agression » du type à la casquette comme un débordement de cocaïnomane – et que je serais effacé de sa mémoire sous l'effet de la drogue. Le dénoncer, c'était le forcer à se souvenir, à affronter son si redoutable chef et, bien entendu, à se venger de moi.

Ainsi, quand je suis dans la cuisine de ma mère, ou dans le jardin, et qu'un bruit venu de la maison voisine me fait sursauter, je me dis une fois de plus : « Ce n'est pas possible que le simple fait d'avoir déclenché l'alarme ce matin-là les ait secoués à ce point. Ils devaient avoir peur que j'aie découvert *quelque chose* en passant la tête par-dessus le mur. » Parce qu'ils se sont emparés du chalet, c'est évident, et en ont fait un centre opérationnel. C'est là qu'ils détiennent Jorge Julio López, le témoin « disparu » que tout le monde cherche, ou de là qu'ils commandent les bandes de petits voyous des rues chargés de voler pour eux, puis les liquident pour montrer au monde comment finissent les délinquants. C'est là que tout se décide, oui, et je suis pour ainsi dire leur complice.

Et quand je sors dans la rue, entre une chose et une autre, une personne et une autre, comme dans ces anciens laboratoires de photographe où l'on voyait des figures surgir peu à peu du papier blanc plongé dans le révélateur, deviennent maintenant visibles pour moi ces hommes que je croyais appartenir au passé, ces machos enhardis par la gloire d'avoir tué sans même se poser de question... les gardiens de cet ordre secret qui nous gouverne et que, plus que jamais, je me propose de dévoiler en écrivant.

Ou peut-être, comme un condamné tout entier au plaisir de sa dernière volonté, profité-je du répit qui m'est laissé pour écrire. Parce que, plus que jamais, je suis maintenant sûr qu'il le faut, que je dois me lancer dans ce roman ; avec ça, je ne manque pas de raconter ces agressions dirigées contre les Chagas aux collègues avec lesquels je passe un moment – et la tête qu'ils font, horrifiés, eux qui ne se sont jamais beaucoup intéressés à mes récits et ne les ont jamais considérés que comme une prose passable, me confirme l'importance de ce à quoi je travaille.

« Quel quartier, hein ? » me disent-ils, et moi, souriant, je confirme que pendant ces années-là, non loin de chez moi, ont vécu Hebe de Bonafini et Estela de Carlotto[1], et même notre présidente de la République, et que le quartier de Tolosa est à mes yeux, en quelque sorte, un concentré de l'Argentine. Je souris, oui, et ma différence me donne une sensation de pouvoir, non sur les autres, mais sur la menace que signifie ma mémoire. Je ne sais pas encore très bien ce que je vais écrire. Mais je suis sûr que cette fois le roman ne peut plus être centré sur l'antisémitisme ; ce qui m'intéresse toujours davantage, c'est la répétition et le risque, le

1. Respectivement fondatrices des Mères et des Grands-Mères de la place de Mai.

danger, qu'implique la volonté d'y mettre fin, que ce soit par une nouvelle loi, un verdict ou un simple roman. Un souvenir m'obsède.

Chicago. Novembre 2003. Alors que la vedette touristique quitte la ville par un des canaux flanqués de gratte-ciel et pénètre dans le lac, M.S., un ami israélien avec lequel j'ai vécu pendant quelques mois, m'invite à monter sur le pont, parce qu'il a quelque chose à me dire. Nous allons nous quitter dans quelques heures. « Il est tombé amoureux de moi, me dis-je, ou il a peut-être tué quelqu'un. » Seule une confession de cette importance pouvait justifier une sortie sous un ciel plombé d'un bout de l'horizon à l'autre, au-dessus de cette mer enclavée depuis des millions d'années, et dans un vent atroce qui annonçait le blizzard.

« Je hais Israël », finit par dire mon ami (et non, je ne pense pas un seul instant que c'est là le décor parfait pour un rendez-vous discret, ni que c'est pour me dire ça que M.S. m'a poussé à monter sur le pont par un temps pareil, ce qu'aucun autre touriste ne fait, évidemment, et je ne pense pas non plus un seul instant à Goldenberg et à Diana ce soir-là, seuls dans une voiture en pleine rue, quelques fractions de seconde avant l'accident. Tout ce qui me vient à l'esprit, je m'en souviens, c'est que cette confidence qui m'est faite, à moi, le fils d'Antonio Bazán, est paradoxale, et j'en éprouve quelque fierté).

« Je hais Israël, répète-t-il. Penser que dans cette ville, que dis-je, dans le quartier que nous venons de traverser, il y a plus d'habitants que dans mon pays tout entier, et qu'ils peuvent vivre en paix... » Je ne me sens pas gêné d'être incapable de dire un mot, parce que j'ai l'impression que tout le silence du monde est en train de l'écouter, et qu'il serait indigne de le rompre. « Israël est un pays malade,

ajoute-t-il, on ne tue pas par idéologie, ni par patriotisme, ni même par haine. Les gens tuent tout d'abord parce que leur père a tué, et ils tuent encore parce qu'ils ont déjà tué, tout cela est admis et s'appelle la dépendance à la violence : environ tous les six ans, le peuple d'Israël invente une nouvelle guerre. »

Ému, je me contente de l'inviter à venir en Argentine, et il me dit que non, parce que, même dans un pays accro à la violence, la vie continue, et que sa vie est là-bas.

Mon invitation avait été puérile, et je le savais ; pas un seul instant je n'avais pensé que M.S. pourrait s'installer en Argentine, même si je croyais alors qu'il n'en allait pas de même ici qu'en Israël. Mais, sept ans plus tard, aurais-je pu en dire autant ? Ce que mon père avait fait ce soir-là chez les Kuperman ne s'était-il pas reproduit chaque fois que l'alarme se déclenchait chez les Chagas et que lui, à quatre-vingts ans, allait seul en chasser les voleurs par la force ?

Et moi ? N'ai-je pas continué de faire la même chose, en troquant le clavier de mon piano pour celui d'une machine à écrire, puis d'un ordinateur, en cherchant refuge dans l'art de mentir, pendant que les autres tuent ?

À ce moment-là, je m'en souviens, j'ai fini par lire le *Règlement maritime* publié par l'ESMA et destiné à ses élèves. S'il ne contenait pas les règles de comportement quotidien de l'aspirant, il me réservait un « appendice » inattendu de 1976, qui m'a foudroyé : on donnait à des garçons de treize ans des indications et des instructions relatives au renseignement. (Justement la matière que Cavazzoni enseignait !) Il était saisissant de se plonger dans cette sorte de manuel du génocide, de penser à toutes ces « règles pour anéantir l'ennemi » qu'avait suivies, par exemple, Alfredo Astiz, âgé de vingt ans à l'époque, chargé d'infiltrer l'organisation des Mères des disparus. Mais ce qui m'a le plus impressionné, c'est de constater que ce dont les assassins avaient véritablement peur, ce à quoi ils consacraient le plus grand nombre de pages, c'était la trahison de l'un des leurs. On aurait dit qu'ils sentaient qu'un génocide est un secret difficile à garder et avaient la certitude que le maillon le plus faible de leur organisation criminelle finirait à un moment ou à un autre par se retourner contre eux. Et qui pouvait affirmer que ce traître ce n'était pas moi ?

C'est ainsi que, une fois de plus, j'avais laissé de côté l'histoire de Diana Kuperman, comme si elle n'avait véritablement rien à voir avec moi. Mais un soir, à Buenos Aires, alors que je me dirigeais vers le Café Tortoni pour y retrouver les autres jurés du prix Adolfo Bioy Casares organisé par la mairie de Las Flores, je suis entré dans un cybercafé pour vérifier je ne sais plus quelles données, et j'ai trouvé dans la boîte de réception de ma messagerie électronique la déclaration de Diana Kuperman extraite de l'un des *Juicios por la Verdad*, qu'un ami, Inti Pérez Aznar, m'avait envoyée.

C'était un document Word d'une soixantaine de pages. Il m'avait suffi de lire un paragraphe pour entrer en territoire interdit, sentir que je franchissais enfin le seuil de la porte défoncée qui jusqu'alors, pour une raison ou pour une autre, m'avait toujours arrêté, et je n'en suis ressorti qu'après avoir lu deux fois le document entier. Ces pages m'ont convaincu de l'exactitude d'une information ignorée qui me donnait enfin accès à cette histoire et à ce qu'il y avait de plus obscur en moi.

La déclaration a été faite au tribunal de La Plata, début juin 2005, près de trois décennies après les faits (j'étais alors en France où, à quarante-deux ans, j'avais oublié tout ça). Diana comparaît en qualité de témoin, dans le cadre des poursuites judiciaires contre les crimes commis lors de la dictature, devant le juge de la chambre du tribunal fédéral, Leopoldo Schiffrin, assisté de deux avocats, Elías Grossman, que je connais bien, qui représente l'Assemblée permanente pour la défense des droits de l'homme, l'APDH, et une avocate qui défend les intérêts des Grands-Mères de la place de Mai.

Depuis que le gouvernement Kirchner avait aboli les lois d'amnistie, les Juicios por la Verdad *commençaient à avoir des conséquences concrètes : des tortionnaires étaient condamnés, la lumière des verdicts tirait sauvagement de l'ombre leurs collaborateurs.*

J'imagine sans peine Diana – la vieille dame décharnée de la photo, la seule qu'avaient publiée d'elle les journaux, avec ses fins cheveux blonds, ses lunettes et son cou rentré dans les épaules – se présentant avec ses béquilles à la barre, une de ces banales tables en formica devant lesquelles on nous reçoit dans la plupart des services administratifs. J'imagine que sa sœur et son beau-frère ont dû l'accompagner jusqu'à cette table, et que l'huissier l'a aidée à s'asseoir, avant de poser devant elle un verre d'eau et un micro, qu'elle a peut-être vu mais aussitôt oublié. *(« Par ici, madame, par ici », lui dira-t-on à un moment, parce que Diana semble perdue, et regarde partout autour d'elle. « Oh, désolée, maître, s'excusera-t-elle. Je suis myope comme une taupe. »)* Il est assez facile d'imaginer l'assistance, où l'on sourit peut-être, satisfaite de se montrer compatissante, ainsi que Diana, à l'abri des regards derrière le bouclier de sa myopie. En revanche, on peut difficilement ne pas sentir son malaise, son regret fugitif d'être venue témoigner, et j'échappe tout aussi difficilement à l'impression qu'avec elle, c'est moi qui comparais.

Plusieurs vidéos de YouTube montrent l'audience de ces tribunaux. Au premier rang, sous des pancartes où sont inscrites les consignes, se tiennent les Mères, les Grands-Mères, ainsi que les membres de HIJOS, avec leurs exigences – que le gouvernement a faites siennes. Derrière eux, chercheurs, militants et hommes politiques regardent le défilé des témoins avec une hauteur étrange, satisfaite d'elle-même.

Tous s'attendent, dans le fond, à ce qu'ils vont entendre, tous sont admiratifs et reconnaissants de voir un nouveau témoin se présenter pour dire la vérité, même s'ils croient savoir ce qu'il en est. Tous sont à la fois blessés et un peu farauds parce que nul habitant de la ville, en dehors d'eux et des victimes, ne veut savoir ce dont il est ici question.

Et, derrière ceux-là, bien entendu, la famille, qui se prépare en tremblant à écouter ce dont Diana n'a jamais eu le courage de lui parler, en se demandant ce que ce devoir de mémoire va bien pouvoir apporter, en définitive, à cette femme quasi septuagénaire.

Et sa mère ? Non, me dis-je, elle est morte en 2004, peu avant mon père. Elle qui repose sous une pierre tombale où une étoile de David a été gravée, et lui qui a été enseveli enveloppé dans un drapeau argentin comme dans un linceul, sont de nouveau voisins, plus proches que jamais par ce qu'ils ont laissé derrière eux. Parce que les gens meurent aussi pour nous céder la parole.

« Nom ? – Diana Esther Kuperman. – Âge ? – Soixante-neuf ans. – Domicile ? » *(Et moi qui avais craint de ne pas trouver le moindre lien entre nous dans sa déclaration, j'ai senti que ce lien allait au contraire être très étroit, parce que l'adresse qu'elle donnait était celle que j'avais cher-*

chée ce matin-là dans l'annuaire, celle à laquelle je l'avais appelée.) « Jurez-vous sur vos croyances ou promettez-vous de dire la vérité ? » lui a demandé le juge Schiffrin, et elle a répondu : « Je le jure », après avoir écouté les avertissements relatifs au non-respect du serment.

C'est seulement quand le juge a dit « vos croyances » (et Diana a choisi de jurer, pas de promettre) que je remarque que, tout comme elle, Leopoldo Schiffrin et Elías Grossman sont juifs, et que si mon père était encore vivant, il ne voudrait même pas entendre parler de ce tribunal.

C'est alors qu'on l'incite à évoquer « les circonstances de sa disparition », cette expérience qui crée entre elle et les autres « disparus » une sorte de lien familial (seulement les circonstances, pas les raisons pour lesquelles on l'a enlevée). Diana se met à parler comme si elle demandait pardon. « Eh bien, j'étais une employée des entreprises Graiver S.A., EGASA, et je ne suis pas une "disparue" à proprement parler, parce qu'on a toujours su où je me trouvais, même emprisonnée… » *(Il me semble reconnaître la culpabilité d'avoir survécu dans ce refus d'appeler torture tout ce qui n'est pas strictement un tourment physique infligé.)* « J'avais eu un accident en octobre 1976, *in itinere (je suis allé chercher l'expression dans les dictionnaires, et j'ai trouvé qu'il s'agissait d'accidents survenus sur le chemin entre lieu de travail et domicile ou domicile et lieu de travail)*, après lequel j'ai été conduite directement à l'Hôpital italien. Non, pardon, se reprend-elle, tout d'abord à l'hôpital de Gonnet, parce que c'était sur le chemin, puis à l'Hôpital italien *(j'avais toujours cru que l'accident s'était produit sur la route de Mar del Plata, mais j'ai tout de même eu envie de pleurer, parce que malgré cette différence, ma vérité la plus profonde y trouvait un commencement de confirmation).* Alors, là, à l'Hôpital italien, je suis surveillée en permanence. – Par du personnel féminin ? veut savoir le juge. – Masculin, répond-elle. – En uniforme ? – En civil. – Et vous dites que la surveillance est permanente ? – Oui. Vingt-quatre heures sur vingt-quatre, monsieur le juge ! – Vous rappelez-vous à quelle unité ils appartenaient ? – Ils parlaient toujours de "la Brigade". » *(Je me souviens de la Brigade où, en 1997, vingt ans après les événements qu'elle évoque, je suis allé faire une visite à de jeunes HIJOS arrêtés pendant une manifestation.)* « La Brigade d'investigations ? demande le juge avec enthousiasme, parce que c'était le nom des centres de détention clandestins, dans ce cas, nous pourrions identifier… – Je ne sais pas, monsieur le juge, reconnaît Diana. Ils parlaient de la Brigade, mais je n'ai jamais cherché à en savoir davantage… Parce que, de plus, j'étais en isolement, ils ne me laissaient parler à personne, sauf à ma mère, qui venait s'occuper de moi de huit heures du matin à huit heures du soir, avec elle, oui, je pouvais échanger quelques mots. »

Ah ! Mme Felisa, après ce soir-là ! Les heures interminables qu'elle a passées à l'hôpital, confinée dans le silence. Et c'était la porte de cette femme que mon père avait défoncée.

« J'ai cru comprendre qu'après l'Hôpital italien, vous êtes conduite à l'hôpital de la prison d'Olmos, c'est bien ça ? – Ah, oui, dit Diana, mais là, je n'ai reçu aucun soin. À côté de la pièce où j'étais, il y avait un bloc opératoire, où l'on pratiquait des interventions sur des varices, et où accouchaient les prisonnières, mais moi, on m'a toujours ignorée, comme si je n'existais pas. – Dites-nous, avez-vous eu des contacts avec d'autres détenus pendant…

– Pas le moindre. – … pendant la durée de votre détention ? – Pas le moindre. – Aucune sorte de contact ? – Jamais. On aurait dit que j'avais la lèpre ! » Elle se rappelle pourtant avoir une fois été conduite dans la cour avec d'autres prisonnières ; on fêtait quelque chose, la Coupe du monde de football, croit-elle, et on l'a laissée là, dans un coin, contre une petite estrade, avec l'ordre de ne pas ouvrir la bouche. C'était comme si personne ne devait rester étranger à notre victoire. Elle ajoute qu'elle s'en souvient parce que c'est le seul jour, de tout son emprisonnement, où elle a pu voir un peu de soleil *(et je calcule, perplexe, que ce devait être pendant ses derniers jours de détention).* « Et puis, c'était une prison dépeuplée. Pourrais-je vous faire part d'une rumeur ? ajoute-t-elle. – Mais bien sûr. – Le bruit courait que, la veille de mon arrivée dans l'aile réservée aux prisonnières politiques, on avait fusillé deux cents détenues, et que c'était une vengeance de M. Camps, contre un attentat perpétré sur je ne sais plus quel officier de police. Ah, et j'ai aussi connu… puis-je employer, monsieur le juge, les termes dont ils se servaient ? – Je vous en prie, madame, répond celui-ci. – Eh bien, j'ai connu une prisonnière de droit commun, que l'on m'avait attribuée comme *servante*, qui ignorait tout des soins à donner à un malade, et à laquelle je n'avais même pas la permission de dire ce dont je pouvais avoir besoin ! » *(Je frissonne à l'idée de ce que pouvait être cette relation entre la détenue malade et la détenue infirmière : le silence, la douleur, la haine qui devaient les lier.)* « Parce que, continue-t-elle, ni les médecins ni les infirmières ne voulaient rien savoir de moi : pour eux, j'étais une subversive, une lépreuse, comme je l'ai déjà dit… – Oui, je vois, mais dites-nous, lui demande le juge, j'ai cru comprendre que de cette prison vous avez été transférée… – Ah oui ! Eh bien, un jour, je ne saurais plus vous dire lequel, ils m'ont conduite dans un endroit dont je ne me souviens plus, ou plutôt dont je me rappelle une seule chose : il s'agissait d'un réduit tellement exigu, c'était à se demander s'il y avait la place pour un corps, reprend-elle, après une pause. Oui, à se demander s'il y avait la place pour un corps ! C'est là qu'ils m'ont appliqué la gégène, mais pas longtemps, non, parce que, quand ils ont voulu poursuivre, disons, l'interrogatoire, quelqu'un est venu les avertir : "Arrêtez, ce n'est pas une *Montonera.*" »

Moi qui n'aurais pas osé énoncer cette vérité dernière, je peux imaginer la déception de l'assistance. Voudrait-elle nous faire croire, doivent se dire ceux qui l'écoutent, que l'on ne torturait que les guérilleros ? Et c'est pour ça qu'elle prétend ne pas compter au nombre des « disparus », parce qu'elle ne veut pas être considérée comme une militante révolutionnaire ?

« Mais voyons, madame, l'interpelle Leopoldo Schiffrin, mal à l'aise. – Oui, monsieur le juge. – Procédons par ordre, madame… – Bien sûr, pardonnez-moi. – Vous avez bien déclaré avoir comparu devant un tribunal ? – Oui, monsieur le juge. » C'est alors que celui-ci annonce qu'il peut produire un dossier contenant des informations dont pas même Diana ne connaissait l'existence. « J'ai ici, dit-il, parmi tous ceux que nous avons pu retrouver et sauvegarder, un document portant les dates auxquelles vous avez comparu devant le tribunal dont nous parlons *(incroyable, me dis-je. Et si notre peur rendait le passé plus insondable qu'il ne l'est ? Et si tout avait toujours été là, disponible, pour ceux qui osent s'informer ?)*, mais, ce qui n'est pas clair, c'est s'il y a eu condamnation. – Eh bien, je suppose, oui, qu'il y en a eu une, dit Diana *(sans doute emportée, j'imagine, par le tor-*

rent d'émotion qui s'est déchaîné en elle). Sinon, pourquoi m'aurait-on laissée deux ans en prison ? C'est pour ça que, quand les archives ont été ouvertes, j'ai voulu voir de quoi on m'accusait, et surtout *qui* l'avait fait *(je sens une étrange gêne grandir dans l'assistance)*, mais je n'ai rien trouvé. C'est ainsi que j'ignore si je suis allée en prison pour des raisons concrètes ou, pardonnez-moi l'expression, parce que ça leur chantait. »

« Pardonnez-moi, madame, insiste le juge avec une certaine impatience, mais je vous prierais de m'aider à mettre un peu d'ordre dans vos déclarations, et de vous adresser à nous comme si vous deviez rédiger un compte rendu, puisque nous n'en avons pas. Vous disiez donc que vous avez été... – En ambulance, se hâte-t-elle de dire, anticipant sa question. Toujours en ambulance... *(le juge essaie de revenir à la question qu'il veut lui poser, mais elle ne l'écoute pas, et il semble tout à coup inhumain de l'interrompre)* ... parce que, après l'accident, je suis restée handicapée *(et je comprends alors qu'elle est dans un fauteuil roulant).* Je n'ai plus réussi à plier le genou. On m'a fait sortir de cet hôpital et on m'a conduite à celui d'Olmos, puis dans cet endroit infect, à se demander s'il y avait la place pour un corps, toujours en ambulance. – En ambulance ? demande une avocate, à laquelle cette information fournit sans doute une nouvelle piste. – Bien entendu, je ne pouvais pas marcher. – Et en fauteuil roulant ? demande encore l'avocate, pour en avoir le cœur net. – Non, non, dit Diana, pas en fauteuil roulant, portée, les yeux bandés, en chemise de nuit et en peignoir, la même tenue avec laquelle je suis entrée à l'Hôpital italien. J'ai passé deux ans comme ça. Près de deux ans. »

Il fallait que j'arrête de lire dans ce cybercafé. J'aurais déjà dû me lever depuis un bon moment, et courir au Tortoni, où mes amis doivent déjà être inquiets de ne pas me voir arriver.

Dans tout cet enchevêtrement de faits, une image s'impose à moi avec la force incomparable de la poésie, celle d'une femme aux yeux bandés en chemise de nuit et en peignoir, portée de-ci de-là dans la nuit du monde. Et qui l'écoute.

À sa caisse, la patronne du cybercafé s'entretient bruyamment avec la jeune femme qui tient le guichet de la loterie, en vilipendant notre présidente, bien entendu. Elle soutient que celle-ci va encore gagner les prochaines élections, et explique que le peuple est « ensorcelé par la démagogie » et que « toutes ces histoires de disparus lui ont fait perdre la tête ». Je ne sais pas faire la sourde oreille aux discours de cette sorte et, cette fois, je suis plutôt ragaillardi de me sentir du côté du peuple, fût-ce dans la folie. Je reprends ma lecture de ce récit, aussi étrange et confus que mes souvenirs et mes tentatives dérisoires de les raconter.

Je comprends maintenant pourquoi les journalistes n'ont pas pu faire un résumé du témoignage de Diana : il n'y avait là aucun déroulement cohérent, aucune de ces scènes décrites dans le rapport *Nunca más*, surtout parce que ces échanges mettent en évidence la confusion de la mémoire qui précède le moment où nous nous risquons à faire du vécu un récit.

Quand le juge a fini de poser ses questions, les avocats poursuivent l'interrogatoire, chacun l'orientant vers ce qui l'intéresse. La représentante des Grands-Mères de la place de Mai lui demande de décrire le bloc opératoire – « Je ne peux pas, répond-elle. On ne m'y a jamais emmenée » –, puis de donner les noms des médecins dont elle se souvient. Elle mentionne un certain docteur Di Mena, le docteur Cigotti et, enfin, une femme, le docteur Delgadillo, qui, dit Diana, en éveillant aussitôt les soupçons de l'assistance, « était adorable *(jamais je n'aurais osé dire une chose pareille d'un médecin du service pénitentiaire)*, et qui, malheureusement, je l'ai su par la suite, est allée rejoindre les autres disparus ». Quand on l'interroge sur ses liens avec ce médecin, Diana dit que non, elle n'a jamais pu lui adresser la parole, pas plus qu'à personne d'autre ; que le docteur Delgadillo parlait à toutes les prisonnières, et qu'elle leur avait raconté la naissance de jumeaux qui, quelques jours plus tard, « avaient été emmenés ». « Saviez-vous, madame, lui demande l'avocat des Grands-Mères, que ce médecin et son mari ont disparu parce qu'ils ont dénoncé l'enlèvement des jumeaux à monseigneur Plaza ? » Diana répond que non, sur quoi le juge lui fait savoir que son témoignage aura servi au moins deux causes, ce dont Diana se félicite. « Mais pardonnez-moi, madame, insiste-t-il, en ce qui concerne les autres membres du groupe Graiver qui ont été arrêtés… – Ah, je n'en sais rien, répond-elle sur un ton catégorique. – Vous n'en savez rien ? – Non *(un autre silence accusateur se fait sentir entre les lignes. Parce que, suppose-t-on, elle devrait au moins sembler s'intéresser au sort des autres)*. – Mais vous savez tout de même qu'ils ont été sauvagement torturés ? – Oh, oui ! Ça, je le sais, lance-t-elle, mais seulement parce que je l'ai lu dans les journaux. – Dans les journaux ? – Oui, et des connaissances m'en ont parlé… parce que, vous savez, nous formons un tout petit noyau… *(à qui se réfère-t-elle, me demandé-je, quand elle dit "nous" ?)* … un jour, au palais de justice, j'ai rencontré M. Garriga, qui était mon assistant… Eh bien, je n'ai même pas osé lui demander quoi que ce soit. Et lui ne m'a rien demandé non plus. À vrai dire, monsieur le juge, depuis que je suis sortie de prison, j'ai voulu repartir de zéro, faire table rase. C'est seulement de cette manière que j'ai pu recommencer à vivre. »

C'est justement ce que tous détestent, me dis-je : préférer l'oubli. Mais, en 78, que pouvait-on faire d'autre, sinon s'enfoncer dans l'oubli ? Si profondément que l'on en oubliait même qu'on avait oublié quelque chose : que les tortionnaires, eux, en revanche, n'oubliaient pas, et que cette cellule minuscule, ce lieu où il n'y avait pas même la place pour un corps, est toujours là, et continue d'engloutir des gens.

Pour finir vient le tour de Grossman, Elías Grossman, représentant de l'APDH. Je le connais bien, il est le père de deux artistes, et dirigeant du PC. C'est par lui que je me suis affilié au parti en 1982. Je revois sa maison, un peu pareille à celle de Diana, pas très loin de la nôtre. Comment auraient-ils pu ne pas se rencontrer, au collège, ou dans une réunion de la communauté ? Une marieuse n'aurait pas manqué une occasion favorable de les réunir.

« Madame, dit Grossman avec un air de justicier ou de vengeur, pourriez-vous au moins énumérer ceux qui travaillaient avec vous dans la 5e rue, si je ne m'abuse ? – Non, dit-elle. Sur la 5e rue, ici, à La Plata, il y avait l'agence immobilière du père de David. Moi, je travaillais à Buenos Aires, rue Suipacha, où se trouvait le siège des entreprises Graiver, EGASA. – Très bien, pourriez-vous tout de même nous donner les noms de vos collègues ? – Eh bien, il y avait Lidia Papaleo, Silvia Cristina Fanjul… J'ignore si elle a été torturée ou pas. Il y avait M. Garriga, qui était mon assistant, don Juan… – Don Juan Graiver ? – Oui. – Le père de David Graiver ? – Oui. Mais David était mort *(elle s'interrompt).* J'espère avoir répondu à toutes vos questions. – Pas tout à fait », dit Grossman. *(Il me semble entendre un silence perplexe et, au milieu de ce silence, le rire à peine contenu des militaires qui, bien entendu, sont dans la salle. En France, une exilée m'a un jour raconté comment, dans le pénitencier de Rawson, elle et son mari avaient été torturés. « Allez, donnez-vous des coups, ordonnait leur tortionnaire. Ce sera toujours mieux que si c'est moi qui vous frappe. Moi, pendant ce temps, je vais me détendre, et profiter du spectacle. »)* « J'aimerais que vous nous disiez, poursuit-il, insistant, parce que je sais qu'il y avait aussi un avocat qui travaillait là, le bras droit de David Graiver, qui… – Jaime Goldenberg, oui, l'interrompt Diana, abruptement. Je sais tout de lui. – Et que savez-vous ? – Tout, reconnaît Diana, ce qui ne laisse pas d'être surprenant. J'ai été sa secrétaire. Pas à l'EGASA. Chez lui, à son bureau. Toute la vie. »

Toute la vie ! Je me rappelle ce qu'a écrit Natalia Ginzburg : « Je serai reconnaissante tutta la mia vita *à cet homme de m'avoir sauvée, moi et ma famille, des nazis. »*

« Merci, monsieur le juge », conclut brusquement Grossman, comme si le fait d'avoir permis que soit prononcé le nom de Goldenberg mettait un terme à quelque mission secrète. Mais Diana, une fois de plus distraite, ne remarque pas qu'il en a terminé.

« Et je suis encore l'amie de sa femme et de ses filles…

– Une autre question ? » demande le juge.

Un avocat désire poursuivre.

« Et pour ce qui est des dates ? demande-t-il.

– Pour ce qui est des dates, s'empresse de répondre Diana avec une précision émouvante, singulière dans sa confusion, je sais que M. Goldenberg est mort le 4 avril 1977. À cause des tortures que lui a fait subir M. Camps. Après qu'ils m'ont fait sortir de l'hôpital, pendant les brefs moments où je suis restée chez moi… »

C'est ce qui m'a impressionné, a déchiré d'un coup de couteau la membrane de la cellule familiale qui bornait ma mémoire, et m'a fait bondir du siège que j'occupais dans le cybercafé pour reprendre l'avenue de Mai, comme si je retournais dans un monde que je ne reconnaissais plus.

Mais comment, me disais-je, Diana Kuperman est donc revenue chez elle en avril 1977 ? Après ce soir où ils sont venus la chercher, après l'accident, elle est revenue parmi nous ?

Mais bien sûr, puisque je la revois descendant d'un taxi, de retour de l'Hôpital italien !

C'est donc pour cela que j'ai pu l'imaginer, il y a un moment, arrivant à la barre, tremblante, avec les béquilles dont elle se servait alors, aidée par sa sœur qui l'adore, et pas dans le fauteuil roulant !

Mais quelle peur, quelle terreur intolérable, de se rappeler, ou du moins d'imaginer comment nous nous sommes conduits, mon père, ma mère et moi, après ce soir-là !

Arracher Diana à sa condition de disparue, la rendre à son quartier, parmi ses voisins, d'autant moins innocents qu'à peine six mois auparavant…, d'autant plus perturbés qu'ils ont eux-mêmes joué un rôle dans les massacres… Mais qu'aurais-je pu faire d'autre ?

L'atome de ma mémoire était dissocié, la lame de l'histoire avait séparé ses éléments, libérant en moi leur force mortelle ; et si je voulais m'en tirer, il ne me restait plus qu'à faire en sorte que ce chaos prenne une forme nouvelle, cohérente, celle d'un récit.

« Si l'on m'avait demandé de témoigner », m'étais-je dit. Or, cette déclaration de Diana, d'une certaine manière, me le demandait.

P

1977

– C'est la fille Kuperman qui revient, annoncé-je en entrant dans la cuisine où ma mère prépare le déjeuner.

Mon père, impatient, regarde la télé : il veut imposer à la terre entière les horaires qui étaient les siens quand il était en mer, le déjeuner pris à onze heures pendant des années, mais je reviens du collège à midi et demi, et ma mère n'a pas envie d'assurer deux services, aussi a-t-il l'impression qu'elle répugne à le servir, ou qu'elle ne veut pas le faire si je ne suis pas là.

Je viens de voir Diana descendre d'un taxi, appuyée sur ses béquilles, aidée par sa sœur et couvée des yeux par sa mère, comme si elle venait de la sauver des eaux. Elles n'ont pas vu que j'étais là, assis au piano, mais peut-être, en tournant le coin de la rue, m'ont-elles entendu jouer une petite milonga, *Pejerrey con papas*, comme pour leur souhaiter la bienvenue.

Sans le vouloir, bien sûr. Je n'aurais pas aimé qu'elles me voient.

– Elles viennent d'entrer chez elles, précisé-je.

Non pour mon père, qui ne bronche pas et fait la sourde oreille, mais pour ma mère, qui tarde à comprendre mais finit par le faire – quand je pense que nous n'avons pas parlé une seule fois de ce soir-là ! – et pousse un soupir : « Merci, mon Dieu ! » Et elle se remet au travail, fidèle à sa manière d'être : essayer de comprendre les uns et les autres en se gardant de jeter de l'huile sur le feu.

Mon père ne dit rien, bien qu'il ne puisse être aussi attentif qu'il voudrait le faire croire aux dessins animés que la télévision diffuse à cette heure ou à ces films de propagande contre la subversion qui n'en finissent plus. Mais je suis certain que même si nous n'échangeons pas un mot, une même pensée nous traverse l'esprit.

Nous avions oublié que Diana pouvait revenir. Son retour nous déconcerte.

Tremblant, je m'assois sans rien dire devant mon assiette encore vide.

Pourquoi me suis-je esquivé pour qu'elles ne m'aperçoivent pas, quand elles sont descendues du taxi ? M'ont-elles vu fuir ? On pourrait s'attendre à pareille réaction de la part d'un voisin, après les rumeurs qui ont couru sur les Graiver. Je n'aimerais pas qu'elles m'en croient capable.

Le soir où l'on est venu la chercher semble à des siècles de distance. Pourtant, le souvenir est encore amer, bien des cauchemars l'ont suivi, à longueur de nuit et, même si je ne peux me les rappeler, je jurerais qu'ils continuent de se dérouler, quelque part dans ma tête…

– J'irai les voir tout à l'heure, dit tout à coup ma mère en éteignant le four, et en attrapant par les anses le plat en pyrex.

Mais que dit-elle ? Revoit-elle comme moi l'expression de Mme Felisa et celle de Ruth, quand elles sont revenues, ce soir-là ? Se sent-elle coupable à cause de tout ce que ce type l'a forcée à faire ? En veut-elle à mon père de ne pas l'avoir défendue ?

– Pauvre Mme Felisa, insiste-t-elle, comme si elle voulait défier son mari qui, pourtant, ne fait pas un geste.

Elle ne comprend pas à quel danger elle s'expose ! Et tout ça par ma faute ! Bien sûr, elle compte encore lui faire comprendre certaines choses… Elle croit pouvoir le faire, parce qu'elle réfléchit, et pas lui. Mais comme elle ne l'a pas vu, ce soir-là, comme moi je l'ai vu, elle ignore que mon père a renoncé à réfléchir parce que d'autres l'ont fait pour lui, et qu'il est le résultat incarné de leur réflexion. Ce qu'il a appris à l'ESMA, nul ne le lui fera jamais oublier !

J'ai peur, et j'essaie, une fois encore, de changer de sujet :

– Maman, j'ai besoin d'argent pour m'acheter un livre. (Je sais aussi que c'est pour moi qu'elle voudrait le faire changer, et j'aimerais lui dire : « Ne t'en fais pas, ce n'est plus la peine de se disputer à cause des Kuperman, j'ai trouvé un autre chemin… »)

Mais mon père, qui ne lâche pas l'écran des yeux et ne desserre pas les dents, aura oublié, c'est sûr. Sa récompense, pour ce qu'il a fait ce soir-là, est de vivre dans un présent éternel.

De quoi se soucie-t-il ? Regrette-t-il que la Juive revienne vivre à côté ? Cherche-t-il en son tréfonds ce qu'il lui faut de haine pour pouvoir affronter ces trois femmes une nouvelle fois ?

Finalement, quelque chose se produit. Ma mère pose le plat sur la table et l'interpelle.

– Papa, je t'en prie !

Tout d'abord, il ne dit rien. Il ne bouge pas. C'est à peine s'il fait le gros dos. Et quand, tremblant toujours, je reviens à la charge – ma mère ne mérite pas, à ses yeux, qu'on lui adresse la parole, voilà ce qu'il en est –, il répond enfin.

– Que cherches-tu encore, merde ?

Je comprends qu'il obéit à un ordre qui lui a été donné ce soir-là : couper court à notre compassion. Veiller à nous empêcher d'oser prendre Diana en pitié. Contrôler l'accès au temple du mystère.

Nous intimider.

Mais Diana, la revenante, est maintenant revenue chez elle, derrière le mur mitoyen. Mme Felisa se fait peut-être l'illusion de l'avoir sauvée. Elles sont enfin libérées de cette chambre d'hôpital, de ce garde de la Brigade qui ne les lâchait pas, leur imposait le silence, et, dans le taxi, elle n'attendait que le moment où elle serait enfin seule avec Diana, pour pouvoir parler, mais elle comprend maintenant qu'elle ne lui dira rien, ni des menaces téléphoniques, ni de cette femme qui, alors qu'elle attendait sur un banc de se présenter au guichet pour encaisser sa pension de retraite, était venue lui dire discrètement : « Madame, ne vous avisez surtout pas de prendre de l'argent sur le compte de Diana. » En définitive, que peut comprendre quelqu'un comme elle de la politique ? N'a-t-elle pas vécu elle aussi dans *l'isolement*, ces derniers mois, pendant lesquels elle n'a pour ainsi dire pas ouvert les journaux, ni regardé la télé, et a pris soin d'éviter les curieux, de peur de les compromettre ou d'être compromise. Et l'autre jour, quand elle est passée devant chez Mme Aragón pour aller faire ses courses, pour quelle autre raison qu'un enlèvement celle-ci était-elle en larmes sur le trottoir, entourée de voisins ? Maintenant, son devoir de mère est de recréer pour Diana un monde aussi irréel que ce chalet de Tolosa où elle l'a élevée, cette maison où l'on ne parle ni l'espagnol, ni le yiddish, mais une langue à part, leur langue.

Au 7, chez les Aragón, le 30 mars 1977, le fils cadet de la famille, Martín, étudiant en médecine, est enlevé. On ne lui connaît aucune activité militante. Nous croyons tous qu'il s'agit d'une erreur. Mais plus personne ne croit que l'on n'assassine pas par erreur.

Le soir, Mme Felisa tombe de fatigue, et Diana, quand la fusillade la réveille, et qu'elle ne peut se rendormir, comprend qu'on l'a laissée revenir parce que son corps est désormais sa prison. Et du reste, maintenant qu'elle y pense, il y a des gardes partout. Même ses voisins sont devenus ses gardiens. Il suffirait d'elle ne sait quel changement, quelle décision, pour qu'on revienne la chercher. Cette incertitude, les questions qu'elle n'arrête plus de se poser sont une autre forme de torture. Quelque chose l'obsède : ne plus pouvoir se remémorer le soir de l'accident. Pourquoi ? Une ombre épaisse, terrible, couvre ces dix minutes. Que voulait lui dire Goldenberg, ce soir-là ? Lui aurait-il dit quelque chose dont elle ne se souviendrait pas ? N'avoir pas pu lui parler, pendant ces quelques jours où il a été là, non loin d'elle, dans une autre pièce de cet hôpital ! Ne pas pouvoir lui parler, maintenant ! S'il pouvait au moins l'aider à trouver un autre travail ! Parce que de quoi va-t-elle vivre, désormais ? Qu'en sera-t-il de cette maison ? Pourront-elles la garder ? Le salaire de Ruth, à l'École des Arts, et la pension de sa mère ne suffiront pas. « Ne me tuez pas, bande d'ordures ! » entend-elle crier une nuit, sous sa fenêtre, et une rafale arrête définitivement un garçon dans sa course. Quand elle allume la lampe de chevet, elle découvre Ruth dans sa chambre, en train de fouiller dans le tiroir de la commode. Sans rien se dire, elles se prennent par la main et fondent en larmes. Diana sait parfaitement ce que sa sœur cherchait inutilement : son passeport.

Au 9, chez les Bazán, le 31 mars. María Laura Grados, domiciliée à Ensenada, est enlevée. Le 3 avril, Atilio Martínez, à la base navale de Punta Alta où il accomplit son service militaire, est enlevé sous les yeux d'autres conscrits. L'un et l'autre sont étudiants en anthropologie culturelle au Musée de La Plata, et appartiennent à un groupe qui étudiait chez moi, à l'étage, avec ma cousine.

Et, le 4 avril 1977, le journal *El Día*, qu'ils ne peuvent lui interdire de lire, publie la nouvelle : Jaime Goldenberg est mort. Seulement deux avis de décès pour un homme si connu, deux avis sans étoile de David ni croix. Aucune indication sur les causes de la mort ne transparaît dans les condoléances succinctes des rares proches qui ont osé exprimer publiquement leur douleur. Mais Diana complète la séquence : Goldenberg est mort *parce qu'il était en prison*. Et on ne peut l'empêcher d'appeler la veuve. « Son cœur a lâché », lui dit-on, par-dessus le silence abyssal de la ligne sur écoute, mais, en une fulgurante synthèse, on ajoute : « Il a subi sept interventions ! » Sept interventions ! Alors, comme si l'espoir de pouvoir parler à Goldenberg après son rétablissement avait été tout ce qui la soutenait, comme si tant d'années passées avec lui avaient mêlé leur ADN, elle s'écroule en poussant un cri. Sa mère et sa sœur accourent, n'arrivent pas à la relever, leur désespoir est si grand qu'elles appellent un ami, le grand acteur Misha Feldman, et contrevenant aux ordres – Diana est assignée à résidence – arrivent à l'hôpital conduites par cet ami et suivies par une patrouille de police, qui ne peut cependant pas les empêcher de faire admettre Diana aux urgences. L'intervention est un succès, on remplace la broche qui s'est détachée. Mais quand Mme Felisa retourne chez elle à l'aube, elle trouve Ruth qui, bouleversée, la fait asseoir sur le tabouret de l'entrée pour lui dire : « Maman, Videla vient d'annoncer à la radio que les Graiver sont accusés de financer la subversion. » Quand elles retournent à l'hôpital, le lendemain, Diana n'y est plus.

Au 9, chez les Bazán, le 5 avril 1997. Et si c'était ce jour-là que la chose s'est produite ? Parmi les rares bribes de souvenirs suffisamment claires, il en est une qui ne cadre dans aucune de mes versions : le morceau que j'avais joué pour le commando, Pejerrey con papas, *une milonga anonyme qui figure dans* El compadrito, *un livre de Borges et Silvina Bullrich, que j'ai acheté et me suis fait dédicacer en mars 1977 – le 12 mars 1977, comme le précise la romancière – à la Feria del Libro de Buenos Aires où j'ai été pris de passion pour la littérature. Et pourtant, si ce souvenir était le bon ?*

Supposons donc que je joue Pejerrey con papas *quand j'entends les Kuperman sortir sur le trottoir. Agitées, impatientes, elles se dirigent vers la voiture dans laquelle Misha Feldman les attend en regardant de tous les côtés. Ils portent Diana sur une chaise et, quand ils la soulèvent, elle pousse un cri, puis ils l'installent avec beaucoup de difficultés sur le siège arrière. À peine se sont-ils éloignés et me suis-je remis à jouer que je vois par la fenêtre arriver une Ford Torino jaune, et qu'un type en caban vient sonner à la porte.*

D'en face, Cavazzoni dirige tout, pour ainsi dire : c'est lui ou son second qui les a prévenus que les Juives essayaient de s'échapper. Pourquoi viennent-ils chez nous ? Un bruit ou une lumière leur a fait croire qu'il y a encore quelqu'un dans le chalet, peut-être pas Goldenberg, mais quelqu'un qu'ils peuvent torturer ou prendre en otage. « Accompagne-nous au fond », disent-ils à mon père quand celui-ci sort de sa chambre, et il obéit aussitôt, sans leur poser la moindre question. Il rétribue la confiance que la Marine lui accorde par la confiance qu'il a en elle. Il croit que ces hommes agissent en connaissance de cause et que venant d'eux, même ce qu'il ignore, ce que jamais il n'aurait pu imaginer devoir faire un jour, doit être juste.

Je suis sur le point de l'appeler, mais je sais qu'il ne m'entendrait pas, et que s'il m'entendait il ne me répondrait pas. Quand les gens sont portés par un même élan, ils ne réagissent que si l'on s'adresse à tous à la fois.

« Et vous, venez avec moi », dit le Chef à ma mère, qui obéit et le suit sur le trottoir.

Je reste assis au piano, près d'un type qui n'a que quelques années de plus que moi, armé d'un Ithaca, dans un long pardessus beige. Sa beauté m'intimide et je me mets à jouer, pour lui faire savoir que je ne suis pas un esclave comme mon père, que je ne peux ni ne dois rendre ce genre de service, pour faire comme si j'ignorais que nous sommes en danger, ou pour plaire à tout le monde, avec cette petite milonga où il est question de compères qui obéissent à un chef. « Leo ! » C'est mon père qui, de derrière la maison, m'appelle et m'interrompt. Je vais jusqu'au jardin et découvre qu'ils ont posé contre le mur mitoyen l'échelle qu'il a fabriquée de ses mains. « Tiens-la », dit-il en montrant la chienne qui aboie éperdument contre les envahisseurs en train d'arracher quelques branches.

Je la prends dans mes bras, je monte jusqu'au balcon de derrière, pour la laisser là, d'où je vois que tous sont passés dans le jardin des Kuperman, et que mon père s'est mis à donner des coups de pied dans la porte de la cuisine. Il est devenu quelqu'un d'autre, celui en lequel je tiens à l'empêcher de se transformer en le distrayant. Quelque chose me semble clair : ils lui ont livré un secret concernant Diana, lui ont dit qu'elle avait commis un délit si grave qu'il croit nécessaire et juste qu'elle en subisse les conséquences.

Et s'il y a quelqu'un chez elles ? Mon Dieu. Il faudrait qu'ils enlèvent tout le monde, pour que je puisse me soustraire à la culpabilité, à la honte.

Je retourne au rez-de-chaussée, où je reste près du piano. Je vois ma mère sur le trottoir. « Oui, je connaissais Jaime Goldenberg », dit-elle docilement, et sa voix tremble. Je voudrais que tout soit fini, que nous redevenions ce que nous étions, que nous soyons sauvés. « Non, depuis l'accident, elles n'ont reçu aucune visite. Oui, je sais qui venait les voir, avant… »

J'aimerais lui dire « Ne donne pas de noms ! » et, quand le type s'éloigne, je me glisse jusqu'au seuil et le lui souffle, ajoutant : « Comme ça, ça ira plus vite. Sinon, tu vas être obligée de leur expliquer comment tu les connais. »

Non, ça ne s'est pas passé ainsi. Mais c'eût été possible. Il faut que j'y réfléchisse. Après tout, ce n'est qu'une question de temps, pour que nous soyons pris dans l'Engrenage, à quelques mois près… dans dix jours, dix semaines, dix ans, peu importe. Quand on est à leur service, c'est pour l'éternité.

Ce qui est sûr, c'est qu'ils sont allés la chercher le soir même à l'Hôpital italien, lui ont bandé les yeux, l'ont portée jusqu'à une ambulance, après quoi, les yeux encore bandés, elle va découvrir la prison de l'intérieur : les couloirs, les grilles qui s'entrechoquent, et l'odeur, cette odeur… *(Je pourrais reconnaître la prison à son odeur, parce qu'elle est toujours en moi, et c'est presque la seule chose que je pourrais reconnaître.)* Elle entre dans une pièce vide, où règne un silence étrange au milieu du vacarme incessant de la prison, le soir. On lui ôte le bandeau, elle découvre une infirmerie avec six lits, et demande à une femme en uniforme *(il y avait deux surveillantes, terribles, les Mendoza, qui me haïssaient)*: « Qui est le chef de service ? » *(Parce qu'il fallait que je commence ma rééducation, monsieur le juge.)* Elles se mettent à crier : « Silence ! Taisez-vous ! » et, pendant les heures interminables où personne ne lui adresse la parole et où elle ne peut rien dire à qui que ce soit, elle comprend que sa torture va consister à survivre comme elle le pourra, et que le châtiment qui l'attend, c'est de rester handicapée. Peut-être infirme. Un lit voisin est bientôt occupé par une femme enceinte, puis par une jeune fille terriblement meurtrie. Quelqu'un, elle, peut-être, lui tend un verre d'eau. « Je ne peux pas, dit la blessée. Ils m'ont électrocutée. » La plus jeune des Mendoza arme son pistolet. « Qu'est-ce qui t'est arrivé, à toi ? » demande-t-elle. La jeune femme se rétracte. « Rien, répond-elle. Il ne m'est rien arrivé. »

Au 5, chez les Berenguer, le 1er juin. Un certain docteur Colombres et sa femme louent le petit appartement du rez-de-chaussée. Cavazzoni s'en étonne. Berenguer ne manque pas de l'informer que, depuis le début de l'année, deux des fils de Colombres ont disparu, que le couple a dû vendre sa maison du centre-ville, après que les forces de l'ordre l'ont dévastée en cherchant leur troisième fils puis, en guise d'avertissement et de représailles, ont essayé de l'incendier.

(Pourquoi étais-je si accablée ? Ah ! Monsieur le juge, il est tellement éprouvant de ne pas savoir de quoi on est accusé...) C'est un temps hors du temps, pendant lequel même les choses les plus épouvantables deviennent récurrentes et finissent par tourner comme des astres autour de son lit. Un jour, une des Mendoza commet une indiscrétion : « Toi, tu ferais mieux de réfléchir à ce que tu vas dire quand on t'interrogera. » Dès lors, il n'y a plus rien que la

douleur et les questions. Pourquoi… Pourquoi… Pourquoi, alors qu'ils ont précipité sur elle une voiture, à fond de train, qu'ils ont voulu la tuer, l'empêchent-ils maintenant de mourir ? Seulement pour ne pas perdre avec elle ce qu'ils croient qu'elle sait ? Un jour, alors qu'elle est couchée, une sorte de révélation s'impose à elle et la fait se dresser dans son lit : ce qu'ils veulent savoir, c'est ce que Goldenberg voulait lui dire ce soir-là. Mais comment fait-on pour prouver que l'on ignore telle ou telle chose ? Si elle savait que sa mère connaît l'endroit où ils la retiennent, sans doute trouverait-elle le repos, ne serait-ce que pour un jour, et pourrait-elle dormir comme elle le faisait naguère en écoutant jouer du piano, à côté.

Au 9, chez les Bazán, le 8 juin. Non, je ne joue pas du piano. Je ne me souviens pas de Diana. Ce soir-là, celui de mon quatorzième anniversaire, j'écris, paupières lourdes, pendant que les autres dorment.

J'écris en m'inspirant du livre de Borges que j'ai demandé en cadeau, La Monnaie de fer*, qui commence par ces mots :* « Que ne donnerais-je pas pour me souvenir… » *et qui contient un poème dédié à Herman Melville et un autre à ses aïeux militaires, un livre qui est une réflexion profonde sur le monde du rêve.*

Comme si je voulais m'évader de ce monde. En le comprenant.

Et un soir, sans autre forme de procès, les sœurs Mendoza disent à quelqu'un qui entre : « Tenez, la voilà, elle est prête », et à elle, elles soufflent : « Réveille-toi, saleté. Ton heure est venue. »

Q

2010

Si j'avais dû témoigner, si la situation autour de moi avait été organisée selon les desiderata des auteurs de romans policiers pour aboutir à mon interrogatoire ; si les voisins m'avaient dénoncé, par exemple, en entendant les cris qui ont retenti chez moi à l'aube du 31, comment aurais-je pu expliquer que, les jours précédents, le sourire n'avait pour ainsi dire pas quitté mon visage ? J'ai noté dans mon carnet : « Je n'ai jamais été aussi heureux de ma vie, ou, plus exactement, je n'ai jamais été aussi près d'avoir une vie. » C'était « le moment où tout semble écrire avec nous », comme le dit Marguerite Duras ; où nous considérons le monde comme une seule question, et chaque chose comme une réponse.

Diana n'avait pas répondu à ma lettre, ce silence était des plus éloquents, et signalait un creux à combler. L'affaire Papel Prensa s'était conclue comme il fallait s'y attendre au palais de justice, mais elle continuait d'intéresser les médias, et de nombreux journalistes me donnaient l'impression d'enquêter à ma place. J'ouvrais un magazine chez le coiffeur, je voyais une photo du tortionnaire de Lidia Papaleo appelé à comparaître, et je croyais reconnaître en lui celui que j'avais appelé « le Chef » ; je regardais la télé en suant sur le tapis de course du gymnase, et une chaîne publique montrait la photo inédite du cadavre de Jaime Goldenberg sur un brancard de la morgue, tirée d'un rapport falsifié sur la suggestion de Camps tentant de faire passer l'assassinat pour une mort naturelle. Un jour, alors que j'attendais un avion à Aeroparque, croyant de loin reconnaître un ami de la fac, j'étais en fait allé tendre la main à son fils, Iair, un historien qui se rendait comme moi à Catamarca pour donner un cours.

Iair venait d'obtenir son doctorat en soutenant une thèse sur le comportement de la communauté juive en Argentine pendant la dictature. Il s'est aussitôt mis à m'exposer ses hypothèses, et j'étais ému de découvrir en lui une passion proche de la mienne, et plus encore de deviner dans son discours la même force indéfinissable, non voulue, qui nous avait choisis pour se révéler. Quand est venu mon tour d'expliquer ce que j'écrivais, pendant que nous nous éloignions de La Plata et du présent, Iair m'a interrompu. – Ah ! Don Juan Graiver ! Le père de David, qui a présidé l'Association mutuelle israélite de La Plata ! À quoi ça lui a servi, quand on l'a enlevé ? Ah ! Jaime Goldenberg ! En plus d'être avocat, il était aussi le pivot du centre culturel de gauche Max Nordeau, où Iair avait suivi des cours d'art dramatique. Simón Feldman ? Comment donc ! Le fils de Misha Feldman, le grand acteur (c'est sans doute pour le voir jouer que les Kuperman m'ont mené au théâtre). Non, il ne connaît pas les Kuperman, mais, d'après ce que je raconte, il est évident qu'elles faisaient partie d'un groupe progressiste de gauche.

Tout n'était pas qu'une question de données. Libérés du joug de leur fin horrible, mes personnages ressemblaient à des gens comme les autres, auxquels le reste de la ville aurait tendu, inconsciemment ou pas, un piège. Même la communauté juive semblait reproduire tous les comportements que j'avais pu observer dans mon quartier.

Nous convenons de nous revoir à notre retour de voyage pour qu'il me prête un livre que j'avais jusqu'alors boudé, celui dans lequel Jacobo Timerman raconte sa captivité : j'ai passé toute une nuit sans fermer l'œil, fasciné par la lecture d'un dialogue muet de deux regards, d'un judas à l'autre de deux cellules qui se font face, ou par cette autre scène où un officier de police promet à un prisonnier homosexuel d'alléger sa peine, s'il se laisse baiser. (Mon Dieu, me disais-je, et si cette proposition que m'avait faite ce copain quand je n'osais pas encore me dire que j'étais gay n'avait pas été une méchanceté spontanée mais quelque chose que son père, de retour des camps, lui avait expliqué qu'il pouvait faire quand il rencontrait des types comme moi ?)

Mais rien n'a été pour moi aussi important que les deux livres dans lesquels le général Camps tente de réfuter les accusations portées contre lui par Jacobo Timerman, et d'anéantir les Graiver. En m'interrogeant une fois encore sur l'antisémitisme du général, j'ai trouvé sur Wikipédia que son rêve avait été d'organiser un « procès collectif » des Juifs, et il est vrai que celui de Graiver avait tout d'un premier essai. C'est ainsi que parmi les aveux de tous ces gens – obtenus seulement après qu'on leur avait répété, comme s'en rappelait Timerman, « votre vie va désormais dépendre de ce que vous allez dire », transcrits comme s'il ne s'était agi que d'affables conversations –, j'ai trouvé celui que je croyais ne jamais pouvoir obtenir, ni même imaginer.

Il n'y avait pas de temps à perdre. Il n'était pas sept heures du matin quand j'ai appelé Miki – qui se préparait à conduire son fils à l'école – et lui ai dit que je voulais le voir aussi vite que possible. En me rappelant l'allégresse de ma voix au téléphone, et l'enthousiasme avec lequel je me suis mis à lui parler à tort et à travers, je me dis que si on lui avait demandé, quelques jours plus tard, de faire une déclaration sur mon compte, il aurait dit que, tout avocat qu'il était, il n'avait à aucun moment soupçonné que j'allais lui demander de l'aide, ni que je courais le moindre danger.

Comme pour boucler un cycle, nous nous donnons rendez-vous dans le bar de l'hôtel où, pour la première fois, je lui ai parlé de Diana Kuperman. C'est lui qui aborde le sujet du roman. Je lui dis que je crois en avoir enfin trouvé la forme : coller simplement les « déclarations » des habitants de mon pâté de maisons les unes aux autres, pour obtenir la frise que les tribunaux devraient considérer avant de prononcer leur verdict, et ce en laissant toute l'obscurité de cette époque, tout ce que l'on ne pouvait alors ni dire ni concevoir se couler dans les jointures. En incluant aussi, comme un témoignage supplémentaire, mes propres souvenirs.

– Et ça marche ? me demande Miki.

– Avec mes propres souvenirs ? Plus ou moins, avoué-je en souriant. Comment imaginer ce que l'enfant que j'étais aurait pu en dire, alors que les mots comme « disparu » ou « camp de concentration » lui manquaient pour comprendre ce qui se produisait ? Je ne suis ni juge, ni procureur, ni officier de police, et je n'ai pas l'habileté que ces gens sont censés acquérir par l'étude et l'expérience. De plus, interroger un enfant, ce n'est pas chercher à se souvenir.

– Et pour les autres ? demande Miki, souriant à son tour, peut-être en se rappelant ma brève confession relative aux difficultés que j'ai à parler de mon père. C'est aussi difficile ?

– Bien sûr que non, lui dis-je en lui adressant un regard de défi, comme pour lui faire comprendre de ne pas aller gratter de ce côté-là. Parce que ces interrogatoires-là, ce sont d'autres qui s'en sont chargés.

Ce n'était pas une plaisanterie des plus heureuses, puisqu'elle s'adressait au fils d'un militaire assassiné par les forces navales, mais Miki avait depuis longtemps pris l'habitude d'entrer dans les zones d'ombre par la porte de l'humour. De toute manière, il laisse tomber quand je lui dis que, parmi les déclarations que Camps a consignées dans ses livres, j'ai enfin trouvé celle de Diana Kuperman.

Il me regarde, scandalisé.

– Oh, bien sûr, expliqué-je, un peu honteux, je n'aurais accordé aucun crédit à un livre écrit par un tortionnaire. Mais Diana dit là quelque chose que je savais déjà. Elle donne, précisé-je en cherchant le regard de Miki qui, je ne sais pourquoi, se dérobe, une indication que je cherchais depuis des mois, et dont j'ignore encore pourquoi personne n'a parlé, ni Diana dans sa déclaration devant le tribunal de La Plata, lors des *Juicios por la Verdad*, ni la veuve Graiver à la télévision, ni même Gasparini dans sa biographie si exhaustive de David Graiver.

Miki me regarde de nouveau fixement, comme s'il doutait sérieusement de mon équilibre mental. Je fais une pause, pour souligner ce qui suit :

– Devant Camps, Diana Kuperman a dit qu'au moment où elle a été victime de cet accident de voiture, le 19 octobre 1976 (j'étais content de moi : avoir pu donner la date exacte était à mes yeux une véritable prouesse), elle n'était pas seule dans la voiture. Jaime Goldenberg l'accompagnait, assis à côté d'elle, à la place du passager. C'était quelques jours avant que Lidia Papaleo, de peur qu'elle et sa fille ne soient les prochaines victimes, se décide enfin à vendre Papel Prensa (Miki ne sait pas encore où je veux en venir mais, peut-être à cause du caractère suggestif de cette tentative de fuite de Diana et de Goldenberg, il ne pipe mot et ne me quitte pas des yeux). Je vais te dire quelle est mon hypothèse, lui annoncé-je.

– Camps cite dans un de ses livres une lettre où l'amiral Massera le félicite « au nom de toute la Marine » d'avoir si bien réglé l'affaire Graiver. Ce n'est pas tout. Il y a des preuves concrètes que Massera convoitait la fortune des Graiver depuis longtemps, au moins depuis le milieu de l'année 1976, quand, par ailleurs, il avait commencé à rivaliser de zèle avec l'armée de terre (Miki opine de la tête, il en sait long sur le sujet, parce que sa mère dirige maintenant le lieu de mémoire qu'est devenu l'ESMA) et il aurait volontiers fait séquestrer depuis longtemps toute la famille Graiver. Il devait cependant attendre qu'elle se décide à signer l'acte de vente de Papel Prensa, la fabrique de papier dont la possession permettrait à la junte de contrôler tous les journaux du pays. Et ce jusqu'au jour où quelqu'un – peut-être un indicateur comme mon voisin, ou un *Montonero* torturé à l'ESMA – attire son attention sur Jaime Goldenberg qui, accablé par la mort de David, vient de démissionner de la direction des entreprises Graiver, se privant ainsi de tout moyen de défense.

Je n'avais pas encore écrit un mot à ce sujet et moins encore confié à quelqu'un ces hypothèses, surgies parmi d'autres délires que j'avais écartés. Un moment, m'écouter parler suffit à accélérer mon rythme cardiaque : je suis affolé de voir combien de personnages de mon récit se conjuguent dans cette opération de la Marine : Massera, Cavazzoni, mon père. Moi.

– Voilà comment les choses se passent, dis-je : le 18 octobre 1976, divers groupes opérationnels de l'ESMA partent en direction de La Plata à la recherche de Goldenberg. L'un d'entre eux se rend chez celle qui a toujours été sa secrétaire,

Diana Kuperman, et trouve la maison plongée dans l'obscurité. Mais quelque chose les fait supposer qu'il y a quelqu'un, aussi décident-ils d'entrer par-derrière, en passant par chez nous. Pendant que se déroule cette opération à laquelle nous sommes mêlés, mon père, ma mère et moi, un appel radio leur apprend que Goldenberg et Diana ont été localisés, mais qu'on ne va pas pouvoir les conduire à l'ESMA : quand on les a interceptés sur la route de Buenos Aires, la voiture de Diana a été heurtée de plein fouet, et ils sont tous les deux si mal en point que l'on n'a pas pu éviter l'intervention de la police, qui les a conduits au service des urgences le plus proche, à savoir celui de l'hôpital de Gonnet. Il faut aussi considérer qu'ils doivent être capturés *vivants*.

C'est ainsi que Diana et son chef dépendent maintenant de Camps qui, alerté par l'intérêt que leur porte Massera, qui a empiété sur son terrain de chasse, va leur prêter une certaine attention : il les place sous étroite surveillance à l'hôpital, les isole et, pour finir, les arrête. Longtemps avant Diana, bien qu'il ait dix ans de plus qu'elle et que sa santé soit très précaire après l'accident, on ne tarde pas à relâcher Goldenberg, auquel Camps, comme il l'écrit dans un de ses livres, va commencer à faire « de petites visites » à domicile.

– Ben voyons, s'esclaffe Miki, ironique, et visiblement impatient. Comme s'il n'avait rien d'autre à faire que de petites visites…

– Mais imagine ce qu'elles devaient être, lui dis-je. Imagine cette brute de Camps, tout bouffi d'orgueil parce que monseigneur Plaza le considère comme un croisé et lui a donné carte blanche pour faire main basse sur les richesses que les Juifs doivent sans doute à la trinité démoniaque : sionisme, marxisme et terrorisme, et en même temps furieux, parce que chaque fois que Goldenberg donne une information – et éveille sa convoitise en lui laissant entrevoir une fortune qu'il n'aurait pu imaginer : banques en

Argentine et à l'étranger, entreprises, etc. – Camps comprend que s'approprier les biens des Graiver ne va pas être aussi facile que voler une voiture, une maison ou un enfant. Imagine la haine qu'il doit avoir accumulée pour que, au moment où le gouvernement lui donne enfin le feu vert, l'autorisant à le séquestrer et à « l'interroger » comme il l'entend, Goldenberg « lui claque entre les doigts » presque immédiatement, sous la torture.

– Et une fois Goldenberg mort, conclut Miki, indigné, qui d'autre peut connaître ses secrets, sinon la fidèle secrétaire avec laquelle, apparemment, il prenait la fuite ?

Je suis content de voir Miki aboutir aux mêmes conclusions que moi, bien que j'ignore s'il les croit justes, ou s'il voit en elles la logique de ma folie. Aussi avancé-je pas à pas.

– Pourquoi le président Videla a-t-il retiré l'affaire des mains de Camps ? À cause de cette « erreur » du décès trop précoce de Goldenberg, sans le témoignage duquel il redoute de ne pouvoir s'approprier le patrimoine des Graiver ? Ou parce que Camps lui-même, bien que blessé dans son orgueil, lui a avoué qu'il était dépassé par toutes ces informations financières sur les comptes, les banques à l'étranger, et tout le reste ? En tout cas, c'est alors que l'amiral Massera, qui affiche toujours plus ouvertement son mépris envers Videla, félicite Camps « au nom de toute la Marine » d'avoir si bien su mener l'affaire, et lui fait une proposition…

– Mais oui, c'est évident, dit Miki avec dédain. Massera voulait mettre la main sur la fortune des Graiver pour lui et pour sa campagne présidentielle. Il voulait être le second Perón, et peut-être, qu'en dis-tu ?, avait-il promis à Camps de le renommer directeur de la police sous son gouvernement, pour juger les Juifs…

– Très bien, Miki. C'est ma théorie. Quand Videla humilie Camps en lui disant qu'il va nommer quelqu'un d'autre à son poste, ce dernier décide de faire sortir immédiatement Diana de la prison d'Olmos, d'autant plus vite que, dans leur désespoir, tous les Graiver chargent le défunt Goldenberg… Il la fait sortir de la prison où il l'a tenue dans l'isolement, à l'écart de tous les autres détenus, pour ainsi dire cachée… et il la livre à la Marine.

Miki semble incapable d'en entendre davantage ; c'est à peine s'il peut imaginer la solitude et la terreur de cette femme et, sans pour ainsi dire s'en rendre compte, il demande à régler nos consommations : deux boissons gazeuses.

– Tu comprends pourquoi il faut que j'aille à l'ESMA ? lui demandé-je alors, en lui avouant ainsi la raison de mon appel.

Bien que Miki acquiesce d'un geste machinal, je comprends qu'il n'y a rien de si évident dans ce que je viens de dire… et que la zone d'ombre qu'il devine en moi lui déplaît.

– Pour y trouver l'inspiration, fait-il en se levant et en enfilant sa veste.

Mais cette idée curieuse de l'inspiration, que Miki n'est pas allé chercher bien loin, pour ne pas perdre la face, me fait sentir que cette histoire l'a profondément blessé, je ne sais pourquoi…

– C'est curieux que tu n'y sois pas déjà allé, non ? ajoute-t-il.

Je ressens la douleur du coup qu'il vient de me porter sans parvenir à comprendre pourquoi il me fait aussi mal. Ma première réaction est de lui dire que c'est parce que j'attendais de pouvoir compter sur quelqu'un comme lui. Que je n'aurais pas voulu aller à l'ESMA sans personne pour me protéger, m'aider. Et que je compte maintenant sur lui. Mais tout ce que je réussis à faire, c'est à lui adresser une sorte de prière.

– Non. Je ne l'ai jamais fait. J'ai seulement vu cette photo des combles qui a été publiée dans *Nunca más*. Avec ce garçon de l'époque du retour à la démocratie assis, pensif, devant une des lucarnes, sous le toit d'ardoise… cherchant, d'évidence, à faire ce que je veux moi aussi : se mettre à la place de la victime.

– D'accord, fait Miki, sévère. Ma mère envisage d'organiser des visites pour les écrivains. Mais si tu es tellement pressé, tu pourrais venir samedi, en même temps que les élèves inscrits au programme d'enseignement des droits de l'homme, que nous organisons avec un ami de HIJOS. Ce ne sera peut-être pas une visite très exhaustive, mais elle sera mieux accompagnée que ne l'est le parcours réservé aux visiteurs habituels…

Bien entendu, j'accepte.

Si je n'abonde pas en remerciements, c'est parce qu'il a toujours son air très grave, et que quelque chose, dans mon enthousiasme, commence à me faire honte. Comme si, dans le fond, je croyais ne pas être à la hauteur de ce que je lui ai raconté.

Trois jours seulement me séparent de cette visite, et à peine quatre de la fin de cette histoire. On dirait que tout est dit. Mais une conjonction de faits inattendue va me révéler ma véritable intention.

Le jour du recensement, ma mère, anxieuse comme toujours quand quelque chose d'inhabituel se produit, s'est levée dès l'aube. Que vont-ils nous demander ? Que doit-elle répondre ? Pourquoi déranger une vieille femme comme elle ? Ne va-t-on pas la punir, semble-t-elle se dire, parce qu'elle est encore du monde des vivants ?

J'exulte à l'idée de ma prochaine visite à l'ESMA, mais aussi à cause de ce qui est sur le point de se passer, et je tâche de lui communiquer mon enthousiasme, sans le lui expliquer.

Ah ! Quel soulagement de dire, pour une fois, la vérité ! Que je suis chef de foyer, homosexuel. Descendant d'Indiens. Et probablement de nègres. Comment pourrait-on désormais se sentir menacé ?

De plus, me dis-je, si la personne chargée du recensement passe en premier lieu par la maison voisine, peut-être pourrons-nous enfin savoir qui sont nos nouveaux voisins et si elle passe d'abord chez nous, nous pourrions signaler leur présence avec la prudence qui s'impose.

Nous apprenons par la télé la nouvelle de la mort de Néstor Kirchner à El Calafate juste au moment où le recenseur sonne. C'est une jeune femme de la campagne déjà trop largement déboussolée par toutes les questions qu'on la force à poser pour accepter facilement semblable imprévu, et qui reste près de vingt minutes immobile, muette, absorbée en elle-même, devant notre téléviseur.

Kirchner donnant l'ordre de décrocher le portrait de Videla de la galerie de l'École militaire. Kirchner embrassant Hebe de Bonafini.

Mais je me souviens d'une autre scène.

Mon père était mort en mars 2004, quelques jours après la cérémonie officielle transmise par la chaîne nationale, au cours de laquelle Kirchner a cédé le terrain et les bâtiments de l'ESMA aux familles des victimes, à leurs diverses organisations, pour qu'elles puissent y installer des lieux de mémoire.

Je vivais alors à Villa Elisa. Le jour de la cérémonie, je devais retrouver mon père chez son médecin, auquel il allait montrer quelques radiographies, ce que je me suis chargé d'expliquer, plus désolé que coupable, aux amis porteurs de banderoles que j'ai croisés à la gare, et qui allaient assister à l'événement.

– Mon père a un cancer (comme si je m'attendais que l'on m'explique le sens de cette coïncidence), c'est pour ça que cette fois je ne viens pas avec vous, ai-je dit.

Quand je suis enfin entré dans la salle d'attente du cabinet de consultation, je l'ai trouvé assis dans un fauteuil, absent, et nous n'avons pas dit un mot sur l'ESMA. À son âge, il ne faisait guère que regarder la télévision, aussi supposé-je qu'il avait encaissé d'une manière ou d'une autre, tous ces derniers jours, les informations officielles, ce qui ne m'empêchait pas de redouter qu'en ma présence il ne se laisse emporter par la colère de voir maltraiter « l'école à laquelle nous devons tout », comme il disait.

Mais un regard dans la salle d'attente m'a suffi pour comprendre que désormais il ne se contentait plus que de fixer l'écran, l'esprit ailleurs. À la maison, c'était pour échapper à la sollicitude lassante de ma mère et généralement pour pouvoir, l'appareil n'étant qu'un prétexte, se plonger dans ses inconcevables réflexions avec ce détachement amer que je sentais ces derniers temps dans sa voix quand nous parlions au téléphone.

Pendant un long moment, il n'a rien dit. Il se tenait là, immobile, avec son semblant de regard, hors du temps. Tout à coup, alors que retentissait je ne sais quel chant de manifestants qui se rendaient avec un peu de retard au rassemblement, il m'a posé une question :

– C'est le 25 mai[1], aujourd'hui ?

Il semblait avoir enfin remarqué les festivités auxquelles participait l'Argentine entière, et il ne pouvait attribuer cette allégresse collective qu'à la commémoration d'une révolution ou d'une indépendance qui, pour la première fois de sa vie, le laissait indifférent.

Dès que la jeune femme chargée du recensement du quartier est partie, en voyant ma mère soulagée et contente d'avoir pu être sincère et donner sans crainte des informations exactes, je décide de lui rappeler, pour la première fois depuis trente-quatre ans, l'enlèvement de la fille aînée des Kuperman, le prétexte étant tout trouvé, puisque la jeune femme vient de m'interroger à leur sujet.

– Bien sûr que je me rappelle ! dit ma mère, à laquelle l'émotion semble rendre la mémoire. Ils tapaient contre les portes… Boum ! Boum ! Boum ! Et la petite chienne ? Tu te souviens d'elle ? Elle ne pouvait pas souffrir les intrus !

C'est bien vrai ! Ma mère se souvient elle aussi des coups donnés dans les portes. Brusquement, elle ajoute quelque chose :

– Il y avait un Goldenberg mêlé à ça, non ?

C'est donc vrai ! Ils l'avaient interrogée à son sujet ! Sinon, comment aurait-elle pu se rappeler ce nom ?

Peu m'importe qu'elle l'ait dit comme on dirait : « C'était encore une affaire de Juifs, n'est-ce pas ? »

Parce que, maintenant, je comprenais : l'ESMA, cet endroit où la vie de mon père avait trouvé son assise, et où je n'étais jamais allé, cet endroit où s'était joué le destin de Diana, était le symbole de tout ce que j'ignorais.

1. Fête nationale.

Allais-je maintenant à l'ESMA pour « écrire avec le corps », comme disent les féministes ? Non, peut-être s'agissait-il de laisser le corps devenir la page blanche et l'expérience s'écrire en moi, pour l'écrire enfin.

Payer le prix.

R

1977

« Ton heure est venue. » Ils la lèvent du lit, lui bandent les yeux, la soulèvent, les gardiennes hurlent entre elles mais ne lui adressent pas la parole. Il y a des bruits qui, sur son passage, semblent lui être destinés : une serrure qui proteste, des charnières qui grincent, un garde qui ouvre une porte en murmurant un numéro comme pour lui répéter « Ton heure est venue ». Ce sont les mêmes bruits qu'elle a entendus en arrivant ici, mais dans l'ordre inverse, les maillons d'une chaîne qu'elle suit dans la rumeur confuse qu'est la prison la nuit.

Il en est qui protestent à grands cris contre ces déplacements. Pas Diana, ses douleurs l'accaparent trop – douleurs d'un corps diminué – tout comme la terreur qu'on ne la fasse souffrir plus encore, de sorte que chaque chose arrive avant qu'elle n'ait pu la prévoir. La porte de la prison. Le vent glacé de l'espace découvert qui les environne. La sirène de l'ambulance semblable à celle qui l'a amenée ici, les cris d'une femme qu'ils font descendre, qui résiste et se bat, que Diana voudrait chasser d'un revers de la main en lui disant : « Ils en ont fusillé deux cents comme toi, en une fois, alors ne fais pas l'idiote. » Brusquement, un miracle. Qui s'évapore aussitôt. Et le froid, le vent, le vent. Ils la posent sur une civière, la montent dans l'ambulance. Mais ce miracle, Seigneur, dans le silence. Mon Dieu, qu'est-ce que c'est ?

*Au 29, chez les Kuperman, 14 juillet 1977. Le juge Martín D'Antonio refuse de recevoir le mandat d'*habeas corpus *présenté par la famille Kuperman, concernant leur fille, Diana Esther.*

Ils ont fermé la porte arrière de l'ambulance. Le chauffeur revient s'installer au volant, tourne la clé de contact et échange quelques mots avec le brancardier en attendant que le moteur chauffe. Diana se demande ce qu'a été ce miracle. Est-ce une sensation ou un souvenir de liberté qui l'a saisie, pendant une seconde de silence ? Jamais encore elle n'avait entendu comme ça, jamais senti comme ça ! Et que ne lui a donc pas dit, en un instant, l'air libre ! *(Aarón Kuperman les conduit en Siam Di Tella à Miramar, elle et sa mère. Il leur montre, au loin, la prison pour femmes.) (Oh, non, malheureusement, dira-t-elle au procès, non, je ne me rappelle pas les noms de ces brancardiers, si je les ai jamais sus.)* Ils démarrent brutalement, en marche arrière, tournent sur les chapeaux de roue, et Diana entend les cris des détenus de la prison pour hommes. À l'arrière du véhicule, le brancard cogne, cogne, cogne sans arrêt contre la porte du fond. *(« Attention ! » crie Goldenberg, puis elle ne se souvient plus de rien.)* Le brancard cogne contre la porte, penche d'un côté, de l'autre, et heurte les parois de l'ambulance comme le battant d'une cloche que nul ne peut entendre, jusqu'à ce que, enfin, le chemin prenne la rectitude des grandes routes. *(Ce n'est pas tout. Ils étaient extrêmement pervers, pendant les transports. Ils allaient à toute vitesse, une vitesse terrible, ils donnaient des coups de volant, ils riaient, et moi, comme j'étais immobilisée, j'ai failli tomber je ne sais combien de fois.)* Que va se dire sa mère, le jour où elle pourra enfin venir la voir à la prison, si elle ne la trouve pas ? *(Oh ! J'aimerais bien savoir le nom de quelques-uns d'entre eux, et je vous les donnerais avec grand plaisir. Si je vous dis que je ne m'en souviens pas, ce n'est pas par peur, vous savez ? C'est tout simplement la vérité.)*

Au 7, chez les Aragón, le 15 juillet 1977. Ma mère va intercéder auprès de Cavazzoni en faveur de Martín Aragón. Le marin l'envoie chez le couple de gens âgés qui habitent une maison à l'arrière des nôtres. « Ce n'est pas un militaire, dit Cavazzoni comme pour s'excuser, mais il se bat contre la subversion. » Deux ou trois jours plus tard, les vieux disent à ma mère que Martín va revenir, mais avec une telle expression de mépris pour nos démonstrations de joie qu'elle me confie, discrètement, qu'il vaut mieux ne pas se réjouir trop vite.

« Où croyez-vous qu'ils vous conduisaient ? demande le juge. – À la mort, c'est ce que j'ai cru », répond Diana. Parce qu'à présent, même elle le sait : on fusille dans les terrains vagues autour de La Plata. Des cadavres (dix, quinze, trente) apparaissent au bord du chemin qui va de Villa Elisa à Punta Lara. Mais la portière arrière de l'ambulance s'ouvre, le brancard glisse sur la route, roule vers la campagne, plonge dans un marais, quelle douceur que la mort. Une oscillation la réveille, l'ambulance épouse la courbe d'un rond-point, une manœuvre presque délicate qui annonce la ville, et elle commence à percevoir non loin d'elle, tels des requins autour de leur proie, des voitures, des camions, des autobus – oh ! Pendant qu'elle lui disait adieu, le monde est resté fidèle à ce qu'il était, avant – et elle sent subitement, sous les roues, les cahots d'un pont qu'elle croit

reconnaître, oh, non, elle ne veut pas renouer avec l'espoir, mais comme tout cela ressemble à son quartier ! Et quand l'ambulance monte sur le trottoir, elle ne peut s'empêcher de chercher à entendre un piano – cette *Polonaise* pour Anna Magdalena… *« Je me demande, madame, si vous vous rappelez ce que vous avez entendu en arrivant, si vous rouliez sur des pavés ou de l'asphalte. » Silence. « Oh, pardon, dit Diana, j'ai fait* non *avec ma tête. Non, tout ce dont je me souviens, c'est qu'on m'a sortie de l'ambulance et qu'on m'a laissée dans ce réduit, cet endroit où il n'y a pas même la place pour un corps, par terre, sur un matelas. »* Pas même la place pour un corps. Les yeux toujours bandés, elle tend la main et touche un mur couvert de carreaux de céramique cassés. Elle reconnaît la puanteur : il y a aussi chez elle un réduit comme ça, au-dessous de l'évier, dans lequel on jette les ordures.

Un endroit où il n'y a pas même la place pour un corps. « N'enlève pas ton bandeau », lui dit un gardien. Elle a mal partout. À défaut de pouvoir s'asseoir, elle s'étire sur le matelas humide et puant. « Qui va me dispenser les soins ? » se demande-t-elle. Une canalisation goutte. Une bouilloire siffle. Le pain grillé répand une odeur qui la torture. Un homme seul va et vient. Un seul homme pour la surveiller. Quand il ouvre la porte et sort prendre l'air, Diana se risque à lever un peu le bandeau et voit, par une lucarne, la petite lampe qui reste allumée, jour et nuit. Un souffle d'air venu de dehors lui apporte les cris d'un terrain de jeu, les cognements rythmiques d'un train qui se répercutent dans le sol, le chant d'une équipe de foot. Et si la prison n'était qu'un moyen d'aiguiser ses sens, au point qu'un seul élément concret – une couleur, un bruit – soit pour elle une douleur ? Tout à coup, un bruit terrible retentit à la porte de son réduit : boum ! « Nom ! crie-t-on à son adresse. Nom ! » Elle finit par comprendre qu'il faut qu'elle dise comment elle s'appelle, et pouvoir parler est finalement moins pénible que d'aller retrouver ce qu'elle est tout au fond d'elle-même. *(« Diana Esther Kuperman », dira-t-elle au juge, bien des années plus tard, et comment ne pas penser que ce même gardien se trouve peut-être dans l'assistance.)* Comme si sa réponse lui valait une récompense, elle entend qu'on lui glisse une assiette sous la porte. Les deux types, celui qui la garde et celui qui vient d'arriver et de lui demander son nom, mangent les tartines qui lui étaient destinées, et elle, morte de faim, en tâtant dans l'obscurité, comprend que ce n'est pas une assiette mais une écuelle. Elle se pelotonne, se ramasse sur elle-même. « Oh, mon Dieu, dit-elle, et ses mains étreignent ses épaules. Oh, ma *maminke.* »

Au 9, chez les Bazán, 18 juillet. Ils ont dévasté la petite pièce dans laquelle ma cousine s'est discrètement installée. Pendant que nous l'aidons, mon père et moi, à remettre un peu d'ordre, j'ose lui demander ce qu'est devenue sa belle amie, Mona Yrla. « Je ne sais pas, répond-elle. – Elle a été arrêtée ? – Je ne sais pas », fait-elle cette fois sur un ton impératif, comme quand elle m'apprenait qu'il vaut mieux ne connaître aucun nom. Mais avec une amertume dépouillée de tout caractère épique et de tout espoir, elle me fait entendre que tout ce que « nous ne savons pas » est bien plus épouvantable que tout ce que nous pouvons imaginer, et qu'il vaut mieux garder nos forces pour le jour où nous l'apprendrons. Je ne peux le croire.

« Madame Kuperman, vous avez évoqué les tortures auxquelles vous avez été soumise, des tortures psychologiques, pas des tortures physiques, c'est bien ça ? – Psychologiques, oui, monsieur le juge, et plus que psychologiques, parce

que ces hommes étaient très violents. » « Un nom ! Un nom ! » crie l'autre type, et il donne des coups, encore et encore, dans les sièges, les murs, comme s'il pouvait exiger du monde entier qu'il décline son identité. Mais personne ne répond, à moins qu'elle ne soit devenue sourde. *« Ils criaient, montaient le son de la radio, tiraient des coups de feu* » « Un nom ! » et, tout à coup, ils éclataient de rire, pour elle ne sait quelle raison. Il y a quelque chose de plus effrayant encore que d'être livrée au Mal : c'est d'être, il faut bien le dire, livrée à la folie. *« C'étaient des simulacres, monsieur le juge, toutes ces choses qu'ils disaient, pour que l'on soit tout le temps en proie à la peur.* » Et peu à peu, dans leurs conversations, que Diana ne peut éviter d'entendre, ils intercalent des descriptions de tortures qui lui rappellent celles que pratiquaient les nazis, et avec une telle grossièreté, une vulgarité si étrangère à toute décence, qu'elle en vient à croire qu'il n'y a là rien de vrai, qu'ils ne font que s'amuser à ses dépens. *« Des simulacres, pour faire croire que les supplices qu'ils évoquent vont vous être infligés d'une minute à l'autre.* » Il est vrai que de temps en temps ils mêlent à leurs propos des noms qu'elle reconnaît, des noms d'une autre époque, d'un autre monde, d'une autre vie (celle de l'an passé, à l'EGASA). Ce sont des noms qu'ils pourraient avoir entendus à la radio, ou à la télévision : Papaleo, Timerman, Graiver… Mais ils finissent par parler de quelque chose – de sept cicatrices – qu'elle croyait être seule à connaître, et ils ajoutent, entre deux rires, que « son cœur a lâché ». C'est ainsi que Diana, qui n'avait jamais admis la mort de Jaime parce qu'elle n'avait jamais vu son cadavre, comprend, stupéfaite, que le destin, quelque aberration, ou elle ne sait quel châtiment l'a conduite dans le même réduit où Jaime Goldenberg a été enfermé. Que son destin était de le suivre même en cet endroit, et qu'elle est là pour révéler les secrets qu'il n'a jamais voulu livrer à personne. Ou qu'il lui a livrés, mais dont elle ne peut se souvenir.

Au 29, chez les Kuperman, le 25 juillet. Mme Felisa, sur le conseil d'un médecin ou de son insomnie, arrive à l'Hôpital naval, devant la porte duquel d'autres femmes attendent déjà. L'une d'elles, qui dit s'appeler Kika et qui est de son quartier, la reconnaît, et Mme Felisa la reconnaît aussi, mais fait comme s'il n'en était rien. « Je viens voir le docteur Ramírez », explique-t-elle aux gardiens de l'entrée, et c'est vrai, parce qu'elle se dit que ce traumatologue, frère d'une amie, s'est peut-être occupé de Diana, ici même, et pourrait lui donner de ses nouvelles. « Je peux l'attendre ici, ajoute-t-elle, si ça ne vous dérange pas », mais les marins de garde, sans l'écouter ni lui répondre, se moquent du nom de l'une des femmes qui leur a dit, elle, qu'elle cherchait ses fils. « Azucena Villaflor[1]*. »*

« Pardonnez-moi de vous interrompre, madame, dit le juge, mais je vois là, dans l'exposé des faits, que l'on vous a fait sortir de prison le... – Ah, monsieur le juge ! je ne me souviens d'aucune date. – Je comprends, fait le juge. Mais d'après ce qui est porté sur ce document, vous êtes restée à la disposition de la police du 17 au 22 juillet. – Si vous le dites, monsieur le juge, ironise-t-elle. Il me semble pourtant que c'était beaucoup plus long. » Parce que là, le temps aussi s'efface, comme cet accident dont je ne me souviens plus... Pourquoi ? Pourquoi ? Pourquoi ? Se pourrait-il que ce soient tous ces gens-là, les Papaleo, les Graiver, qui l'aient montrée du doigt ? Ont-ils préféré, au milieu de la tourmente – oui, c'est sans doute ainsi que les

1. L'une des fondatrices du mouvement des Mères de la place de Mai, enlevée par les militaires et portée disparue.

choses ont dû se passer –, faire porter toutes les accusations sur un mort ? Sur feu Jaime Goldenberg, dont elle « sait tout » ? Comment convaincre maintenant ces types qu'elle ne sait pas tout, alors que ce déplacement pendant lequel l'accident est survenu *in itinere*, comme elle l'a déclaré, avait tout d'un rendez-vous clandestin ? Et maintenant, où sont-ils passés, ces deux-là ? Une faiblesse, son estomac que la faim torture, lui dit que leur absence est plus longue que jamais. Elle touche la gamelle qu'ils n'ont pas enlevée, la nourriture répugnante est sèche, mais elle la mange tout de même. Elle a soif, mais n'a d'autre recours que de passer et repasser la main sur le mur humide, puis de la lécher, comme les animaux lèchent leurs blessures. Peut-être finit-elle par appeler, pendant que le temps s'efface, mais personne ne répond. Elle n'entend que les rumeurs du monde que domine le chant affolé d'une grive, et les jours, les mois, les années passent… Comment raconter ce qui advient alors ? C'est l'endroit où il n'y a pas même la place pour un corps, où il n'y a plus d'espoir, ni de Dieu.

Au 5, chez les Colombres, appartement B, rez-de-chaussée, 25 juillet 1977. « Ils m'ont laissée entrer et chercher parmi les civières, dit Kika aux Colombres, qu'elle a rencontrés devant la porte de la morgue. J'étais tellement impressionnée que j'en ai renversé une. » Les Colombres lui répliquent : « Ils vont trop loin, non ? – Oui, répond-elle, déterminée. Ils veulent nous rendre fous. Il va falloir trouver d'autres moyens. »

Et puis, un soir, Diana entend des voitures approcher, le portail de la rue s'ouvrir, et c'est Dieu qui arrive, pour la ramener à la vie.

« Mon heure est venue ! » se dit-elle, en se sentant renaître. Oui, c'est la voix de Dieu qui se fait entendre parmi les autres voix et les domine. Diana pleure, ressuscitée, et elle parvient même à se redresser en les entendant entrer. S'ils pouvaient crier : « Un nom ! » Elle voudrait le leur dire, pour prouver qu'elle existe. Mais ce ne sont plus ceux qui étaient là, les nouveaux venus ne semblent pas la connaître, et ce sont les acteurs de la pièce que les autres ont évoqués dans leurs dialogues. Ils ont apporté avec eux un brancard roulant, allumé la radio et mis le volume à fond, branché un autre appareil qui, quand ils l'essaient, provoque des résonances parasites. Comme s'ils voulaient confirmer ses suppositions, ils ouvrent la porte du réduit, la soulèvent, et elle voudrait bien crier son nom mais n'en a pas la force, ou peut-être n'est-elle déjà plus elle-même, et n'a plus à désirer l'être avant la venue du Seigneur... Sans dire un mot, comme si elle n'était qu'un objet, ils la couchent sur le brancard, lui lient les pieds et les mains *(Oh, Jaime devait lui aussi être attaché comme ça quand son cœur a lâché)* et quelque chose d'inconcevable lui mord la cheville.

Au 9, chez les Bazán, le 13 août 1977. « Dis, María Martha, tu crois vraiment que ce gouvernement est mauvais ? » demandé-je pendant le repas d'anniversaire de Vismara, le médecin légiste ami de mes parents qui, en 1974, nous avait le premier parlé des tortures.

« Tu crois vraiment que c'est une dictature ? » demandé-je encore, avec un étrange tremblement, parce que ma timidité m'empêche de me rebeller devant les autres – ce que jamais encore je n'avais fait. La fille de Vismara ne me répond pas. Peut-être craint-elle de provoquer son père, d'autant qu'il n'arrête plus d'encenser le président Videla.

Il faut dire que Borges a accepté une invitation à dîner du président. Qu'il dit que Pinochet est indubitablement un gentleman. Et qu'il voue un culte à ses aïeux militaires. Il est aussi le seul qui me permette d'entrevoir un destin possible, qui ne soit pas celui d'un père, ni d'un médecin légiste, ni d'un policier, ni d'un disparu avant l'heure.

Elle a dû crier. Mais elle ne sait pas, ne s'en souvient pas. Elle a sans doute crié, parce que Dieu entre en donnant de la voix – ce qu'on attend de lui, pour rétablir la justice. « Mais que faites-vous, bande d'abrutis ? » Alors, immobilisée mais tremblante sur le brancard, elle sent son regard sur tout son corps, et c'est une sorte de miséricorde, oui, parce qu'elle croit son pouvoir de pardon si grand qu'il la pénètre comme une chaleur ou un parfum… Dieu se contente de la regarder, on le dirait prêt à lui donner un nom. La puissance divine la ramène à la vie par un seul mot : « Arrêtez », dit-il. Et, un instant plus tard, il ajoute : « Ce n'est pas une *Montonera.* »

Ah ! Entendre, entendre, voilà la torture qu'ils ont prévue pour elle, car Dieu dit : « On va voir si son cœur va lâcher aussi ! »

C'est seulement à ce moment-là que Diana Kuperman croit reconnaître cette voix, mais je n'ai pas le courage de dire à qui elle lui fait penser.

– Tu es suspecte, dit cet homme à Diana.

Quand il lui saisit la cheville à l'endroit même où la gégène l'a brûlée, elle comprend qu'il n'est pas celui qu'elle croyait : cet homme est le Mal.

« Tu es suspecte » signifie : « Là où on va te conduire, il faudra que tu prouves que tu ne sais rien. »

Aux autres, il lance un ordre :

– Emmenez-la !

Ils poussent alors le brancard, encore une fois, dans l'ambulance.

« Là où on va te conduire… » songe-t-elle – et, en son tréfonds, elle pense : « En enfer. »

– Ta vie dépendra de ce que tu diras.

S

2010

Si l'on m'avait demandé de témoigner, je dirais que le samedi 30 octobre, quand je suis sorti de la maison de bonne heure, j'ai cru laisser ma mère en parfaite santé. La veille au soir, quand je lui avais annoncé « Demain soir je vais à Las Flores, pour la remise d'un prix littéraire », elle s'était exclamée « Tu peux partir tranquille, ne t'inquiète de rien… – Non, mais sache que je ne reviendrai que très tard, lui avais-je répondu, sans oser lui avouer pourquoi je devais quitter la maison le lendemain à l'aube. – Que peut-il m'arriver, avec tous ces barreaux ? Et j'ai notre petite chienne », avait-elle ajouté en se fendant d'un sourire. Je suis sorti sans jeter un coup d'œil à la maison voisine, étrangement exalté, avec le sentiment d'aller enfin à la rencontre de mon père.

Dans le bus, en cette matinée splendide, tandis que je contemple la frange de pampa qui survit entre l'autoroute et le fleuve, je songe au garçon de treize ans qui, un jour de l'année 1930, a fait ce même trajet en train, avec dans sa poche une lettre lui notifiant qu'il a été sélectionné entre des milliers d'aspirants. Je songe aussi à ces samedis matin à l'ESMA, dans les années qui ont suivi, quand il ne pensait qu'à la garçonnière que quelques-uns de ses camarades et lui avaient louée à Belgrano, et aux virées nocturnes sur ce Paseo de Julio que la littérature m'a permis de reconstituer tel qu'il était à l'époque – j'imagine mon père comme un des marins décrits par Raúl González Tuñón, ou comme celui qu'Emma Zunz, ce personnage de Borges, écarta parce qu'il lui inspirait une trop grande tendresse. En pensant à Miki, j'éprouve un étrange orgueil : ce que mon père a été va enfin compter pour quelqu'un. Et je vais enfin pouvoir livrer mon propre secret.

Le bus me laisse en face du ministère de la Défense, à l'endroit où une bombe de la Marine a soufflé en 1955 un tramway plein d'enfants, je traverse la forêt de palmiers et d'offrandes populaires qu'est devenue la place de Mai, vestiges de la veillée funèbre de Néstor Kirchner que des employés soigneux ramassent sur ordre de la présidente, et j'ai l'impression que tout le pays n'est plus qu'un deuil. Je prends le métro, je feuillette le *Règlement maritime* et me remémore son appendice épouvantable sur les « services de renseignement ».

Bien entendu, je pense aussi à Diana qui, un matin de juillet 1977, avait suivi ce même chemin, en ambulance, à toute vitesse, les yeux bandés, et j'imagine un garçon quelconque qui, quarante ans après mon père, depuis le bus qui le conduit pour la première fois à l'ESMA, aurait pu voir passer cette ambulance sans pouvoir se douter qu'elle va au même endroit que lui.

En sortant du métro, en débouchant sur l'avenue, je comprends que *ce n'est pas là*. Comme si, après avoir traversé le monde en croyant avoir évité le cœur ardent de la terre, j'étais apparu, une fois de plus, non aux antipodes de l'endroit où je m'étais trouvé, mais n'importe où ailleurs. Je décide d'arrêter un taxi, et quand je monte je m'aperçois que je suis incapable d'indiquer ma destination. Je ne parviens pas à dire au chauffeur « Conduisez-moi à l'ESMA ». Les yeux fermés, je reconstitue en esprit le plan de Buenos Aires. « Au stade Defensores de Belgrano, s'il vous plaît », dis-je. Après une brève tentative de parler football, le chauffeur se lance sur le thème de l'insécurité.

Le taxi m'arrête à un coin du stade, un endroit désolé sous l'envers incliné des gradins déserts, au croisement de deux énormes avenues. De loin, je peux voir que l'ESMA n'est pas seulement un édifice – sorte de temple à quatre colonnes audessus desquelles se détache l'inscription : *École de mécanique de la Marine*, comme cette pancarte d'Auschwitz qui proclamait « *Arbeit macht frei* », mais aussi un parc arboré dans lequel s'élèvent hôtels, bâtiments, pavillons. Dans un des coins, devant une sorte de portail, j'aperçois Miki et ses étudiants : deux jeunes filles avec leur thermos de maté, un type âgé avec un pull péruvien, une femme qui a tout d'une ménagère en tenue de jogging, tous des gens modestes, diraiton, dont l'unique trait commun est une sorte de recueillement. Ému, je traverse, mais en embrassant Miki je comprends que je ne vais pas pouvoir partager avec lui l'allégresse qui me tient : il vient de perdre Kirchner, l'homme qui a fait don de cette propriété de la Marine aux familles des victimes.

– Nous allons attendre un peu l'arrivée de ma mère, qui voudrait vous accueillir, dit Miki.

Mais les étudiants, peut-être déjà un peu impatientés par mon retard, répondent du bout des lèvres.

Dans le silence général qui, en quelque sorte, semble m'exclure, je sens l'amplitude du vent, dont les rafales relèguent au second plan les bruits de la circulation incessante, les confondent et les déjouent.

À quelques pâtés de maisons de là, j'aperçois l'avenue General Paz, surélevée sur ses piliers. Comme la maisonnavire que m'a léguée mon père et où j'ai grandi, l'ESMA n'est qu'à quelques mètres de la limite de la ville.

Quand la sirène de l'ambulance qui la transporte se tait et que le véhicule ralentit pour franchir le portail, Diana entend-elle les voix des aspirants qui montent la garde, dehors, et la voix du gradé qui arrive pour leur crier l'ordre de laisser passer ? Et ce garçon en qui je vois mon père a-t-il entendu quelqu'un dire tout bas « Ce doit être un subversif », et quelqu'un d'autre ajouter avec dédain « Un subversif ? Pourquoi le conduirait-on ici ? ».

– Ma mère arrive, dit Miki en éteignant son téléphone portable, venez avec moi.

Une trentaine de mètres plus loin, nous entrons dans une sorte de grande guérite *(Ah ! la guérite du planton de la base sous-marine de Mar del Plata ! me dis-je, l'endroit de mon premier souvenir : la vague gigantesque qui s'abattait sur la station balnéaire, et, au sommet de la vague, une embarcation qui me faisait crier et pleurer, parce que je sentais que quelque chose de très néfaste était en train de se produire).* Il y a là un guichet où l'on nous demande de remplir un formulaire, avec nos coordonnées et les raisons de notre visite. J'improvise, et écris : « Poétiques », en sentant peser sur mes épaules, alors que je me penche en avant, le regard attentif du passé, dont je suis le fils prodigue.

Quand je retourne auprès de Miki, qui s'entretient chaleureusement avec une jeune fille aux longs cheveux noirs, en jeans, avec une chemise de sport, je les vois tourner la tête pour regarder approcher une voiture conduite par une femme, qui franchit le portail, avance maladroitement et freine par à-coups au milieu de l'allée. Miki n'a pas besoin de me dire que cette femme est sa mère et la directrice du musée, ni qu'elle a été *montonera* : ses jeans moulants, son énorme chevelure et les bottes dont les talons hauts s'enfoncent dans le gravier, ainsi que le toupet avec lequel elle laisse la voiture en plein milieu de l'allée sont une provocation. « Le planton va nous tirer dessus », me dis-je, en proie à cette même peur qui me fait changer de trottoir quand je passe devant un bâtiment officiel. Mais elle semble croire que ce sont maintenant les « disparus », les morts qui lui ouvrent le passage, et l'on se demande, en la voyant, qui pourrait l'arrêter.

Diana a-t-elle entendu, quand on l'a descendue de l'ambulance, les yeux toujours bandés, dans le fracas des ramures agitées par le vent, les cris des gardiens qui faisaient l'appel des arrivants et les alignaient dans la cour d'un bâtiment pour la cérémonie de l'adieu au monde ?

– Pardon de vous avoir fait attendre, dit Susana en entrant dans la guérite et en venant vers moi pour me tendre la main.

Elle ôte ses lunettes de soleil, et je découvre ses yeux, qui révèlent son âge et les larmes qu'elle doit verser depuis trois jours.

Les étudiants de Miki s'approchent, avec une impassibilité surprenante.

– Je sais que ma présence ici peut surprendre, et je ne veux surtout pas empiéter sur le travail remarquable que fait notre guide, dit Susana en montrant du regard la jeune femme en chemise de sport qui se tient près de Miki et qui, touchée, lui sourit. Mais je n'ai pas voulu laisser passer l'occasion de vous dire que nous nous sommes demandé si nous allions ouvrir aujourd'hui, jour de deuil national où tous nos drapeaux sont en berne. Mais nous avons pensé que la meilleure manière d'honorer la mémoire du grand homme qui nous a légué cette propriété, c'est d'exaucer son désir.

Le portable de Miki sonne, et il sort du poste de garde pour parler à l'ami qu'il attendait, l'autre coordinateur du programme d'enseignement qui est lui aussi en retard, comme s'il y avait dans leur horaire quelque chose d'intrinsèquement impraticable.

– Celles qui, comme nous, ont perdu des proches pendant la lutte, poursuit Susana, savent par quoi doit passer notre présidente, en ce moment.

Je pense à Hebe de Bonafini, aux Grands-Mères que j'ai vues, à la télévision, veiller devant le cercueil scellé de Néstor Kirchner, dans le palais du Gouvernement. Elles qui n'ont pu ni veiller ni enterrer leurs enfants ont dû veiller celui qui a été pour elles comme un fils. Quelque chose d'autre que la douleur, ou la douleur brute, sans masque ni étiquette, les ravage. Quelque chose qui m'exclut. Mais je suis très fier d'être pour la première fois parmi eux.

Diana a-t-elle entendu, après avoir reçu son numéro de détenue de l'ESMA, et pendant qu'on la montait jusqu'aux combles, en la portant, la voix autoritaire d'un gradé qui, en bas, dans la cour de l'École, faisait l'appel des aspirants et attribuait à chacun un numéro, comme si Diana et ces garçons devaient être couchés sur le même registre ?

Nous avons enfin gagné la rue et avancé jusqu'au coin où, sous un grand plan de l'ESMA peint sur une énorme pierre verticale, la guide, qui se présente et dit s'appeler Clara, nous enjoint, si nous devons aller aux toilettes ou prendre de l'eau pour le maté, de le faire maintenant, parce que trois longues heures de visite nous attendent.

Je suis son conseil, entre dans un ancien petit pavillon et cherche les urinoirs, sous un plafond abîmé, entre des débris de chaises et de pancartes amoncelés.

« Ce n'est pas de la négligence, m'apprendra-t-on ensuite, c'est le juge des crimes contre l'humanité qui a donné l'ordre de laisser certaines choses en l'état. » J'ai l'impression que tout ce que l'on touche, ici, est une histoire, et en même temps une preuve.

C'est seulement à ce moment-là que je pense à appeler ma mère, qui doit maintenant s'être réveillée et levée seule dans la maison déserte, en ce jour plus que jamais peuplé d'absences. Mais je ne le fais pas.

Dans une déclaration, je devrais dire que, comme nous l'a recommandé notre guide, j'ai laissé mon téléphone portable éteint pendant au moins trois heures.

– Il va falloir que vous m'excusiez moi aussi, dit Clara quand nous sommes tous arrivés devant le plan (je n'en vois guère, derrière sa chevelure noire, que de petites légendes qui indiquent ce que sont les édifices, des mots qui me relient à mon père). Et il va falloir m'aider, dit-elle au groupe qui la regarde, obéissant, en ce jour si particulier…

Peut-être parce qu'elle reprend ce qu'a dit Susana, comme si elle voulait l'imiter ou lui succéder, je ne peux m'empêcher de les comparer : Clara a peut-être la même tournure d'esprit que Susana, mais elle n'en a pas l'apparence, et il se pourrait qu'elle veuille imiter ce que Susana a un jour été. Le ton sur lequel elle s'adresse à nous m'évoque celui d'un professeur d'expression corporelle.

Comme elle est aussi jeune, si ce n'est plus jeune que moi, âgée de moins de trente ans, elle est aussi plus jeune que tout ce que l'on peut raconter sur cet endroit. Son lien avec l'histoire de l'ESMA dépend de sa sensibilité, pas de l'expérience.

De ces combles où on l'a laissée parmi d'autres détenus qui gémissent, ou pendant qu'elle essaie de distinguer les plaintes d'un captif que l'on vient d'emmener, Diana a-t-elle entendu les cris des gradés qui, en bas, dans la cour de l'École, dirigent les exercices de gymnastique que l'on inflige dès le premier jour aux aspirants, afin de modeler leur corps et de les rendre tous pareils et indistincts ?

Je suis d'emblée irrité, je crois bien, par le ton sur lequel la guide commence par dire que, dès la fin des années vingt, l'ESMA a été une institution éducative où les familles les plus humbles envoyaient leurs fils pour se construire un avenir – comme on dirait « Seigneur, pardonnez-leur, ils ne savent pas ce qu'ils font ».

Quoi qu'il en soit, je me demande : « Qui a bien pu *envoyer* là mon père ? » La légende familiale raconte qu'après une de ces bagarres féroces qui opposaient les mères célibataires et leurs enfants naturels, mon père avait disparu pendant des mois de La Plata, où il était un jour réapparu en uniforme de marin, et avait fait l'admiration de tous. De ce retour, il m'avait parlé avec une fierté qu'il ne pouvait déguiser. « À partir de ce jour, ma mère n'a plus jamais dû travailler », disait-il.

La guide dit aussi que ces familles humbles, une fois l'éducation de leurs enfants faite, devaient rétribuer l'État pour ses largesses éducationnelles. Mais qui avait payé les études de mon père ?

– Des questions ? demande tout à coup la guide.

Je pose la mienne :

– Savez-vous où dormaient les élèves dans les années trente ? (Il y a dans mon ton un désir, presque une supplique, de me faire bien voir d'elle, de m'attirer ses bonnes grâces.)

– Hum, je ne sais pas, répond-elle, comme si j'abusais en lui demandant une information qui exigerait une recherche trop exhaustive. Mais je peux me renseigner, tu n'as qu'à m'appeler.

C'est tout.

– Une autre question ? dit-elle en regardant les étudiants de Miki.

Je crains qu'il n'y ait un malentendu. Pourquoi dédaigner ainsi, ou refuser de considérer ce que je pourrais lui apporter ?

Mais, du côté des étudiants, c'est le silence.

– Rien d'autre ? N'oubliez pas ce que je vous ai dit, fait-elle en reprenant les devants. J'ai confiance en vous, je me consacre corps et âme à cet endroit. Mais aujourd'hui – sa voix chevrote –, aujourd'hui, je compte sur vous.

Elle nous tourne le dos et, comme si elle était la veuve de notre grand président qui vient de mourir, nous la suivons dans une longue allée parallèle à l'avenue, jusqu'à la Résidence des officiers, un pavillon par lequel sont passés en trois ans, a-t-on calculé, plus de cinq mille détenus.

Dans les combles, Diana a-t-elle entendu, après les gémissements étouffés du prisonnier qu'on a ramené sur son matelas, les bruits des grosses machines de l'atelier de l'ESMA, que les élèves doivent mettre en marche dès le premier jour de classe, comme pour découvrir le barrissement de tous les moteurs du monde ?

Nous avançons dans l'allée en regardant, de l'autre côté des grilles interminables, la circulation terrible sur l'avenue Libertador et, dans l'enceinte, à notre droite, les bâtiments de la Marine qui se suivent comme des navires à l'échouage : le quartier des sous-officiers – où mon père a peut-être dormi –, les grandes fenêtres des imposantes salles de classe, et nous arrivons devant les quatre colonnes d'un portique, dont la porte ouverte permet d'entrevoir la vaste salle qui abrite à présent le musée de la Mémoire.

(C'est ici, me dis-je, que Hans Langsdorff a dû monter sur une estrade pour adresser une harangue aux marins

parmi lesquels il entrevoit un instant le visage d'un jeune Indien qui, quelques jours plus tard, le portera, mort, dans un cercueil aux insignes du Reich. Le sauraient-ils déjà, l'un et l'autre ? Les deux étrangers se seraient-ils choisis, comme père et fils ?)

Tous les édifices de l'ancienne école sont maintenant consacrés à la mémoire. Mais tout n'est pour moi que rappel de ma grande solitude, et je ne cherche à me rapprocher de personne. On dirait d'ailleurs que chacun préserve un secret dans son silence. Je ne me fais pas d'illusions, nul autre que moi ne peut comprendre ce que je cherche, et encore heureux que je puisse rester seul pour mener jusqu'au bout la quête qui fera de moi quelqu'un d'autre.

Y a-t-il ailleurs, quelque part au monde, un camp de concentration qui ait été logé dans une école – et même pas abandonnée, mais *en pleine activité* ?

Où est donc passé Miki ? Brusquement, la seule idée d'entrer sans lui dans ce qui reste de l'enfer me noue l'estomac. Me punit-il d'avoir mis Clara en difficulté, en l'interrogeant ?

Maintenant, sous les combles, Diana tend pour la première fois l'oreille au silence de l'École. Les aspirants, à leur pupitre, viennent de se plonger dans la lecture du Règlement maritime*, des lois qui régissent leur séjour en ces lieux, lois qu'ils vont devoir incarner, jusqu'à ce qu'elles ne soient plus pour eux qu'une habitude, sans passé. C'est le prix à payer pour rester ici.*

Enfin, Miki reparaît, dans le fond, avec des biscuits, des bouteilles d'eau – ah ! sa bonté, son infinie gentillesse avec tous ceux qui veulent être ses amis –, en compagnie du collaborateur qu'il attendait et qui, d'évidence, est plus proche de lui que moi : un garçon blond et dodu, comme seul peut se permettre de l'être, me dis-je, un garçon riche et blond (et moi qui porte ces chaussures si habillées, pour la remise de prix de ce soir) ; mais ils approchent très lentement, tout à leur discussion, comme si notre visite était pour eux une routine – incomparablement moins intéressante que ce dont ils sont en train de parler –, un objet précieux dont ils se sont lassés et qu'ils cèdent à d'autres par générosité.

Quand Miki nous rejoint, nullement fâché contre moi, je m'adresse à lui, ému, comme si je voulais lui faire oublier le grincement entre Clara et moi, ou que je désirais l'entendre me dire « Pardon, ton père ne savait pas ce qu'il faisait ».

– Tu as entendu ? La guide a dit que tous les aspirants étaient issus de familles modestes…

– Sûrement pas ! fait son ami, dédaigneux, sans même me tendre la main. La Marine a toujours été très snob !

Perplexe, je me demande ce que ce fils de riche indemnisé dirait de ma grand-mère femme de chambre ou pute, et de l'enfant abandonné qu'a été mon père.

D'un autobus, quelqu'un crie vers nous : « Vive Menem, connards ! » et Miki réagit en empoignant le paquet. Comment, me dis-je, comment se peut-il qu'il réponde en faisant ce geste, lui qui doit tout aux femmes, à sa mère, à sa grand-mère ?

Les types qui entrent maintenant dans les combles annoncent à Diana que son tour est venu, ils la soulèvent, lui font descendre l'escalier, pendant que dans les classes les élèves s'appliquent à lire, sous la direction d'un professeur, peut-être Cavazzoni, l'appendice du Règlement maritime *qui les initie au monde du « renseignement », leur apprend avec quelle férocité il convient de traiter l'ennemi – même s'il s'agit d'une invalide en robe de chambre, même s'il s'agit d'une mère – pour préserver à jamais le secret, afin que nul ne puisse même songer à témoigner.*

Nous nous sommes arrêtés, et comme je suis un peu isolé dans ma perplexité, je n'entends pas immédiatement la voix de Clara. Elle s'est tournée vers nous et montre une chaîne qui barre un passage pavé et se termine devant un poste de garde fermé.

– Cette chaîne permettait de contrôler l'accès au camp de concentration, dit-elle. Ceux qui entraient dans le camp les yeux bandés entendaient les maillons tinter contre les pavés.

– Une chaîne d'amarrage, dis-je pour moi seul, mais tous m'entendent.

Surprise, défiante, cherchant peut-être un lien avec ma question précédente, Clara dit que c'est bien ça.

Je me rappelle mon enfance, les quais de La Plata où nous allions chercher mon père, à ses retours à terre. Mais ce n'est pas ce qui m'impressionne le plus.

« Une chaîne d'amarrage », répété-je comme si j'écrivais, parce que j'ai tellement écrit sur les marins, en les idéalisant, en les admirant, en me raccrochant à leurs confessions comme à autant de contrepoids au silence de mon père. Et je sais de quoi est fait le camp de l'ESMA : de la même matière que tous mes romans.

– Nous entrons maintenant dans le camp, dit la guide.

Nous entrons dans la face cachée de tous mes mots.

T

1977

« Ils m'ont ôté le bandeau, déclarera Diana devant le tribunal de La Plata, en 2005, dans le cadre des *Juicios por la Verdad.* J'étais dans une immense salle, entourée de gens, mais je ne pouvais distinguer les visages, à cause des projecteurs, ou plus exactement des réflecteurs braqués sur mes yeux » (et qui devaient l'aveugler, me dis-je, après tant de jours passés dans cet endroit où il n'y a as même la place pour un corps). Après avoir écouté durant des jours et des jours les bruits quotidiens de l'École, il lui semble, pendant un moment, être devant une classe, devant un groupe d'élèves attentifs à ce qu'ils vont apprendre d'elle, comme si elle était leur cobaye, leur matériel de travaux pratiques.

Au 9, chez les Bazán, le 20 août 1977. Par la petite porte qui relie les jardins derrière leurs maisons, Martín Aragón apparaît, et ma mère fond en larmes en le voyant. Mon père lui tape sur l'épaule, satisfait : nul innocent ne finit mal. Martín nous regarde, tous les trois, nous qui ne lui demandons rien, qui ne croyons même pas qu'il y ait quelque chose à savoir. Il nous regarde avec gratitude, certes, et même avec joie, mais aussi avec une stupéfaction qu'il ne m'avouera que trente ans plus tard, face à l'abîme d'où viennent l'innocence et la connaissance, la lâcheté et le courage de tout un chacun.

Le général Camps écrit dans un de ses livres que Diana a déclaré avoir été la secrétaire de Jaime Goldenberg, bien avant d'avoir terminé ses études de droit, qu'elle a été formée par lui dans sa spécialité, la constitution légale de sociétés, et que dans le cadre de cette formation elle a travaillé pour la Winston S.A., qui appartenait au beau-frère de M. Goldenberg, Elías Paley, et que c'est aussi à l'initiative de M. Goldenberg qu'elle a commencé, en 1973, à travailler pour les entreprises Graiver, toujours comme conseillère juridique dans sa spécialité.

A-t-on interrogé Diana, comme on a interrogé Jacobo Timerman, sur le passé communiste de Jaime Goldbenberg et sur ses anciens camarades, parmi lesquels figurait sans doute Elías Grossman ? L'a-t-on interrogée sur les liens de Goldenberg avec le sionisme ? Et, si elle a répondu qu'elle ne lui en connaissait aucun, aurait-on exigé, avec toujours plus d'insistance et de brutalité, qu'elle cesse de mentir, parce que, pour eux, sionisme, marxisme et subversion étaient pour ainsi dire synonymes ?

Au 9, chez les Bazán, le 1er septembre 1977. María Laura Grados revient, après avoir passé six mois enchaînée et enceinte au camp de concentration de La Cacha. Le 2 septembre 1977 : un télégramme de la Marine nationale déclare qu'Atilio Martínez est porté déserteur. Sa mère part en courant confirmer les soupçons d'autres mères de conscrits : c'est ainsi que les forces navales se lavent les mains de ces « disparitions ». Malheur au camarade qui, ce jour-là, à la base navale, a été témoin de son enlèvement et a osé en parler, dit le professeur de « renseignement », en commentant le Règlement maritime.

Camps écrit que Diana Kuperman a allégué, pendant ces interrogatoires, qu'elle « n'avait aucun lien amical avec ses collègues de l'EGASA », et qu'elle « a toujours été tenue à l'écart de leurs cercles » (je me dis qu'il y a quelque chose de curieux dans cette affirmation, une sorte de revendication de sa condition d'exclue, et ce pour des raisons que Camps laisse au lecteur le soin de comprendre par déduction, mais je ne m'y laisse pas prendre, pour ne pas tomber dans le piège du tortionnaire). Diana déclare qu'il est vrai que certaines choses l'intriguaient, mais qu'à l'EGASA on répétait comme une maxime que la main droite n'est pas tenue de savoir ce que fait la main gauche. Diana déclare encore que son travail a toujours été très difficile, en raison du nombre d'entreprises que l'on créait du jour au lendemain, mais qu'elle s'était toujours abstenue de tout commentaire « pour ne pas heurter les susceptibilités » ; qu'à partir de 1975, quand les Graiver « ont déménagé » à New York – un euphémisme, certes, mais des plus sarcastiques –, en laissant Jaime Goldenberg virtuellement responsable d'EGASA Argentine, Diana a, de surcroît, fait partie de bon nombre de ses entreprises en tant que « syndic », ou même « présidente », mais seulement comme « prête-nom » ; qu'un jour, par exemple, elle a été chargée d'examiner la loi 19.399 pour analyser la participation d'une entreprise dans une autre, et qu'elle avait ensuite appris qu'il s'agissait de Papel Prensa, et que les Graiver avaient fini par lui signer, à elle, un pouvoir pour les représenter dans cette entreprise.

Au 5, chez les Colombres, appartement B, rez-de-chaussée, janvier 1978. L'un des enfants du couple, leur fils qui vit dans la clandestinité depuis deux ans, traverse le pâté de maisons et arrive en sautant par-dessus les clô-

tures, ces murets à cause desquels ses parents ont peut-être choisi cet appartement.

« Et ton amie ? » lui demandent-ils. Son silence, son regard perdu révèlent qu'il sait quelque chose que ses parents n'apprendront que des années plus tard : que la jeune femme a été aperçue en ville, défigurée par les coups, dans une voiture de patrouille qui suit ses indications pour arrêter ses camarades.

« Et ta petite ?

– Ils l'ont donnée à une famille, répond-il. Il faut la retrouver. Cherchez-la.

– Et toi ? lui demandent-ils, effrayés par son isolement, abandonné comme il l'est même par les chefs du parti.

– Moi, je tue des militaires, dit-il, que me reste-t-il d'autre à faire ? Quand j'en vois un dans la rue, je le tue. »

D'après Camps, Diana a déclaré qu'après la mort de David Graiver, qui dirigeait les entreprises avec beaucoup de poigne, elle a senti venir le désastre – parce que nul ne savait exactement quels mouvements de fonds cet allumé avait bien pu opérer – et que, quand Goldenberg avait donné sa démission, elle avait décidé d'en faire autant, peu de temps avant d'être victime, avec Goldenberg qui était assis à côté d'elle, à l'avant, d'un accident de voiture aux environs de La Plata.

Lui a-t-on aussi demandé à quel genre de « désastre », concrètement, elle s'attendait, ce qu'elle faisait sur cette route, à pareille heure, et quelques précisions sur l'« accident », entre autres de dire qui, à son avis, en étaient les responsables ?

Au 2, chez les Cavazzoni, en juin 1978, une escouade de conscrits peint toute la maison aux couleurs du drapeau argentin, en blanc et bleu ciel. On fête un triomphe : notre équipe a remporté la Coupe du monde de football. En voyant mon père regarder du trottoir d'en face la progression des travaux, Cavazzoni traverse et lui offre de mettre à sa disposition un conscrit et une voiture pour m'emmener au collège, et même assurer notre sécurité, quand mon père lui fait part de ses soupçons sur le docteur Colombres : « Il a voulu m'emboutir, ce type, j'en suis sûr. » Mais nous n'acceptons pas son offre.

Camps écrit encore qu'au cours de ses interrogatoires Diana n'a rien dit de plus sur ce qu'elle savait. Mais comment leur a-t-elle fait admettre qu'elle n'en savait pas davantage ?

Lui aurait-il demandé, pour la tirer de sa perplexité, si elle avait rencontré un certain Peñaloza, qui venait souvent voir Graiver à son bureau, où il était reçu sans rendez-vous, et surtout un autre homme, surnommé Topo ?

Les tortionnaires n'avaient-ils pas trouvé suspect, dans cette salle d'interrogatoire de l'ESMA, l'effroi avec lequel elle s'interrompait en sentant qu'elle tenait enfin son homme de l'ombre, celui qui l'avait accusée ; que c'était là le nom de l'homme – étranger à l'entreprise – à qui elle devait son calvaire, ce Topo auquel elle n'allait plus cesser de penser, en balançant entre la compassion et la haine ?

C'est à partir de là que sa véritable déclaration a commencé. Celle que nous ne pouvons imaginer. Celle qui devait leur démontrer qu'elle ne savait rien. Celle qui a été et demeure aussi pour nous un endroit où il n'y a pas même la place pour un corps.

Au 29, chez les Kuperman, le 18 juin 1978. Mme Felisa, après de longues conversations avec ses filles, criblée de dettes, décide de vendre le chalet.

Il ne faut plus tergiverser, si douloureux que ce soit, un jeune médecin, dénommé Chagas, leur a fait une offre. Ce n'est pas beaucoup, mais c'est suffisant pour qu'elles puissent, toutes les trois, aller s'installer ailleurs, tâcher d'oublier, « se mettre des œillères ».

Pour que Diana puisse insensiblement revenir à la vie, se remettre au travail, sans ces voisins qui lui rappellent ce qu'elle fut et ce qu'elle a perdu, sans ces voisins qui oublient ce dont ils sont capables.

Camps dit aussi que Diana Kuperman a été reconnue exempte de faute et de toute responsabilité.

U

2010

Nous contournons la Résidence des officiers, pour entrer par-derrière. C'est un édifice imposant, toutefois plus petit que celui aux quatre colonnes, mais qui a une réputation aussi épouvantable qu'incommensurable, comme si entre l'horreur et ses traces il y avait la même disproportion qu'entre les lieux où nous avons passé notre enfance et le souvenir que nous en gardons. Les eucalyptus qui l'entourent ont poussé en ignorant toute décrépitude, et frôlent les combles – les fameux combles – de leurs branches languides.

Nous avançons en silence. Les autres, devant moi, sont divisés en deux groupes : les étudiants et les professeurs. À Miki et à son collègue est allée se joindre notre jeune guide qui, pour leur plaire, tourne en ridicule Hebe de Bonafini – comme si la complicité dans la plaisanterie pouvait lui permettre d'établir un lien aussi fort que celui qui unit les deux hommes. Quand elle abandonne son ton de maîtresse d'école, c'est pour adopter celui de la fouine, qui est déplacé.

Je marche seul, tout à la perplexité de découvrir cet édifice que mon père n'a jamais vu parce que, diplômé, il avait quitté l'École avant la construction de la Résidence. Il n'a jamais vu les prisonniers que l'on conduisait ici de nuit, les yeux bandés.

L'arrestation de Topo a probablement eu lieu en septembre 1976. On l'a torturé pendant trois jours sans tirer de lui la moindre information sur la gestion des finances des Montoneros, *dont il était l'un des responsables. Puis on a fini par lui dire, selon la méthode éprouvée : « Écoute, mec, on a deux petites choses à t'apprendre. La première, c'est que nous sommes arrivés à la conclusion que tu es un grand ponte. La seconde, c'est que là, de l'autre côté de cette cloison, nous avons amené ta fille, pour voir si elle réussit à te convaincre. » La petite, qui a cinq ans, éclate alors en sanglots pour qu'il ne puisse douter que c'est bien elle qui est là. « Très bien, font-ils quand Topo signifie enfin, d'un geste convenu, qu'il est prêt à parler. Et souviens-toi qu'elle pleurera d'autant moins que tu nous en diras davantage. »*

Derrière la Résidence des officiers nous attend une curieuse esplanade ou un patio carré fermé de trois côtés par les ailes de l'édifice en forme de U. Distraits, un peu soulagés de faire halte, les étudiants se dispersent, se regroupent, se mettent à bavarder, se partagent le maté. J'essaie de m'approcher de Miki et de son ami, qui continuent de parler sur le ton de conspirateurs auquel les a menés leur conversation avec la jeune femme qui nous guide. Quelques coups de sifflet qui se suivent nous font comprendre qu'elle nous attend depuis un moment au pied d'un mât sans drapeau, en nous décochant des regards d'exaspération dignes d'un saint Sébastien qui guetterait les flèches prêtes à le transpercer. « Je patienterai jusqu'à ce que vous compreniez que je ne suis pas une de ces femmes qui donnent des ordres, semble-t-elle dire. Jusqu'à ce que tout le monde comprenne qu'en dépit de ce soleil il n'y a rien de plus important que de connaître l'enfer. »

– Nous avons choisi de vous faire entrer par ce côté et non par la grande porte de devant, dit-elle (avec toute la majesté du « nous », qui évoque une organisation), pour suivre l'itinéraire des prisonniers que l'on amenait ici dans des coffres de voiture, menottés et les yeux bandés, et que l'on soumettait immédiatement à la torture, de l'autre côté de ces petites fenêtres que vous voyez ici, au ras du sol.

Ils disent à Topo, suspendu dans l'abîme du soudain silence de sa fille « Nous savons que tu as participé à la réunion organisée dans la bicoque du syndicat où a été préparé l'enlèvement des frères Born ». « Des noms », exigent-ils. « Des noms » !

Une image de mon enfance me revient en mémoire : la « Grotte de Lourdes » de Mar del Plata, un retable mécanique qui représente des scènes de l'histoire sainte, que l'on peut mettre en mouvement avec un jeton acheté aux religieuses. « Introduisez un jeton pour voir l'Ascension de Notre Seigneur. »

En descendant dans le souterrain par un petit escalier semblable à celui qui, dans la Grotte, menait à l'ermitage aux ex-voto, le guide nous entasse dans un réduit latéral dont je me demande à quoi il pouvait bien servir, pour finalement nous expliquer qu'il y avait là les premières marches d'un escalier qui conduit du souterrain aux étages supérieurs, muré avant la visite de la Commission des droits de l'homme de l'OEA, l'Organisation des États américains, pour empêcher que puissent être confirmés les témoignages des survivants.

Tandis que nous nous déplaçons comme des figurines animées d'un retable mécanique, en jouant le rôle des disparus, notre guide reprend la parole :

– Nous suivons à présent ce que les militaires (parodiant l'inspiration qui avait conduit à donner aux allées intra-muros de l'ESMA des noms comme « Avenue des mûriers » ou « Avenue des tipuanas »), appelaient l'« Avenue du bonheur » : le couloir qui traversait les salles de torture.

Comme moi, les étudiants avancent avec une certaine défiance, et je m'estime heureux de ne pas devoir, comme eux, écouter impérativement notre guide, en m'accordant la latitude de ne rien imaginer du tout (de fait, me dis-je, Diana n'est pas passée par ce souterrain). Mais les étudiants, en s'arrêtant ici et là, me font découvrir de petites pancartes, accrochées en haut des piliers, qui rappellent la fonction de chaque pièce, et que je ne peux m'empêcher de lire. Il y a là les deux salles de torture où ont probablement été conduits le dénommé Topo et sa fille, un peu plus loin l'infirmerie – où un médecin s'assurait que le prisonnier pouvait encore être torturé ou lui faisait une piqûre de *pentonaval*, qui l'endormait, après quoi on l'embarquait dans un avion d'où on le jetait à la mer. Dans le fond, il y a *la Huevera*[1], où l'on s'occupait de la propagande – et je me rappelle l'image des religieuses françaises Léonie Duquet et Alice Domon, photographiées là devant une grande bannière des *Montoneros*, photo que j'ai tant de fois longuement regardée, pour tâcher de deviner dans leurs regards... quoi donc ? L'au-delà de l'horreur, l'endroit où il n'y a pas même la place pour un corps, où il n'y a plus ni loi ni espérance, ce que les militaires confondent avec le surnaturel.

1. Littéralement « boîte à œufs ». Les murs de cette pièce étaient recouverts de boîtes à œufs pour l'insonoriser.

– Quelqu'un a-t-il une question à poser ? demande notre guide, apparemment satisfaite par l'impression que le parcours nous a faite.

Les étudiants se regroupent autour d'elle, mais évitent son regard et aucun n'ouvre la bouche. Elle sourit.

– Vous ne me facilitez pas les choses, on dirait ? fait-elle.

Que voudrait-elle de plus, qui lui faciliterait les choses ? Pourquoi feint-elle d'ignorer que nous tous qui sommes là avons déjà une connaissance de cette époque, et des idées sur ce que nous en savons ? Les étudiants semblent vouloir profiter de son aveuglement et se soustraire autant qu'ils le peuvent à son regard scrutateur. Pour quelle raison ? Ne pas perdre quelques points en telle ou telle matière ?

– Très bien, fait-elle, résignée, avec un sourire de sainte sur le bûcher de l'incompréhension. Nous allons sortir par la porte derrière laquelle les camions attendaient pour conduire les prisonniers endormis aux avions d'où on les jetait à la mer, poursuit-elle avec l'intonation de quelqu'un que nous aurions déçu. Nous rentrerons ensuite de nouveau dans le bâtiment.

« S'il vous plaît ! » lance un autre guide dans le vestibule de l'entrée de la Résidence, à l'adresse du groupe de touristes qui lui fait face, de grands Nord-Américains sensibles avec des têtes de circonstance qui, me dis-je, conviendraient beaucoup mieux que nous à notre guide. L'homme montre une immense salle à laquelle on accède par deux marches de la largeur du vestibule. Dans ce salon d'honneur se tenait pendant la Répression le quartier général des « groupes d'intervention ». C'est là qu'étaient évaluées les informations obtenues à l'étage inférieur, sous la torture ; là que l'on décidait des enlèvements et des séquestrations, et où l'on procédait à certains interrogatoires importants auxquels devaient assister un grand nombre de marins, et je comprends, bien sûr, que là s'est aussi déroulé celui de Diana Kuperman.

Avec une réserve qui signifie : « Je ne voudrais pas concurrencer mon collègue, mais ce que j'ai à vous dire, moi, n'est destiné qu'aux Argentins, pas à ces benêts de Yankees », notre guide dit tout bas :

– Regardez ce corridor, derrière nous. Nous ne pouvons l'emprunter, parce qu'on y effectue des travaux de réfection, mais il conduit aux appartements du directeur de l'ESMA. C'est là, imaginez-vous, qu'en pleine Répression il venait passer les fins de semaine avec toute sa famille. Et de la fenêtre d'une des chambres, une camarade d'école d'une de ses filles a vu, un soir, comment on faisait sortir une femme en sang du coffre d'une voiture. C'est une des plus importantes dénonciations de l'histoire de notre lutte.

(Je me rappelle l'École navale de Río Santiago, où Giavedonni, un petit copain de l'école primaire, fils du directeur, nous avait invités, quelques garçons et moi, à fêter son anniversaire. Je me rappelle la terreur qui s'était emparée de moi quand j'avais fait tomber, pendant que nous jouions, un modèle réduit de voiture de collection ; et je me rappelle que je n'ai rien mangé, de peur de ne pas savoir me servir des nombreux couverts, malgré Mme Giavedonni qui, désespérée, me priait de prendre au moins un peu d'eau.)

– Et maintenant, dit notre guide en montrant l'énorme et luxueux escalier, qu'elle nous invite à monter, regardez ces marches avec attention, et vous remarquerez leurs bords cassés, comme rongés, preuves irréfutables de la descente aux enfers, parce que ce sont les chaînes des prisonniers qui les ont laissées.

Ils disent aussi à Topo : « Nous savons que tu es allé à la prison du village où les frères Born ont passé des mois pendant que leurs entreprises réunissaient les soixante millions de dollars de la rançon. Nous savons que toi et quelques autres avez discuté avec eux les modalités de remise de l'argent, alors, maintenant, nous voulons des noms ! – Des noms ! » exigent-ils.

– Ici étaient logés les autres officiers de marine, dit notre guide quand nous arrivons au premier étage, en montrant les portes des chambres, l'élégance virile et désuète des lits, des commodes, et le parquet *(Ah, les cabines du* Islas Orcadas *qui a sombré, en flammes, avec son capitaine De la Cruz !).* Ou, plus exactement, ils *voulaient* vivre ici, poursuit-elle, mais comment l'auraient-ils pu, si près de cet escalier par où montaient et descendaient continuellement des prisonniers en sang ? Trouvez-vous vraisemblable, je vous le demande, qu'ils n'aient *rien* vu ?

Il paraît que l'un des officiers aurait déclaré, pendant les derniers *Juicios por la Verdad*, que ni lui ni les autres ne savaient rien de ce qui se passait à la Résidence. Mais, me dis-je, peut-on s'attendre à ce qu'ils déclarent autre chose ?

– Ils prétendent qu'ils ne faisaient rien d'autre qu'enseigner à l'école, en face, reprend Clara, sur son ton complice. Mais leurs élèves (et je sens alors mon estomac se nouer, redoutant qu'elle dise ce que je préférerais ne pas entendre) étaient parfois invités par l'un ou l'autre de ces enseignants à passer une nuit ici pour monter la garde devant la cellule des prisonniers. Et pourquoi croyez-vous qu'ils agissaient ainsi, à votre avis ?

J'imagine l'affaire, et je dois reconnaître que Clara a employé le mot juste : *invités*. Il ne s'agissait pas d'un ordre mais d'une invitation. Autrement dit, on leur accordait une faveur. On les invitait, comme on avait invité mon père, ce soir-là, à défoncer à coups de pied la porte des Kuperman.

Personne ne dit rien. Elle réattaque.

– Ah ! Que se passe-t-il ? Je ne suis pas à la hauteur ?

Mais la question, cette fois, est trop insistante, et les étudiants n'ont pas d'autre choix pour dissimuler leur désaccord que de prendre la parole. Un type d'une soixantaine d'années lui sert un lieu commun pour ne pas la contrarier :

– Pour impliquer tout le monde, ne laisser personne suffisamment innocent pour pouvoir témoigner.

Clara approuve, contente d'avoir enfin son os à ronger. Mais je commence à deviner autre chose.

– Pour sceller un pacte de silence… dit un adolescent.

– Bien, dit notre guide, approuvant sans aucune emphase. Et pourquoi d'autre, dites-moi ?

Tous ces gens, autour de moi, j'en suis sûr, ne peuvent plus la sentir, mais certains donnent quelques réponses, comme s'ils cherchaient encore à arranger les choses.

– Parce qu'ils croyaient bien faire, essayé-je de dire, mais ma voix ne porte pas.

Et, songeant un instant que je cherche à justifier mon père, horrifié, je me corrige :

– Ils croyaient bien faire, répété-je, et c'est le plus terrible.

Ils poussent Topo dans ses derniers retranchements : « Nous savons que tu as accompagné à l'aéroport d'Ezeiza la commission de Montoneros *qui est allée déposer le butin en Suisse ! » et exigent de lui : « Des noms ! Donne-nous leurs noms ! » Et peu après : « Encore heureux que tu aies mentionné ce Peñaloza, qui vient de nous claquer entre les doigts. Il t'aimait comme un père, et il a fait de toi son successeur. Mais ses héritiers c'est nous, tu sais ? »*

Nous arrivons, en dernier lieu, dans les combles où, de chaque côté de l'allée centrale, les prisonniers passaient leurs jours et leurs nuits couchés par terre, enchaînés, les yeux bandés, séparés les uns des autres par des cloisons de bois à mi-hauteur, nous explique Clara avant de nous faire entrer. Mon esprit, comme ensorcelé par les bruits du vent et des branches qui frappent les ardoises du toit, se perd dans le dédale du temps. Ah, l'École navale d'Ensenada, où Massera a fait ses études !

– Pendant que vous faites le tour, poursuit-elle, prêtez une attention particulière, là, dans le fond, à ce coin assez spacieux, sous l'unique lucarne. C'est là que pendant un an a été détenue la Gaby, oh ! pardon, s'interrompt-elle ostensiblement (comme si, un instant, elle avait oublié que nous ne sommes pas, comme elle, des militants), je voulais dire : Norma Arrostito, une des plus célèbres *Montoneras*, qui a participé à l'enlèvement et à l'exécution du général Aramburu [1], et notez bien, souligne-t-elle, que j'emploie le mot *exécution*.

Un long silence déconcerté suit. Tous sont muets, gênés, visiblement peu enclins à la suivre dans cette direction, comme si cette fois Clara était allée trop loin. Le mécanisme qui anime les petites marionnettes du retable mécanique est-il arrivé en bout de course ? Est-ce là son couronnement ? Qu'advient-il de quelqu'un comme elle, pour qui un tel parcours deviendrait une habitude ?

– On dit que Rúben Jacinto Chamorro, alors directeur de l'ESMA, venait la voir et s'était tellement attaché à elle qu'un jour quelques officiers supérieurs ont profité d'un de ses départs en vacances pour la tuer.

1. Il dirigea l'Argentine de 1955 à 1958 après avoir renversé Perón et fut assassiné par les *Montoneros* en 1970.

Je suis sur le point d'éclater. Oh, non, il n'en est pas allé ainsi. Je viens de lire dans la revue *Veintitrés* – celle qui a publié la liste des informateurs de la Marine – une biographie de Norma Arrostito. Donnée pour morte à la une de tous les journaux le jour de son arrestation, elle a été exhibée pendant des années par le directeur de l'ESMA et d'autres militaires comme un trophée, un trophée auquel Chamorro s'est tellement attaché, c'est vrai, que, profitant d'un de ses jours de congé, son adjoint a fait à la jeune femme une piqûre de *pentonaval.* Chamorro est revenu à temps pour empêcher qu'on ne l'embarque, endormie, dans un « avion de la mort » et que l'on n'aille la larguer en mer. Mais Norma Arrostito est pourtant morte, au moment où on la sortait de l'ambulance sur le parking des urgences de l'Hôpital naval – qui était aux yeux de mon père le meilleur hôpital de la terre.

Excédé, je sors, et trouve dehors Miki et son ami, qui parlent tristement devant un petit escalier qui conduit au point le plus haut du bâtiment, cette autre zone de torture que l'on appelle *Capuchita.*

Je m'apprête à leur avouer que je ne supporte plus cette fille, mais de peur de les offenser je vais chercher refuge, pour ainsi dire sans le vouloir, dans une petite pièce désolée, sur le côté.

– Tiens, dit l'ami de Miki, qui jusqu'alors semblait avoir ignoré ma présence, c'est là que sont nés les députés Juan Cabandié et Victoria Donda.

Peut-être parce que je n'attendais rien de semblable de sa part, ce qu'il dit m'atteint.

Cette phrase m'impressionne plus que tout ce que j'ai entendu de la part de notre guide. On dirait que j'ai reçu dans l'estomac un direct du réel, de l'horreur, que je peux à peine encaisser.

Topo finit par déclarer qu'il allait tous les matins chercher une valise pleine de dollars que lui remettait un homme. Toujours au même endroit. « Des noms ! lui disent-ils. Des noms ! » Comme les Graiver et leurs proches n'étaient pas des militants, et n'avaient donc pas de pseudonyme, je présume qu'il n'a aucun mal à donner celui de Jaime Goldenberg.

Je sens que je ne vais pas tenir le coup si je continue de suivre le guide, si je ne prends pas mon propre chemin, en respirant librement, si je ne trouve pas refuge en moi-même, dans mes cachettes. Pourquoi m'en priverais-je ? Ne suis-je pas écrivain ? L'invité de la directrice du musée ? Le professeur de Miki ?

Sans regarder où je mets les pieds, pour ne pas voir le bord usé des marches, comme Nosferatu gagne la mansarde de sa dernière victime, je monte un escalier raide et étroit.

Je dois m'en tenir à ce que j'ai cru un jour. Trouver un lien avec cet endroit où ont été torturées trois des fondatrices du groupe des Mères, celles qui ne s'étaient pas donné pour objectif de changer le monde et qui ont vu le monde faire irruption chez elles, pour les conduire aussitôt dans son cœur de ténèbres.

Du sous-sol aux combles, de l'ombre à la lumière, du froid à la chaleur, dans quel ordre suis-je ? Celui de l'univers clos de la Divine Comédie *? Celui conçu par Massera, dont il serait le dieu, le Dieu Zéro ? Un ordre qui serait la réplique fidèle d'un esprit pervers ?*

La *Capuchita*, le « Capuchon », est une mansarde de petites dimensions – dix mètres sur dix – qui, pendant la dictature, comme l'indique un panneau accroché en haut d'un pilier, était divisée en plusieurs salles de torture. Je regarde le plan de l'endroit et, à côté, une coupure de presse extraite de *Página / 12*, qui révèle que quelqu'un a laissé, gravé dans le mur, un message qui vient à peine d'être découvert. Ce qui m'impressionne, c'est que l'endroit est plus lumineux que toutes les autres salles que j'ai traversées, comme s'il avait réussi, en quelque sorte, à émerger de l'horreur. Mais il n'y a pas une seule fenêtre ouverte, et c'est aussi la pièce la plus chaude et la plus étouffante de toutes. Je découvre l'endroit où le détenu a écrit son message, un peu caché derrière une colonne, et je me dirige machinalement vers deux ventilateurs destinés à accélérer le séchage du mur décrépi où un type, tassé sur lui-même et accroupi, injecte un liquide autour d'une petite inscription illisible.

Un Indien, un vieux, un nègre, *mon père*, me dis-je, absurdement. Mais malgré la frénésie des pales des ventilateurs, l'odeur du produit me suffoque.

Je n'arrive pas à lire ce qu'a écrit le mort. « Ici, il n'y a pas même la place pour un corps », imaginé-je.

Je suis sur le point de demander à l'ouvrier si c'est bien ce qui est écrit là, mais un étourdissement soudain m'inquiète, et je m'éclipse.

1977. Sur l'injonction d'un des officiers instructeurs spécialistes du renseignement, un élève de l'ESMA pénètre dans la Résidence en plein milieu de la nuit et suit les instructions qui consistent à monter Diana à la Capuchita, *et à la laisser dans une cellule sous sa surveillance. Bien qu'elle ait les yeux bandés, Diana a senti son corps de jeune homme, ses hésitations, la perplexité dans laquelle le plonge sa découverte du cœur ténébreux de la vie, et elle est tentée de lui demander quelque chose, peut-être simplement de lui dire si, à la suite de son interrogatoire, on ne va pas lui laisser la vie sauve. Mais aussitôt qu'il l'a déposée sur un nouveau matelas, elle s'y refuse. Qu'est-elle pour lui ? Quelque chose de moins qu'humain. Et lui est pour elle inhumain. L'humanité est le prix qu'elle doit payer, si elle veut vivre.*

Au moment où je vais redescendre l'escalier raide et étroit, je m'aperçois que les motifs des marches métalliques sont en forme d'épis – comme ceux des échelons de la passerelle par laquelle mon père descendait de son bateau – et je finis par comprendre ce qui me tourmente.

Qui fabriquait les chaînes ? Qui nettoyait le sang dans les endroits comme celui-ci ? Qui ramassait les gamelles ? Qui fabriquait les gégènes ? Massera, Chamorro, Acosta – cet autre officier supérieur surnommé « El Tigro » –, et les élégants officiers qui dormaient dans cet édifice ?

Non, pour cela, ils engageaient des gens ordinaires, comme mon père. C'est pour cela qu'ils leur apprenaient la mécanique. Car le temps des bateaux est révolu.

C'est avec les connaissances acquises dans cette école que mon père a construit la maison qui est désormais la mienne, et que des hommes comme lui ont construit le camp de concentration que je découvre.

Si l'on m'avait enlevé, on ne m'aurait pas conduit à la *Pecera*, l'Aquarium, où l'on mettait les militants riches et cultivés qui traduisaient du français des documents à l'intention de Massera, oh, non. On m'aurait montré comment fabriquer ces petites choses que j'ai appris à reproduire chez moi, en regardant faire mon père.

Je sens, derrière moi, que notre guide vient d'entrer dans la mansarde.

Qu'elle a découvert en moi un rebelle, qu'elle va me dénoncer comme tel à tous les autres.

Je me dirige vers le premier coin venu.

Je vomis.

Rêve

V

2010

Pendant que Miki me conduit en voiture de l'ESMA au Retiro, je ne peux dissimuler ma colère, et m'en sens coupable. Je l'ai remercié pour la visite, ce qui m'a conduit à me déboutonner et à lui dire ce que j'ai sur le cœur.

– Non, mais tu as entendu ce qu'a dit cette fille qui nous guidait, lui demandé-je, ou tu étais ailleurs ?

Miki ne répond pas, apparemment distrait par la circulation, difficile à cette heure.

– Elle a déclaré comme ça, avec son sourire qui cherche la complicité : « Les *Montoneros* ont exécuté Aramburu, et notez bien que j'emploie le mot *exécuté* », pour souligner qu'elle ne voulait pas dire qu'ils l'ont *assassiné*, mais qu'ils ont fait justice.

Miki ne dit rien, tout à la conduite de son véhicule, dans le tunnel de l'avenue Libertador, parce que dans moins de vingt minutes il faut que je prenne l'autobus de Las Flores. Peut-être Miki est-il trop triste pour affronter un monde sans Kirchner, ou peut-être répugne-t-il à pousser avec moi cette porte derrière laquelle il a relégué la douleur de la mort de son père et de ses oncles.

– Comment peut-on, dans cet endroit où l'on donnait la mort, se permettre d'ironiser sur quelque mort que ce soit ?

L'horreur de tuer, de devoir tuer… L'horreur qui distinguerait le révolutionnaire du pervers… Qui autorise l'un et l'autre à tuer ? Et n'importe qui d'autre, où que ce soit sur terre. Qui peut être assez crétin pour prendre cette horreur à la légère ?

J'éprouve un véritable malaise, j'ai peur d'avoir blessé Miki, d'avoir surestimé sa capacité de faire face à des idées gênantes, d'avoir retourné le couteau dans la plaie. Et c'est exactement ce que j'ai voulu, j'en ai peur.

– La vérité, Miki, c'est que je ne peux pas comprendre la lutte armée, avoué-je. Je veux dire, je peux la comprendre théoriquement, j'admets l'hypothèse qui veut que la violence au sommet engendre la violence des masses, et même l'idée qu'il faut prendre l'Histoire à bras-le-corps… Mais je ne peux l'assumer, tu comprends ?

Miki opine vaguement, même si, peut-être, comme dans le texte qu'il a un jour écrit alors qu'il était mon élève, il imagine encore son père en instructeur des *Montoneros* pour le maniement des armes « avec une grenade à la ceinture et un sourire aux lèvres ».

– La présidente en personne a dit l'autre jour quelque chose à ce sujet…

– Qu'a-t-elle dit ? demande Miki, véritablement intéressé (je le sais, il nourrit dans le fond quelques doutes à l'égard de notre présidente, comme à l'égard de son propre père, d'ailleurs, ce qu'il n'avouerait jamais à personne, et surtout pas à moi ; mais je sais aussi que je ne vais pas pouvoir aller plus loin et, de toute façon, nous sommes arrivés à la gare routière de Retiro).

Je remercie Miki en lui adressant une sorte de plaisanterie :

– Tout cela figurera dans mon prochain roman.

Il me regarde en souriant, profondément blessé, me semble-t-il, ou peut-être pas… Ces suppositions pourraient n'être que des délires tissés par la culpabilité.

Mais je suis sûr d'une chose : nous nous quittons pour toujours.

Pourquoi suis-je venu ici ? me dis-je en courant vers le quai d'où part mon autobus, entre des tas de gens qui vivent dans le bidonville Villa 31, auquel notre présidente a donné le nom de « Père Carlos Mujica », en hommage au curé qui a « pris le parti des pauvres » et l'a payé de sa vie. C'est sur cette étendue de taudis enclavés derrière la gare routière, non loin des palaces de la Recoleta, et à quelques pâtés de maisons du palais du Gouvernement, que la société fait peser la responsabilité de la délinquance urbaine, de l'« insécurité ».

Le fait de m'être rendu ici, à l'épicentre de la terreur argentine, est-il un signe ?

Je me rappelle alors qu'il est temps de rallumer mon téléphone portable. J'y trouve sept appels de ma mère, alors qu'elle veille toujours à ne pas m'appeler pour ne pas m'effrayer. Alors qu'elle a de la peine à composer tous les chiffres du numéro.

Elle m'a appelé sept fois.

Et si ce n'était pas elle ? Si quelqu'un s'était servi de son téléphone ?

J'appelle, une fois, deux fois. Comme elle n'a pas de répondeur automatique, c'est mon téléphone qui coupe la communication. Je préfère supposer qu'elle n'a pas entendu. J'appelle encore trois fois. Jusqu'à ce que, comme toujours, je me mette à redouter le pire. Elle finit par répondre et me dit qu'elle était inquiète, qu'elle a eu un *pressentiment*…

Avant qu'elle n'aille plus loin, à la fois rassuré et furieux, je lui demande instamment de me dire s'il y a eu un problème *concret* – et je suis sur le point de lui dire que je suis allé à l'ESMA, et que ce que j'ai vécu là-bas m'a littéralement terrassé. Mais comment pourrait-elle entendre ça sans perdre les pédales ? Mise au pied du mur, égarée, elle invente qu'il y avait quelque chose qui n'allait pas avec le chauffe-eau.

– Mais comment peux-tu être égoïste et mesquine au point de me tourmenter avec des inepties pareilles ? Calme-toi, un peu de patience, j'arriverai après minuit. Prends un clonazépam, et couche-toi…

Je monte dans le bus de Las Flores, inquiet. Je sens, au fond de moi, que ma mère avait des raisons d'avoir peur, des raisons dont elle n'a pas voulu me parler. Du moins au téléphone.

À une place du côté de la fenêtre est assise Lila Girondo, un écrivain qui a déjà été avec moi juré du prix de la Nouvelle de Las Flores. Elle s'est élégamment vêtue pour l'occasion, et me parle avec enthousiasme de l'invitation que le maire nous a envoyée par SMS de visiter l'église dans laquelle « Adolfito » (Bioy Casares) et « Silvina » (Ocampo) se sont mariés, avec pour témoins Borges et Drago Mitre. Nous sommes aussi invités le lendemain, dans la fameuse propriété des Bioy. Je lui dis que je ne vais pas pouvoir rester jusqu'à dimanche, parce que ma mère est seule.

Lila, qui se souvient avec sympathie de notre dernière rencontre – celle où je suis arrivé en retard à la réunion du jury parce que je m'étais attardé à lire la déclaration de Diana Kuperman –, me demande si j'ai réussi à écrire mon roman, et ma première réaction est de lui répondre qu'il n'en est rien.

Mais je me dis ensuite que j'ai affaire à quelqu'un d'étranger à l'horreur de la dictature, pour une raison ou pour une autre – parce qu'elle n'a pas vécu dans le quartier de Tolosa, ou parce que son éducation, sa formation l'ont maintenue à l'écart de toute transgression de l'ordre. C'est ainsi que je lui mens, en lui parlant d'abondance d'un rêve que je serais en train d'écrire.

En fait, de ce rêve, je ne me rappelle qu'une image : celle de mon père en train de donner des coups de pied dans la porte, et aussi que je me suis réveillé en sursaut, parce que quelque chose en moi se refusait à aller plus loin.

– L'horreur serait-elle la vérité ultime que nous pouvons concevoir ? Un seuil que l'imagination parvient à franchir alors même que l'on n'a pas le courage de s'en souvenir ?

Lila me parle d'une nouvelle de Luisa Valenzuela, où il est dit que dans un recoin obscur de notre esprit tout rêve interrompu se poursuit, puis s'achève.

– Il y a aussi cette nouvelle de Bioy, qui s'intitule *Une autre espérance*, dit Lila, songeuse, dans laquelle les inventeurs d'une clinique sinistre exploitent l'énergie produite par la douleur des patients… qu'ils provoquent à cette fin, bien entendu… Ce doit être une nouvelle de 1976, ou 1977. Tu as raison, peut-être n'y a-t-il pas de vérité que l'imagination ne puisse deviner…

– Quand la terreur nous a tirés du sommeil, dis-je, ne continue-t-elle pas à agir sur nous ? N'est-ce pas elle qui gouverne notre état de veille, même si nous ne nous souvenons de rien, même si nous croyons ne nous souvenir de rien, elle qui ne manque pas de nous interdire toute transgression ?

– Qui sait ? fait Lila. Qui sait ?

Il est tellement étrange de voir, ce soir-là, à la mairie de Las Flores, comment se perpétuent les coutumes de province.

La photo d'Adolfo Bioy Casares, au teint pâle si distingué de grand propriétaire, qui préside aux innocences pompeuses de la vie littéraire ; le sentiment du devoir accompli de ces auteurs qui ont écrit des nouvelles fantastiques pendant les heures de loisir que leur laisse leur travail, avec les règlements du concours comme seules stimulations, sans se douter que leur moindre mouvement, comme dans la nouvelle de Bioy Casares – qui n'avait pas dompté la barbarie avec les grands moyens dont il disposait, oh non, mais l'avait seulement mise à son service –, et tout ce qui les entourait reposaient sur la douleur.

Il en va ainsi parce que la génération des années soixante-dix a été annihilée, qu'on l'a fait « disparaître », et que tout ce qui constitue désormais notre monde a son origine en ce que les uns et les autres ont pu dire ou taire sous la torture, peu avant de disparaître – ces silences, ces vérités et ces mensonges incités par le seul désir de protéger quelqu'un ou de sauver sa peau. Les déclarations de Topo ont-elles été véridiques ou mensongères ? Et celles de Diana ?

À un certain moment, pour me défaire de l'impression d'irréalité que me donne cette remise de prix, je m'approche du maire et lui demande à quel parti politique il appartient.

Il me dit qu'il est « péroniste-justicialiste ». Je lui demande si, plus concrètement, il est favorable aux Kirchner, et il me répond, un peu gêné, qu'il « soutient le projet du gouvernement ». Il ajoute qu'un certain Labolita, un « disparu » qui était lui aussi de Las Flores, a été un proche de Néstor et de Cristina Kirchner, auxquels il aurait inspiré, ainsi qu'ils l'ont déclaré, toute leur politique en faveur des droits de l'homme.

Mais rien de tout cela ne peut me défaire du pressentiment que les choses vont rapidement trouver leur conclusion cette nuit.

Dans l'autobus du retour, je suis tourmenté par une image : pendant que je roule irrévocablement vers Tolosa, la mort vient à ma rencontre. Irrévocablement.

Ou ne serait-ce que mon silence, cette forme de mort qu'implique le fait de ne pouvoir écrire ? De nouveau le doute s'immisce en moi que je n'ai jamais rien écrit. Que je n'ai jamais rien pu écrire.

Que la vieille illusion de pouvoir écrire sur l'horreur et lui donner son nom pour m'en libérer était tout simplement irréalisable, n'était qu'une autre illusion, celle qui me permettait de continuer d'écrire, et parfois, tout au plus, de faire face à sa noirceur.

Nous avons tous été pris dans la trame de l'horreur, et sans doute fallait-il qu'il en aille ainsi pour que cette trame subsiste. Mais combien d'entre nous devaient-ils en être jugés responsables ?

Je me rappelle les années de la dictature. Parmi les proches des victimes – qui en appelaient parfois à Lénine et à sa fameuse question : « à qui cela profite-t-il ? » –, certains examinaient sous cette lumière les moindres activités quotidiennes. Mais une telle question impliquait un lien de causalité indubitable, sinon des plus limpides, entre l'acte et le profit. Or, il suffisait de creuser un peu pour s'apercevoir qu'il n'en était rien.

Celui qui avait tué et torturé et celui qui n'avait tout simplement pas pu affronter l'horreur étaient-ils également coupables et méritaient-ils le même châtiment ? Même à présent, celui qui dévoile un crime et s'arroge le droit de punir peut-il se croire entièrement innocent ? Ou nous lançons-nous des accusations pour ne pas voir que le mal qui hante l'autre nous harcèle également ? Seule la pitié pouvait nous sauver.

Pitié, demandé-je. Pitié.

Mais il est trop tard.

J'arrive à la maison à l'aube, comme un fugitif. Je suppose que ma mère, dans son appartement du rez-de-chaussée, dort.

Je cours au premier, en me déshabillant dans l'escalier comme si mes vêtements me brûlaient, comme s'ils étaient imprégnés de mort.

Je m'affale sur le lit. Enfin, je franchis le seuil du sommeil.

W

1977

Je joue du piano quand ma mère, sur le trottoir, se met à crier. Je joue plus fort (non pour que la musique couvre ses protestations, mais pour dissimuler que j'entends cet interrogatoire), quand elle me lance tout à coup : « Leonardo, viens, je t'en prie », sur un ton que je ne lui connais pas (elle ne m'appelle jamais comme ça, comme on appelle un homme, et quand elle se bat avec mon père j'interviens spontanément), je pars en courant vers l'arrière de la maison.

Le type à l'Ithaca ne lui a pourtant encore rien fait. Le « je t'en prie » révèle que l'interrogatoire respecte encore les formes – même si elle désire y mettre fin et doit en fait être terrorisée.

Les gens du quartier l'observent à travers les persiennes et je me dis, tandis que je file dans le jardin chercher mon père, qu'ils vont sans doute se porter à son secours, même si je sais que ce n'est pas vrai et qu'elle a besoin de moi.

Le jardin est entièrement plongé dans l'ombre, mon père n'y est pas, pas plus que les types qui l'y ont suivi, mais les choses semblent étrangement comme en suspens, on dirait qu'elles retiennent leur souffle ou, plus exactement, se sont mises aux aguets en m'entendant approcher. Je passe entre les plantes et découvre, appuyée contre le mur mitoyen, la petite échelle, dont je monte les barreaux sans réfléchir. Dans le jardin éclairé des Kuperman, je ne vois personne non plus. La porte de la cuisine, par laquelle ils ont disparu, est restée ouverte. Ma petite chienne est empalée sur une lanterne. Je me dis qu'ils doivent avoir tué aussi mon père (mais je n'ai pas le courage de retourner à la maison devant laquelle ma mère discute avec cet homme), si bien que je saute dans le jardin des Kuperman et franchis moi aussi la porte défoncée.

J'aimerais appeler « Papa ? » au milieu de la cuisine obscure, mais ma voix ne franchit pas ma gorge et peut-être vaut-il mieux que personne ne m'entende, parce que, plus loin, dans toute la maison, retentissent des bruits de pas, des voix qui me rappellent celles de mes romans de jeunesse (ce sont celles des navires, du travail à bord, et je suis le mousse).

Pas trace des Kuperman. Elles doivent être dans leurs chambres, et je me prépare à me glisser dans l'escalier obscur aux marches de marbre craquelées, quand j'entends la voix de ma mère, qui vient de là-bas, sur le trottoir.

« Aïe, aïe, aïe », fait-elle, comme quand mon père conduit.

« Papa, papa », répété-je, mais ma voix refuse de se faire entendre, ce qui n'est peut-être pas plus mal. S'il m'entendait, il m'adresserait sans doute le reproche : « Pourquoi ne l'as-tu pas défendue ? »

Alors arrive derrière moi le type à la casquette à l'envers, mais il ne me voit pas et monte les marches quatre à quatre, son expression hallucinée annonçant que ça va être la fête, et je franchis le seuil, non de la salle à manger, mais du salon des Kuperman, par où entrent et sortent des marins galonnés, affairés et contents, parce que, je le sais, une fête se prépare.

« Papa », murmuré-je.

Je le cherche et ne le trouve pas au milieu de cette agitation de prison de nuit, et brusquement entre par la porte de la rue le type en caban avec son Ithaca à la main, qui a laissé ma mère tranquille et lance aux autres quelque chose de bizarre que je ne comprends pas : « Deuxcentvingt ? »

Je ne peux plus reculer, du jardin arrive un tintamarre de rafales de vent, de branches secouées et d'aboiements qui semble annoncer une tempête, et je monte deux ou trois marches quand d'en haut revient le type à la casquette qui tient une vieille et grosse femme nue, les yeux bandés, les pieds enchaînés, et, mon Dieu, des vers qui lui grimpent aux chevilles, et ce n'est aucune des Kuperman, mais une de leurs voisines, que je reconnais vaguement. Je voudrais dire à cette femme que je suis là, demander ce que le Chef a voulu dire en lançant ce « deuxcentvingt », mais le type à la casquette finit par me voir.

« Bazán ! » me crie-t-il, parce qu'il m'assimile à mon père et, d'un mouvement de tête, me fait signe de m'écarter, et me sourit comme s'il me montrait une proie. Je ne dis rien. Il me fait encore comprendre que je dois monter, comme si on m'attendait, en haut.

« Qui ? Qui ? » demande la grosse dame.

J'ai peur qu'il ne lui redise mon nom, qu'elle voie en moi leur complice et, frôlant le chatouillis des vers qui se tendent vers moi, je continue de monter.

J'arrive sur le palier et vois par la fenêtre encombrée d'étagères notre jardin : les plantes sont changées en vagues et viennent battre les murs de la maison des Kuperman, qui craque et lutte pour se dégager de l'étreinte de ce vent fougueux. Maintenant, tout vibre et dans un vacarme de machine la maison s'élève et se met à léviter, parce que ce n'est pas un navire, non, c'est un vaisseau aérien qui se détache du quartier comme pour cacher au monde la vision de ces réjouissances. Je vois d'en haut ma maison, sa forme de bateau qui ne m'est jamais apparue aussi nettement (avec ses passavants chantournés à bâbord et à tribord mais sans proue ni poupe, et c'est pourquoi elle ne nous suit pas), mais je ne vois ni ma mère, ni le Chef, et je n'entends plus leurs voix, je n'entends plus que le son du piano, de mon piano, sur lequel on joue horriblement.

Qui, si ce n'est moi, peut bien jouer du Bach ? Qui, me dis-je, si ce n'est elle ?

Puis, de la hauteur à laquelle nous sommes arrivés, j'aperçois au loin un immeuble et sur sa terrasse une file de femmes qui regardent dans notre direction et se jettent dans le vide, l'une après l'autre, en un sacrifice public, d'un ridicule et d'un pathétique insoutenables, que la multitude immobile qui les observe ne peut comprendre : l'immolation de toutes pour une seule d'entre elles, dont on ignore où elle se trouve, mais qui est ici, et moi seul le sais.

Les lumières se mettent alors à faiblir et à s'aviver avec un bourdonnement atroce, brrrzzz, brrrzzz, éclairs terribles qui imitent l'orage.

Mon seul espoir de salut (mon père) est dans la salle des machines, me dis-je, et je continue d'avancer.

En haut, j'entends un bruit derrière moi et en me retournant je découvre la salle des fêtes où, je le sais, ils attendent qu'un grand capitaine sorte de sa cachette comme un Achab en pleine tempête. Je vois encore une foule entrer, des marins qui viennent d'enlever des gens et se préparent à fêter ça, ils sont très agités, chacun d'eux absolument sûr du déroulement d'un cérémonial terrible qu'ils ont appris à l'ESMA et que moi seul ignore.

La lumière, sous chaque lustre, sous chaque tulipe, bourdonne, tremble et semble être sur le point de s'éteindre, mais tous rient comme si venait de retentir le coup de sifflet qui annonce l'appareillage.

J'avance maintenant sur une sorte de palier obscur où des voix se font entendre. J'ai peur, si quelqu'un sort de l'une de ces portes, qu'il ne m'arrête et ne me demande qui je suis ; que moi, pour m'en tirer, je lui dise et lui répète mon nom ; qu'il exige de moi ce que mon père doit accomplir et, constatant que je l'ignore, que je ne suis pas digne de tenir son rôle, ne me considère comme un clandestin. Que feront-ils de moi, alors ? Me jetteront-ils à la mer ?

Un jeune marin sort par la porte du fond. Un vieux le suit, qui lui demande dans un anglais étrange : « Rendez-moi ma maison. » Mais ce n'est pas Aarón Kuperman, non. Un éclair le révèle. C'est Joseph Conrad. L'autre ne dit rien, comme s'il n'entendait pas.

Nous montons plus haut, alors qu'un vent terrible secoue les fenêtres, fait ondoyer les rideaux et ouvre des portes d'où sort de temps en temps un homme qui passe pour se rendre à la fête, en lançant un « Alléluia ! », sans jamais me voir.

Maman, maman, me rappelé-je.

Mais ce mot désigne un endroit où il n'y a personne.

Papa, papa, me dis-je.

Trouver la salle des machines. C'est ma seule planche de salut.

Derrière quelle porte peut bien se trouver la salle des machines ? Qui ne va pas me crier ce que je ne veux pas entendre, ne pas me révéler ce que je ne veux pas savoir ?

De la plus petite des portes sort un marin qui rit et je vois, derrière lui, dans une petite cabine, devant un hublot, des matelots réunis autour d'une table.

Le type, qui pleure de rire, essuie ses larmes et a une telle hâte d'aller se joindre à la fête qu'il ne voit même pas que je vais vers lui et qu'il va me bousculer, si bien que je m'apprête à le prévenir que je suis Bazán quand un vol bleu entre par les fenêtres, tonitrue contre les portes et l'emporte dehors, dans le ciel.

Parce que c'est lui qui a inventé la marine à douleur, me dis-je, et c'est ainsi qu'on le récompense.

Alors, dans cette même pièce, par la porte dont le battant non retenu bat follement dans le vent, il me semble entendre une voix connue, une voix semblable à la mienne, qui passe de la plainte à la supplique.

« Mon père », me dis-je. On le dirait pourtant plus jeune qu'il ne l'est. Mais quel âge a-t-on en pleine tempête ?

La lumière bourdonne et décline, et au milieu de décharges électriques zzzbrrrzzzbrrr qui nous laissent pour ainsi dire dans le noir, des haut-parleurs lancent des ordres dans une langue incompréhensible.

Les marins sortent tous de la pièce et descendent l'escalier, je le sais parce que la fête commence, mais je reste où je suis, guettant le moment de porter secours à mon père.

Cette voix était la sienne, j'en suis sûr. J'avance lentement, dominant ma terreur.

Au milieu de la cabine, devant le hublot qui, je le comprends à présent, donne sur la grande salle du rez-de-chaussée, il n'y a pas de table, mais un brancard avec un corps couvert d'un drap, et une page de carnet sur laquelle on vient d'écrire :

Ci-gît Atilio Martínez
enfant de cinquante ans

En bas, dans la salle, se fait de nouveau entendre la voix et, en me penchant, je vois la casquette de mon père qui cache presque le haut de son visage, comme sur la photo de ses premiers papiers d'identité, avec cet air faraud que lui donne sa réussite à l'examen d'admission au royaume des vivants.

Il me semble comprendre que la fête sera son initiation et que je dois le sauver, interrompre d'une manière ou d'une autre ses noces avec la mort, sans quoi il ne sera plus le même quand il reviendra à la maison, et je ne pourrai plus vivre.

Je descends l'escalier en courant, croisant des détenus que l'on a laissés seuls, les yeux bandés, et qui ne savent où aller. Ils passent comme des somnambules, demandant où est la cellule dans laquelle ils pourront se mettre à l'abri de la tempête, de ces réjouissances qu'ils redoutent plus que n'importe quels éléments déchaînés.

En arrivant sur le palier, je regarde par la fenêtre et je vois en bas la mer, où la vieille obèse flotte entre les vagues, et les vers de ses chevilles sont des serpents qui pullulent dans l'écume pendant qu'elle les maudit parce qu'ils lui mordent la tête, elle les maudit à pleine voix, comme si elle haranguait l'océan.

Dans le fond, tout là-bas, sur une rive qui ressemble à un plan, je vois le parc d'une école navale, d'où les élèves sortent pour nous regarder, avec des bougies à la main et un cantique aux lèvres : « Je vous salue, je vous salue, église volante ! »

Dans la salle des fêtes, on a construit un podium, de chaque côté duquel pend un drapeau nazi.

La fête de Hans Langsdorff ! me dis-je (mais ce n'est pas l'allemand que l'on parle).

Est-ce pour cela que pas un d'entre eux ne semble me voir ? Parce que je ne sais pas dire « je » dans leur langue, cette langue qui ordonne secrètement le monde en lequel nous voyons un chaos, cette langue dans laquelle on donne un nom pas seulement à mon père mais à l'innommable ?

Et papa ? Je ne le vois pas et je crois qu'il a été conduit dans une autre salle, où il attend son tour pour entrer en scène.

Le long de tous les murs, j'aperçois de nombreuses portes fermées et je me dis qu'il faut que j'aille les ouvrir une par une, de toute urgence.

Mais les matelots sont si nombreux que je ne peux pas passer.

Il y a un groupe (qui est celui de Cavazzoni).

Un autre groupe (autour du chef armé de l'Ithaca, qui a laissé tomber ma mère).

Et encore un autre.

Sous un évier je découvre un placard et un gémissement m'apprend qu'il y a quelqu'un dedans, j'ouvre la trappe et vois Diana Kuperman, les yeux bandés, reliée à un mur par un câble.

« Est-ce l'endroit où il n'y a pas même la place pour un corps ? demande-t-elle. Le néant ? »

Je repars en direction de l'entrée, peut-être papa est-il dehors, quand la porte s'ouvre seule et me découvre le cérémonial majestueux et ordonné qui précède l'arrivée des grands personnages.

« C'est donc lui l'amiral du néant ? L'amiral Zéro ? »

Il y a des applaudissements, des rires, et le bourdonnement toujours plus fort des lampes, les cris des détenus qui meurent de peur en sentant que Quelqu'un approche.

Je recule jusqu'au podium pour libérer le passage, quand je m'aperçois que celui qui vient d'entrer est mon père, que tout le monde applaudit.

Ce n'est pas l'amiral, non. Ce n'est pas non plus Hans Langsdorff.

C'est mon père.

Je m'approche, pour l'examiner. Il avance avec à son côté un brancard roulant, comme s'il apportait une offrande. Des lys pour la Vierge au mois de Marie.

Un brancard roulant couvert d'un drap.

Un drap avec de grandes taches de sang. Et, sous le drap, la forme d'une femme.

C'est le tribut. Le prix qu'il a payé ! Celui qui lui vaudra enfin son initiation, son nom !

Je vais m'écarter pour lui céder le passage quand mon père se tourne brusquement vers moi et me dévoile ses yeux rouges, un regard de fou, atroce, qui ne voit pas et devine pourtant en moi quelque chose dont j'ignore le nom, que je ne comprends pas et que j'ai peur de comprendre.

Un matelot s'approche de lui pour le rappeler à l'ordre. D'un geste, il semble lui indiquer qu'il doit monter sur le podium pour que le chef – Langsdorff ? – puisse commencer la cérémonie, mais les narines de mon père se dilatent comme s'il sentait ma peur et en jouissait.

« La porte ! lui explique mon père. La porte ! »

Tous viennent voir la nouveauté que je suis pour eux.

Je me trouve au cœur de la fête. Et mon nom est « la Porte ».

« Vous voulez que je la fasse sauter ? » leur demande mon père.

Comme une bande de vautours, les matelots s'approchent pour profiter du spectacle imprévu que mon père leur offre. Et ils ont l'air tellement pressés de voir ce qui se passe qu'ils font glisser et tomber sans le vouloir le drap ensanglanté.

C'est ma grand-mère.

La mère de mon père. Elle est morte.

Le premier coup de pied m'atteint en pleine poitrine et noie mon cri : « Papa ! », ce qui me fait aussitôt comprendre ce que ce mot veut dire pour eux : « Celui qui ouvre la porte. »

Tous rient et l'encouragent à continuer.

Il me donne un nouveau coup, à l'estomac. Et alors, oui, bien sûr, la chose arrive.

Je ne sens pas la douleur, mais un énorme trou s'ouvre en moi, comme si dans mon estomac béait la trappe qui donne sur le vide et l'océan, un vide qui m'aspire et me laisse comme soulagé de toute crainte et de toute surprise.

Mon père saisit le brancard roulant, prend de l'élan et le pousse dans ma béance, et c'est le poids de sa mère qui m'entraîne dans le vide et me fait tomber à la mer.

Je tombe, je tombe, je tombe en regardant vers le haut la maison qui se perd dans la colère du ciel jusqu'à n'être plus qu'un point.

Jusqu'à ce que je touche l'eau de mon dos douloureux avec dans mon ventre un cadavre et les serpents de la folie qui flottent dans l'écume et commencent à me mordre les chevilles, les bras, la tête.

Mais je ne dis rien. Je me tais.

Et au-dessus de moi se referme la mer de l'oubli.

X

2010

– Leo ? Leo ?

J'entends ma mère m'appeler de quelque part dans le matin immense, avec une crainte si évidente dans la voix que, avant même d'avoir compris où je me trouve, et pourquoi, j'ai l'impression que notre heure est arrivée (et cette crainte ressemble tellement à celle de mon rêve que j'ai du mal à me défaire de cette mer de folie, à trouver un vêtement pour me couvrir et courir à son secours).

– Merde ! Que se passe-t-il, maman ?

– Leo ! Leo !

Sa voix retentit au milieu de l'escalier, cet escalier que moi et ce qui lui reste de raison lui avons interdit de monter, il y a maintenant de nombreuses années, et que seul un péril imminent peut l'avoir décidée à emprunter.

– Maman ! Qu'y a-t-il ?

Serait-elle tombée ? Apparemment, elle ne m'entend pas, ou ne peut me répondre.

– Tu vas bien ? me dit-elle quand elle me voit apparaître, au-dessus d'elle, tellement secouée que m'apercevoir ne la soulage nullement. Tu vas bien ?

Elle est en chemise de nuit, comme Diana dans mon rêve, et la chienne lui tourne autour. Indemne, apparemment, mais exposée au risque de dégringoler les marches.

– Mais oui ! Que se passe-t-il ? Reste où tu es ! Ne bouge plus !

Je dévale l'escalier, pour l'aider à monter. Elle ne veut pas obéir à mon injonction de me donner la main. Elle lève les bras comme si elle prenait le ciel à témoin. (Je me dis que les militaires ont dû pénétrer de force dans la maison.)

– Je me suis levée et j'ai vu la lumière allumée ! lance-t-elle en regardant le plafonnier, et c'est seulement à ce moment-là que je m'en avise : j'ai oublié d'éteindre.

– Aïe, maman, viens, monte.

– Et tous ces vêtements par terre…

C'est ma faute ! Je les ai retirés pendant que je montais, préparant ainsi sans le vouloir le tableau que laisse derrière elle une agression.

Elle a raison. Mais pourquoi vouloir monter fureter chez moi ?

– C'est que j'ai vu de la lumière, tu comprends ? pleurniche-t-elle, sans se décider à accepter mon aide (que serait-ce, si je ne m'étais pas réveillé !). Et comme j'ai vu tous ces vêtements traîner, tu comprends, je me suis dit…

– Voilà ce qu'il en coûte, de fourrer son nez partout ! dis-je en la hissant et en l'installant chez moi, quelques marches plus haut, comme le naufragé d'un bateau qui coule à qui on demande de lâcher l'échelle de corde pour l'aider à monter dans le canot de sauvetage.

– Mais c'est que j'ai vu la lumière !

– Ça va, ça va, j'ai compris. Tais-toi, s'il te plaît.

À présent, je comprends que si elle m'a appelé la veille pendant que je faisais le tour de l'ESMA et que j'étais dans le bus de Las Flores, c'est parce qu'elle était épouvantée à l'idée de passer toute la nuit seule dans la maison vide – et ce à cause de son entêtement, parce qu'elle se refuse à engager une nouvelle dame de compagnie depuis que celle à laquelle elle s'était habituée est morte d'un infarctus à la maison, choc dont elle ne s'est pas remise.

Elle boit en tremblant l'eau que je lui apporte, et je sens alors peser sur moi toute la fatigue accumulée pendant des années, des années entières pendant lesquelles j'ai veillé sur sa vieillesse, sa vieillesse qui m'enchaîne à cette maison et à son passé de cauchemar.

Il y a aussi cet autre fardeau, duquel nul ne peut la soulager, parce que nul ne peut adoucir la venue prochaine de la mort.

Ma mère semble vouloir répéter sa phrase mais, sentant qu'elle va ainsi m'exaspérer, elle y renonce pour dire ce qui lui vient à l'esprit.

– Et puis, tu étais tellement bizarre, ces derniers jours…

Je mets un moment à comprendre, et je me sens plus honteux que je ne saurais le dire.

J'éclate.

– Comment ça, bizarre ? demandé-je en m'avançant vers elle, menaçant. En quoi m'as-tu trouvé bizarre, toi ?

Il me semble que le ton sur lequel je m'adresse à elle est exactement celui de l'homme à la casquette qui m'est apparu en rêve. Elle repart vers l'escalier en balbutiant.

– Mon Dieu, Leo, dit-elle en fermant les yeux, comme si elle voulait trouver quelque repos, attends un peu, je t'en prie…

– Mais nom de Dieu ! crié-je, coincé entre une chaise et la table, coincé en moi-même, pourquoi ne puis-je vivre en paix !

– Je me suis réveillée à minuit ! explique-t-elle, suppliante, avec une précision qui me rend fou. J'ai vu la lumière ! Et tous ces vêtements par terre.

– Ça va, j'ai compris ! bramé-je en la poussant de nouveau vers le centre de la pièce. Mais pourquoi fourrer ton nez partout ?

– Enfin, Leo, avec tout ce qui se passe !

Je la laisse un moment tranquille. Je sors la chienne, devenue hystérique, sur le balcon du jardin. Je claque la porte en rentrant. Ma mère est effrayée de se voir enfermée.

– Qu'est-ce qu'il y a encore ? m'exclamé-je. Il n'est rien arrivé !

– Il en arrive des choses, et comment ! s'exclame-t-elle. Tu ne veux rien me dire parce que je suis une vieille idiote.

Comment pourrais-je le nier ? En jouant au sectateur des Kirchner qui attribuent tout le mal du monde à la conspiration médiatique ?

– Mais tu ne te rends pas compte que cette maison ne peut être la seule ? Qu'il est impossible que nous *soyons les seuls* à ne pas être inquiétés !

La phrase est plus vaste que la nuit, plus grande que ma vie, et par refus de la comprendre, je crois, et pour l'empêcher de comprendre ce qu'elle a réussi à dire, comme si, poursuivi, je sautais un fossé et continuais de courir, je crie.

– Ah ! Évidemment ! C'est pour ça que tu ne peux pas t'empêcher de fureter partout, n'est-ce pas ? À cause de l'insécurité, il faut que tu saches ce que je fais et que tu viennes voir ce qui se passe ici ! Je t'en prie, maman, laisse-moi dormir. J'en ai par-dessus la tête, de tout ça !

– Fais attention, Leo. Ne crie pas, dit-elle tout bas, comme si elle cherchait à m'intimider. *Les voisins !*

C'est inimaginable. Peut-elle savoir que depuis des mois je ne pense qu'aux voisins, moi qui me suis toujours vanté de n'avoir rien à faire de l'opinion des autres ?

– On s'en fout. Il n'y a plus de voisins.

Cette remarque, presque aussi grande que la sienne, et aussi involontaire, est trop pour elle, parce qu'elle se met à pleurer. Ce sont des pleurs profonds, muets, sincères, au point que, emporté par la colère, la haine, le désespoir, je sors un moment sur le balcon et la laisse seule.

Je n'ai pas le courage de la consoler. Ce serait me plonger dans des pensées trop douloureuses. « La Parque n'est pas loin », m'a dit Marcela, et c'est seulement à présent que je comprends ce que cette phrase veut dire.

Des bruits, derrière moi, me font sursauter. Ma mère descend seule l'escalier, elle me fuit, elle fuit toute cette nuit.

– Maman ! dis-je en me lançant à sa rescousse (mais non sans entrevoir que, sans mes cris, il y aurait là un crime parfait).

Quand j'arrive à côté d'elle, elle se pétrifie. Elle a encore les yeux rouges d'avoir pleuré.

– Mais que fais-tu ? Tu es folle ? Tu veux te tuer ? (Je la prends par les mains pour l'aider à remonter.) Attends au moins, pour descendre, que je ramasse ces vêtements qui traînent.

– Oh, pardonne-moi ! fait-elle. Tu comprends, je me suis réveillée et j'ai vu la lumière.

– Je t'en prie, maman ! Inutile de le répéter ! J'ai compris.

– D'accord, d'accord, mais tous ces vêtements par terre…

Je la laisse sur le palier, en haut de l'escalier, et je ramasse les vêtements épars sur les marches. Comme si me regarder d'en haut lui donnait le vertige, elle s'assoit sur une chaise et se recroqueville sur elle-même.

– Mon Dieu, Leo, j'en ai assez de vivre. Je ne suis plus qu'une ruine (elle ne pleure plus). Seigneur, pourquoi ne veux-tu pas de moi…

Je ne suis pas certain qu'elle soit sincère, l'idée qu'elle puisse jouer la comédie rend la scène plus supportable.

– Maman, s'il te plaît, un peu de pudeur ! Pourquoi me faire des scènes, pourquoi me culpabiliser ? Pourquoi voudrais-tu ne plus vivre ? Quelque chose te manque ?

– Je ne sais pas, dit-elle.

Sa plus grande crainte est d'« avoir quelque chose de terrible », de si terrible, en fait, que la nommer, cette chose, suffirait à la rayer aussitôt du monde des vivants.

– Ah, et dans le doute, tu me pourris la vie.

C'est alors moi qui me mets à pleurer.

C'est peut-être une autre manifestation de mon égoïsme monstrueux, ou tout simplement la violence qui m'a abandonné, mais j'ai l'impression que ces larmes ramènent la paix dans mon monde. Ou que quelque chose d'infiniment douloureux me quitte.

– Ah ! Dieu ! Qu'est-ce qui m'est arrivé ! s'écrie ma mère.

– Et à moi ? Il ne m'est rien arrivé, peut-être ? Depuis six ans, je n'ai plus de vie, je suis cloué ici…

– Je ne t'ai rien demandé ! crie-t-elle. Une nuit, je me suis levée, comme aujourd'hui, pour aller aux toilettes, et là, j'ai trouvé Antonia, la pauvre, qui gisait par terre…

Elle se remet à pleurer.

Survient alors quelque chose d'incroyable.

Ce que j'attendais depuis des mois. Ce qui est peut-être le plus important de ce dont je dois témoigner ici.

La maison entière se met à trembler. Elle tremble de telle manière que la chienne, apeurée, commence à aboyer sur le balcon et que ma mère, bien que sourde, lève la tête et regarde le lustre dont les pendeloques tintinnabulent.

(Le moteur, me dis-je, le moteur de la maison de Diana Kuperman, qui vient de prendre son vol.)

– Que se passe-t-il, Leo ? demande ma mère.

C'est le moteur de l'installation d'air conditionné de la maison voisine, cet énorme appareil qui a été à l'origine d'un affrontement entre mes parents et les Chagas. Mais je ne lui réponds pas. Je n'attends plus que l'horreur.

Il y a donc quelqu'un dans la maison d'à côté. Peut-être a-t-on entendu toutes nos vociférations.

Peut-être ce bruit est-il un avertissement que l'on nous adresse.

– Mme Felisa ? demande encore ma mère.

Ahuri, je me tourne vers elle.

– Comment ça, « Mme Felisa » ?

(« Les Kuperman ! lui avait lancé le Chef, menaçant, en 76. Que savez-vous des Kuperman » ?)

Seigneur ! Et si ma mère, au lieu de rêver comme moi de cette époque, était retournée y vivre ? Qui pourrait dire que ce n'est pas moi qui l'ai précipitée dans la folie ?

D'autres bruits me surprennent.

Quelqu'un pousse la porte qui ouvre sur le jardin des Chagas (la même porte, peut-être, dans laquelle mon père a donné des coups de pied). Quelqu'un sort dans le jardin.

– Que se passe-t-il ? dit ma mère, derrière moi.

On dirait le matin où les Chagas, sans se douter de rien, étaient sortis promener leur chien et où les types qui, depuis les premières heures du matin, les attendaient tranquillement sous l'auvent du barbecue étaient entrés chez eux.

Avec une démarche de somnambule, je me dirige, comme attiré par un aimant, vers la maison des voisins.

– Leo ! Je t'en prie, sois prudent ! Où vas-tu ?

À l'entendre, on dirait que je vais à la rencontre de tous les dangers en un seul.

Mais rien de ce qui a un jour été ne semble vouloir se reproduire.

Ce sont les voix insoucieuses d'un homme et d'une femme, un couple de gens bien rangés, contents d'entrer enfin dans leur nouvelle maison, seulement un peu gênés d'avoir des voisins tels que nous. Oui, ils ont sans doute entendu notre dispute, et peut-être maudissent-ils les Chagas de ne pas les avoir prévenus que leur voisin écrivain torturait les vieilles dames.

Peut-être ont-ils déjà appelé le 911.

En arrivant à la rampe, je m'arrête et me tourne vers ma mère, qui m'a suivi.

– Ce sont les nouveaux voisins, lui dis-je.

Peut-être ne m'a-t-elle pas entendu. Apaisée par mon flegme, elle accepte que je l'aide à descendre. Je ne sais à quelle époque ma mère croit vivre. Quand elle s'est rendormie, je remonte chez moi et je me couche.

Le téléphone sonne. Je regarde le réveil. Il est six heures et quart. Qui peut bien appeler à pareil moment ?

Secoué, je décroche en me disant : « Ce sont eux. »

Mais je raccroche. Avec une étrange impression de force, je réussis enfin à fermer l'œil.

Y

1974

C'est l'été. La saison où le temps se mesure aux cigales qui feront le plus de bruit, et au respect de la promesse de résister au désir de se baigner et au désir tout court.

Mon père est en mer. Ma mère dort dans sa chambre.

Sur l'écran du téléviseur éteint, je vois mon propre corps.

Je ne me reconnais pas.

L'encyclopédie d'un côté. Mes dessins d'îles, de cartes de fantaisie. Les cassettes noires que mon père m'a rapportées du Venezuela, sur lesquelles j'enregistre les concerts que diffuse Radio Nacional.

Mon piano.

Rien de tout cela ne me comble.

Dans son coin obscur, l'énorme réveille-matin indique quatorze heures cinquante.

« Il faut attendre deux heures après le repas », décrétait ma mère. Encore dix minutes à attendre. Nous déjeunons à treize heures.

Est-il vrai que dix minutes peuvent mettre une vie en péril ?

Je sors dans le jardin, qui tremble, plongé dans les reflets de la piscine. La plante des pieds nus ne supporte pas les dalles brûlantes.

Un colibri scintille dans les fleurs du jasmin, apparemment incapable de se décider entre les fleurs violettes et les fleurs blanches.

Quelques guêpes font leur nid sur un poteau du barbecue, et la peur qu'elles m'inspirent m'aide à plonger.

Je prends mon élan. Je saute dans le bassin.

Dans l'eau, le temps s'efface, et je m'efface avec lui.

J'entends une voix lointaine, hors de l'eau, qui lance un appel. Ce n'est pas ma mère, non.

C'est la fille Kuperman qui m'a entendu et proteste, à sa fenêtre.

Non, je ne vais pas sortir. Je plonge un peu plus profondément, jusqu'à toucher le fond.

Je ne résiste pour ainsi dire pas. Mais je veux me savoir capable de résister. Je veux savoir comment c'est de n'en plus pouvoir.

Je ferme les yeux et je vois le fond, splendide. Le centre de la terre. Sa noirceur.

Z

Livre de bord

Les protagonistes de ce roman sont purement imaginaires. Bien qu'inscrits dans un cadre d'événements historiques réels, dans des espaces tout aussi réels et parfaitement reconnaissables, leurs histoires sont elles aussi fictives. Les éventuelles ressemblances avec des faits passés et présents ne sont que coïncidences.

Tout au long du processus d'écriture, divers auteurs d'hier et d'aujourd'hui m'ont aidé à méditer les métamorphoses successives de la mémoire. Les premières lueurs, je les dois au roman de Marcela Solá, *El silencio de Kind*. Les points forts du processus de création du personnage principal, je les dois aux témoignages recueillis par Norbert et Stephan Lebert dans leur ouvrage intitulé : *Car tu portes mon nom* ; à *Nous, fils d'Eichmann*, de Günther Anders, et, moins spécifiquement mais tout autant, aux œuvres de Leonardo Sciascia et d'Hannah Arendt qui ont veillé avec moi au cours de ce soir d'injustice.

Quant aux événements réels auxquels le roman fait allusion, leurs principales sources sont les œuvres de Juan Gasparini, Marcelo Larraquy et Roberto Caballero, ainsi que d'innombrables articles de recherche publiés sur l'affaire Papel Prensa. En revanche, j'ai imaginé la *via crucis* de Diana Kuperman en me fondant sur les déclarations publiques des proches de David Graiver et de ses anciens employés, ainsi que et surtout sur les *Juicios por la Verdad*.

Parmi les nombreux amis à qui va ma gratitude pour leur enthousiasme, je mentionnerai en premier lieu Emmanuel Kahan, dont la thèse de doctorat sur la communauté juive argentine entre 1973 et 1983 jette sur toute cette époque une clarté nouvelle, unique, à la fois brutale et bouleversante. C'est également Emmanuel qui m'a fait découvrir l'extraordinaire personnalité de Jacobo Timerman, le livre dans lequel il relate sa captivité, et encore les deux autres livres dans lesquels Ramón J. Camps tente d'invalider ses dénonciations et de flétrir le groupe Graiver en exposant les « confessions » de ses membres pendant les séances de torture.

Toute ma gratitude va aussi à Abrasha Rotenberg, auteur de *La opinión amordazada*, et à Ricardo Dios Said, êtres attachants et amis lucides. Et à Fernando Cittadini, éditeur.

Tolosa, avril 2012

RÉALISATION : IGS-CP À L'ISLE-D'ESPAGNAC
IMPRESSION : NORMANDIE ROTO IMPRESSION S.A.S. À LONRAI
DÉPÔT LÉGAL : JANVIER 2014. N° 109667 (134392)
IMPRIMÉ EN FRANCE